Krystyna Kuhn
DAS TAL – Season 1
Die Prophezeiung

Weitere Bände in dieser Reihe:

Das Tal – Season 1, Band 1: Das Spiel
Das Tal – Season 1, Band 2: Die Katastrophe
Das Tal – Season 1, Band 3: Der Sturm
Das Tal – Season 2, Band 1: Der Fluch
Das Tal – Season 2, Band 2: Das Erbe

Auch als Hörbücher erhältlich.

Weitere Bücher von Krystyna Kuhn im Arena Verlag:
Dornröschengift
Schneewittchenfalle
Märchenmord
Aschenputtelfluch
Bittersüßes oder Saures

Krystyna Kuhn

DAS TAL – Season 1

Die Prophezeiung

Band 4 der Serie

Thriller

Arena

Für Stasia – meine Rettung

2. Auflage 2012
© 2011 Arena Verlag GmbH, Würzburg
Alle Rechte vorbehalten
Gestaltung: Frauke Schneider
Gesamtherstellung: Westermann Druck Zwickau GmbH
ISBN 978-3-401-06532-8

www.arena-verlag.de
Mitreden unter forum.arena-verlag.de

Grace Dossier

Brief von Mark de Vincenz an Professor Bishop

15. Oktober 2009

Professor Bishop,

schon viele Male habe ich diesen Brief formuliert, wenn auch nie mit dem festen Willen, ihn abzuschicken. Nun bin ich fest entschlossen und ich frage mich, ob es vielleicht schon zu spät ist. Sie haben vermutlich geglaubt, diese Notizen nie lesen zu müssen. Nun. Es ist an der Zeit, Sie zu enttäuschen.

Jahrelang habe ich mich gegen die Erinnerung gewehrt, was auf dem Ghost geschehen ist. Aber am Ende lehrt mich die Erfahrung als Kriminalbeamter: Je heftiger wir versuchen, die Vergangenheit zu verdrängen, desto deutlicher schiebt sie sich ins Bewusstsein. Vor allem, wenn sie mit Schuld, Verzweiflung und Angst verbunden ist.

Seit ich erfahren habe, dass das College unter neuem Namen wiedereröffnet wurde, vergeht kein Tag, an dem ich mich nicht frage: Wie konnte das geschehen?

War es Zufall, Schicksal oder wie Eliza sagte: Kismet? Glauben Sie mir, ich habe in den letzten Jahren oft den Tod gesehen. Aber nie wieder hat er mich so erschüttert.

Wollen Sie immer noch wissen, was dort oben geschehen ist? Soll ich es Ihnen erzählen? Ihnen Bericht erstatten, wie sich jeder von uns in diesem einen Moment verhalten hat, als es passierte?

Denn genau das hat Sie doch am meisten interessiert, oder? Nicht die Wahrheit, sondern die Lügengeschichten, die ein jeder von uns erfunden hat.

Oft frage ich mich, ob wir nicht alle von den gleichen quälenden

Träumen heimgesucht werden. In meinen Träumen jedenfalls besuchen wir uns gegenseitig. Eliza im Tunnel; Paul, der den Eispickel in den Gletscher schlägt; Kathleens Lachen; Franks verrückte Ideen.

Deshalb bin ich zur Kriminalpolizei gegangen, habe bei der Aufklärung unzähliger Morde geholfen, habe die Täter hinter Gitter gebracht.

Ironie des Schicksals, hätte Paul gesagt.

Wie finden Sie das?

Sind Sie enttäuscht, dass Ihr Experiment misslungen ist?

Sind Sie enttäuscht, dass Sie nie auch nur einen Blick auf unsere Aufzeichnungen werfen konnten?

Nur so viel: Sie sind an einem sicheren Ort. Und ich hoffe, der Gedanke, dass sie irgendwo existieren, wird Sie weiterquälen. Aber wir haben damals geschworen, nie ein Wort über die Ereignisse zu verlieren.

Wir – das waren:

Milton Jones, Mi Su Eliza Chung, Paul Forster, Frank Carter, Kathleen Bellamy, Martha Flemings und natürlich Grace Morgan.

Erinnern Sie sich noch an Grace?

Mark de Vincenz

Kapitel 1

Demon Days.
Nein. Bloß nicht! Die Dämonen hatte sie gerade verjagt. Katie schaltete auf den nächsten Song ihrer Wiedergabeliste.
Hope there's someone von *Antony and the Johnsons.*
Okay, das war auch nicht besser.
Sie schob den Gedanken an Sebastien schnell zur Seite. Vermutlich gab es unendlich viele tragische Songs über Liebespaare. Nicht daran denken. Vorbei ist vorbei.
Sie starrte zur Steilwand hinüber, die in einiger Entfernung hinter dem Solomonfelsen aufragte. Den Winter über hatte Katie jede freie Minute im collegeeigenen Fitnessstudio verbracht. An den Geräten absolvierte sie jeweils zwei Runden à zwanzig Wiederholungen: Oberarmtraining, Bauchmuskeln, Waden, Unterschenkel, Rücken, Po. Sie war bestens gewappnet für die Klettersaison im Freien.
Katie drückte auf dem iPod herum, um doch wieder bei Robert Forster zu landen. War es Zufall, dass sie ihn mochte? Schließlich war der Name Forster hier oben Programm. Und die Dämonen führten sowieso ihr eigenes Leben, das wusste sie aus bitterer Erfahrung.
Die Musik klang in ihren Ohren.
The fingers of fate
Stretch out and take
Us to a night
Sie zog das Handy aus der Hosentasche. Es zeigte eine Liste von unbeantworteten Anrufen, die alle denselben Namen an-

zeigten. Warum meldete er sich nicht? Der Duke, wie Benjamin ihn damals, nachdem sie wieder am College waren, getauft hatte. Wenigstens eine SMS – ein Lebenszeichen – ein Standardsmiley. Aber nichts?

Sie steckte es zurück.

The half whispered hopes
The dreams that we smoked.

Katie streckte die Beine aus. Von ihrem Platz am Ufer des Lake Mirror hatte sie einen Wahnsinnsblick auf das Panorama. Es war vermutlich einer der klarsten Tage, die sie je hier oben erlebt hatte, mit einer Sicht, die ihr den Atem verschlug.

Der Schnee und die glitzernde Oberfläche des Spiegelsees reflektierten das Licht so stark, dass es in den Augen wehtat. Sie schob die Sonnenbrille nach unten und legte den Kopf zurück.

Auf den Berghängen und den Gipfeln rundherum lag noch meterhoch der Schnee – doch in Seehöhe war er unter dem Einfluss des sogenannten Pineapple Express innerhalb eines Tages geschmolzen. Der Pineapple Express, auch Kona-Sturm genannt, trat immer dann auf, wenn feuchte Warmluftmassen aus Hawaii auf die arktische Luft Kanadas prallten. Bis vorgestern hatten sich Regenfälle von tropischen Ausmaßen entladen, dann war plötzlich die Sonne hinter den Wolken hervorgekommen und heute hatte das Thermometer fünfzehn Grad erreicht – und das im Februar und auf zweitausend Meter Höhe!

Katie sah auf die Uhr. Noch gut dreißig Minuten bis zu ihrem nächsten Seminar. Sollte sie noch einmal versuchen, ihn anzurufen? Katie wollte schon das Handy in die Hand nehmen, als sie aus den Augenwinkeln Julia und Chris erkannte, die Hand in Hand das Ufer entlangkamen. Als die beiden auf der Höhe ihrer Bank angekommen waren, nickte Katie ihnen zu.

Chris ließ sich neben sie auf die Sitzfläche fallen und zog ihr einen Stöpsel aus dem Ohr. »Was hörst du?« Er horchte. »Oh, Robert Forster?«

»Was dachtest du denn? *Teenage Dream* von Katy Perry?«

Julia lachte leise, doch dann verzog sich ihr Gesicht. »Katie, hast du meine Notizen für den Französischkurs irgendwo gesehen? Sie sind seit heute Morgen spurlos verschwunden.«

»Das höre ich jetzt schon seit Stunden.« Chris seufzte.

»Ja! Weil du mir nicht sagen kannst, ob ich sie dabeihatte, als ich zu dir runterkam, oder nicht.«

»Wenn du nachts an meinem Bett erscheinst, achte ich nur darauf, was du nicht anhast, Süße, und nicht, was du in der Hand hältst.«

Katie hob ironisch die Augenbrauen, aber sie sparte sich einen Spruch. Normalerweise bereitete es ihr großes Vergnügen, Chris zu provozieren, vor allem, nachdem er sie damals auf dem Ghost einfach im Stich gelassen hatte. Doch dieser Tag ... sie seufzte ... war einfach zu sonnig für die üblichen Boshaftigkeiten.

»Wo warst du eigentlich heute Morgen?«, wandte sie sich an Julia. »Wir wollten aufs Laufband, vergessen?«

Julia blickte sie schuldbewusst an. »Wir haben verschlafen, tut mir leid.«

Chris grinste. »Verschlafen?«

Julia hob die Schultern und trug ein verlegenes Lächeln im Gesicht. »Ja, verschlafen.«

»Seitdem Debbie nicht mehr über euch wacht, *verschläfst* du so gut wie jeden Tag«, gab Katie zurück.

»Nur kein Neid!« Chris legte den Arm um Julia.

»Gott, Chris«, Katie schüttelte gelangweilt den Kopf. »Meinetwegen könntet ihr es hier auf der Bank miteinander treiben, ich würde es nicht zur Kenntnis nehmen.«

Ganz so war es nicht. Vor allem, wenn sie daran dachte, dass er immer noch nicht angerufen hatte. Außerdem störte sie etwas an der Beziehung zwischen Chris und Julia, heute mehr noch als früher. Nach der Sache am Remembrance Day schienen sie den Preis für das perfekte Paar gewinnen zu wollen und seit Weihnachten war es sogar noch schlimmer geworden. Irgendetwas war passiert, aber Katie war noch nicht dahintergekommen, was es sein könnte. Egal. Sie hatte ihr eigenes Geheimnis.

»Sehen wir uns nachher im Seminar?«

Katie nickte. »Viel Erfolg bei der Suche nach deinem Franz-Script! Vielleicht ist es wieder im Kühlschrank, wie neulich deine Formelsammlung«, rief sie Julia nach.

»Sie war nicht im Kühlschrank . . .«, Julia winkte ihr zu, »sondern im Gefrierfach.«

Wenn es weiter bei Katie so gut im Studium lief, würde sie Französisch doch als Schwerpunkt behalten. Seit dieses Arschloch von Professor ach so tragisch aus dem Leben geschieden war – oh, nein – Katie empfand kein Mitleid –, unterrichtete André Marot ihr Hauptfach. Am liebsten hätte sie diesen Professor heiliggesprochen, schon allein seiner Aussprache wegen. Ganz abgesehen davon, dass er keine öden Vorträge über einen mumifizierten Literaten hielt, der seiner Kindheit hinterhertrauerte.

Katie wollte wieder die Stöpsel des iPods in die Ohren stecken, als das Handy an ihrer Hüfte vibrierte. Sie fischte das Telefon so hektisch aus der Tasche, dass es fast hinuntergefallen wäre. Bevor sie die grüne Taste drückte, atmete sie tief durch. Okay, Katie, er muss ja schließlich nicht hören, wie sehr du auf den Anruf gewartet hast.

»Hi.«

»Ist das alles, was dir dazu einfällt, wenn mein Name auf deinem Display erscheint? Hi?« Seine dunkle Stimme klang spöttisch.

»Du weißt doch, ich gehöre zur Kategorie *Stille Wasser*

sind tief.« Katie starrte auf den See hinaus, dessen wirkliche Tiefe niemand zu kennen schien.

»Ich habe nicht viel Zeit und bin auch nicht allein.«

»Warum rufst du dann an?«

Er lachte leise. »Immer wieder ein Vergnügen, mit dir zu telefonieren.«

»Warum tust du es dann so selten?«

»Höre ich so etwas wie Sehnsucht aus deiner Stimme?«

»Höre ich da so etwas wie Eitelkeit in deiner Stimme?«

»Komm schon, Katie, gib es zu! Du vermisst mich. Bist du einsam?«

Katie erhob sich und ging ein Stück am Ufer entlang, bis sie auf der nächsten Bank, die nur wenige Meter entfernt lag, Platz nahm.

»Ich werde noch verrückt hier oben«, sagte sie leise. »Mein Kopf platzt bald. Und wenn mich noch einmal Sam Ivy mitten im Philo-Seminar antextet und um ein Date bittet, kotz ich ihm vor die Füße.«

Wieder lachte er leise.

»Und? Warum willst du dich nicht mit ihm treffen?«

Sie wechselte das Handy von einem Ohr zum anderen. »Eben weil ich ihm lieber vor die Füße kotze!«

Ein Knacken tönte in der Leitung, dann war seine Stimme, plötzlich wieder ernst. »Katie, wir müssen uns endlich sehen.«

Sie schloss die Augen. »Du kennst die Regeln«, sagte sie.

»Ja«, erwiderte er. »Und ich bin jetzt bereit dafür. Tag der Wahrheit.«

Katie hörte ihr Herz pochen. Er war bereit? Was hatte ihn plötzlich dazu bewogen? Seit er sich aus dem Nichts heraus am Anfang des Jahres gemeldet hatte, hatte der Duke sich geweigert, ihr seinen wahren Namen zu verraten. Aber das war ihre Bedingung dafür gewesen, einem Treffen mit ihm zuzustimmen.

Sie hörte ihn fragen: »Samstag?«

Wieder ertönte ein Knacken.
»Bist du noch dran?«
Nichts.

Hatte er einfach aufgelegt? Oder war sie wieder einmal an einer Stelle im Tal, wo es plötzlich keinen Empfang gab? Sie starrte auf das Handy in ihrer Hand und die Anzahl der grünen Balken.

»Katie? Katie?« Erleichtert vernahm Katie wieder seine Stimme. »Ja.«

»Ich muss aufhören. Samstagmittag. In Fields. Das kleine Café neben dem Sportgeschäft?«

»In Ordnung.«

»Katie? Es war eine lange Zeit. Ich . . . ich vermisse dich.«

Sie grinste. Was wollte er jetzt hören? *Ich dich auch?* Den Gefallen tat sie ihm nicht. »Viele Grüße . . . an Paul Forster«, sagte sie stattdessen. »Richte ihm aus, ich denke an ihn.«

Sie hörte sein Lachen, und als sie auf die rote Taste drückte, fühlte sie sich mit einem Mal leicht, irgendwie schwerelos. Solche Momente hatte es seit der Sache mit Sebastien in ihrem Leben nur noch selten gegeben.

Katie starrte hinüber auf den weißen Gipfel des Ghost und schob die Erinnerung an das Drama, das sie dort oben erlebt hatte, einfach weg. Die enge Gletscherspalte, die Angst, die Panik – einfach auf Delete drücken, Katie, und weg damit. Wichtig war nur das Gefühl von Freiheit, als sie auf dem Gipfel gestanden hatte. Es war ein Gefühl, das der Duke mit ihr geteilt hatte.

Sie atmete die frische, klare Luft, legte wieder den Kopf in den Nacken und hob ihr Gesicht in Richtung Sonne. Sie genoss die Stille, dieses klare Schweigen, das man hier, so nahe am Campus, nur selten erlebte.

Doch diese Stimmung hielt nicht lange an, denn gleich darauf hörte sie Schritte im Kies hinter sich und eine Stimme, die mit seltsamem Unterton flüsterte. »Paul?«

Erschrocken riss Katie den Kopf herum und sah sich Benjamin gegenüber. Aber im Gegensatz zu sonst war sein Tonfall nicht unbeschwert und fröhlich, er hatte auch seine Kamera nicht vor dem Gesicht. Dafür lag in seiner Stimme eine unterschwellige Aggression, die sie sich nicht erklären konnte. Sein Blick schweifte ruhelos über den See. Katie war völlig überrascht, als seine Hand ihre Schulter packte und sich seine Finger in ihre Jacke krallten. »Du telefonierst mit einer Leiche?«, fragte er heiser. »Mit Paul? Paul Forster?«

Grace Dossier
Liste aller Vorräte

<u>Martha</u>
Wem noch etwas einfällt, bitte dazuschreiben!
Fleisch, Eintöpfe, Früchte, Gemüse
Mehl, Nudeln, Dosenbrot, Zwieback, Haferflocken, Knäckebrot, Reis
Salz, Öl, Margarine, Konfitüre, Zucker, Gewürze
Kaffeepulver, Tee, Mineralwasser, Milchpulver, Kakao
Klopapier, Seife, Zahnbürste und -pasta, Müllbeutel, Küchenrolle

<u>Milton</u>
Wetterschutzkleidung, festes Schuhwerk
Essgeschirr, Besteck, Dosenöffner
Schlafsack und Isomatte
Taschenlampe und Ersatzbatterien
Erste-Hilfe-Material, Medikamente
Pass, Geld
Feuerzeug, Taschenmesser, Kompass, Signalpfeife
Wer besorgt die Wasseraufbereitungstabletten in Fields?

<u>Grace</u>
Und was ist mit SCHOKOLADE?

<u>Frank</u>
Und ALKOHOL?????

<u>Paul</u>
Den schleppst du selbst.

<u>Mark</u>
Denkt ihr auch daran, dass wir im Hochgebirge sein werden? Bergschuhe, Steigeisen, Gletscherbrille (ganz wichtig!) und Eispickel oder Eisaxt.

Kapitel 2

»Paul Forster? Ich habe keine Ahnung, wovon du sprichst«, sagte Katie und die Kälte in ihrer Stimme musste sie nicht spielen.

Benjamin ließ ihre Schulter los, umrundete die Bank und stand nun direkt vor ihr.

Was war nur mit ihm los?

»Du siehst grauenhaft aus«, sagte sie. »Wann hast du dich zum letzten Mal gekämmt? Und was ist mit deinen Kleidern passiert? Hast du dich im Dreck gewälzt?«

Für einen Moment starrte Benjamin an sich herunter, seine Hände wischten über den dünnen Pullover, den eine dicke rote Staubschicht bedeckte. Zur Abwechslung trug er einmal nicht seine blaue Lieblingsjacke.

»Ehrlich, Ben, du brauchst dringend eine Dusche.«

Er murmelte etwas vor sich hin, das sie nicht verstand, dann wandte er das Gesicht der Sonne zu und blinzelte heftig.

»Schaff mir die Sonne aus den Augen!«

Oh Mann, seine Pupillen waren riesig. Und glänzten – blank geschliffene schwarze Marmorkugeln in den tief liegenden Augenhöhlen.

»Alter, was hast du denn genommen?«

»Es ist so hell«, murmelte er, legte den Ellbogen übers Gesicht und stieß seltsame Laute aus. Es klang wie das Heulen von einem Nachtvogel. »Mach sie aus, Katie.«

»Was?«

»Die Lichter! Es ist einfach zu hell, verstehst du?« Hatte er zunächst geflüstert, schrie er nun.

Katie erhob sich und wollte sich an ihm vorbeischieben, doch er reagierte sofort und versperrte ihr den Weg.

»Lass mich in Ruhe, Ben.«

»In Ruhe? Und dann? Dann erstarre ich langsam zu Tode.« Er stand nun direkt vor ihr und Katie stockte der Atem, so sehr stank er aus dem Mund.

»Rote Wolken, schau.« Er breitete die Arme aus und wankte auf das Seeufer zu. Wie er vorsichtig einen Fuß vor den anderen setzte, schien es, als balanciere er auf einem Hochseil. »Er hat mich gerufen«, sagte er verträumt.

Katie fluchte einmal durch die Zähne. Was immer Ben genommen oder geraucht hatte, in diesem Zustand konnte sie ihn unmöglich allein lassen.

»Wovon redest du?« Sie ging hinter ihm her und packte ihn am Arm.

»Paul Forster«, schrie er. »Er hat mich gerufen, kapierst du das nicht? Ich bin auserwählt.«

Scheiße. Benjamin war total neben der Spur. Einfach auf einem anderen Planeten. Katie hatte noch nie kapiert, warum manche Leute sich so zudröhnen mussten, dass sie jeglichen Sinn für Realitäten verloren. Gut, auch sie verstand das Prinzip des Rausches, wusste um den Kick, aber das hier war etwas anderes.

»Jetzt krieg dich mal wieder ein, Ben.« Sie zog ihn vom Ufer weg. Für den Bruchteil einer Sekunde schien er sie tatsächlich zu verstehen und folgte ihr willenlos. Aber auf seinem Gesicht lag ein seltsamer Ausdruck. Er lachte zwar, doch es klang boshaft.

»Du solltest zur Krankenstation gehen.« Katie sprach langsam und überdeutlich. »Mrs Briggs wird dir etwas geben, damit du dich beruhigst. Du brauchst wirklich Hilfe.«

Er wandte den Kopf und starrte sie mit einem verschlagenen Blick an. »Mit wem hast du eben telefoniert, Katie? Mit wem? Mit wem? Was? Sag es mir! Komm, Katie!«

Sein Arm schnellte nach vorne. Er wollte ihr das Handy entreißen, das sie immer noch in der Hand hielt, doch Katie ließ es rasch in die Hosentasche gleiten.

Ein Knurren stieg aus seiner Kehle auf, das fast nicht mehr menschlich klang. Katie zuckte zurück. So hatte sie Benjamin noch nie erlebt. Er war so aufgewühlt und gleichzeitig schien ihn eine Kälte einzuhüllen, die ihn vergessen ließ, wer sie war. Nein, dachte sie für den Bruchteil einer Sekunde, er trägt einfach keine Maske mehr. Er hat sie fallen gelassen.

»Du hast mit dem Duke telefoniert, stimmt's? Unserem falschen Freund, der auf dem Ghost mit dabei war – du hast ihn gefunden!«

»Ich?«

»Ja, an dem Wochenende im November, als der große Sturm kam und uns andere hier oben eingesperrt hat.«

»Ich muss jetzt ins Seminar, Ben. Und du auch.« Sie versuchte, sich an ihm vorbeizuschieben, aber er packte sie an der Jacke und hielt sie fest.

»Wo warst du an dem Wochenende über den Remembrance Day, Katie?« Plötzlich war sein Blick wieder klar.

»Unterwegs.«

»Debbie meinte, du wärst auf der Suche nach dem Duke gewesen.« Er lachte irre. »Dem Duke des Grace Valley, der mit uns den Ghost bestiegen hat und doch auf keinem einzigen meiner Filme zu sehen ist. Als ob er nie existiert hätte! Aber vielleicht existiert ja das alles hier nicht.«

»Jetzt dreh nicht durch, Benjamin.«

Abrupt wandte er sich ihr zu. »Du glaubst, ich ticke nicht ganz richtig, was?«

»Sag du es mir.«

»*Warum* ist er auf keinem meiner Filme zu sehen?«, brüllte er.

Ihr Herz hämmerte, sie spürte jeden einzelnen Schlag. Einfach cool bleiben, sagte sie sich. Sie zögerte kurz und stieß dann aus: »Warum ist das so wichtig?«

»Verarsch mich nicht.« Ben kniff wütend die Augen zusammen. »Tu nicht so, als ob du nicht wüsstest, wovon ich spreche. Er ist plötzlich aufgetaucht, mit uns auf den Berg gestiegen und wieder verschwunden – wie ein Geist. Wie ein Geist«, wiederholte er.

Katie starrte über Benjamins Schulter Richtung Campus, der sich allmählich leerte. Von der Treppe winkte ihr Alex Claus zu, ein Student aus ihrem Französisch-Schwerpunkt. Ganz gegen ihre Gewohnheit winkte sie zurück und wollte schon zu ihm hinüberlaufen, aber Benjamin hielt sie am Arm zurück. Katie stolperte und fing sich in letzter Sekunde. »Mann, Benjamin, sieh zu, dass du von diesem Trip herunterkommst«, fauchte sie. Sie versuchte, den Kopf zu drehen, um zu sehen, ob Julia und Chris von ihrem Spaziergang zurückkehrten, doch Ben versperrte ihr den Blick, indem er sich vor sie stellte. Der Griff um ihren Arm wurde noch stärker.

»Lass mich los!«

»Paul Forster ist hier irgendwo, stimmt's?«

»Paul Forster ist seit über dreißig Jahren tot.«

»Du weißt, wen ich meine.«

Katie spürte, wie sie zitterte. Wie kam er ausgerechnet jetzt auf den Duke? Wochenlang hatten sie nicht mehr darüber gesprochen und niemand hatte den Namen erwähnt.

Es war Katie gewesen, die im letzten Sommer die Tour auf den Ghost, den höchsten Berg im Tal, initiiert hatte. Und kurz vor ihrem Aufbruch war dieser Junge mit dem kurz gestutzten Bart, den rötlichen Haaren und der Narbe auf der Wange aufgetaucht. Er besaß eine der seltenen Karten vom Tal und hatte sich als Paul Forster vorgestellt.

Nicht sein wahrer Name, wie sich herausstellen sollte.

Am Ende war er einfach verschwunden. Und den echten Paul, einer der Studenten, die in den Siebzigern auf dem Berg verschollen waren, hatte Katie in einer Gletscherhöhle gefunden. Für fast vierzig Jahre war die Höhle sein eisiges Grab gewesen.

»Der Duke war ein Lügner, hat einen falschen Namen angegeben, warum auch immer«, sagte Katie. »Es ist mir völlig gleichgültig.«

»Du lügst, Katie.«

Sie sah plötzlich, dass er am ganzen Körper zitterte. »Mensch, Benjamin, leg dich ins Bett und schlaf dich richtig aus, sonst landest du da, wo Debbie ist: in der Psychiatrie.«

Er zerquetschte fast ihren Arm. »Du bist eiskalt, stimmt's Katie? So kalt und hart wie das Eis auf dem Gletscher.«

Normalerweise machte ihn das Zeug, das er nahm, gut gelaunt, manchmal auch hyperaktiv, aber noch nie hatte Katie ihn so aggressiv erlebt. Die Worte, die er sagte, klangen wirklich so, als wäre er auf einem Trip, der ihn in eine andere Welt führte. Er schien völlig losgelöst von der Realität und hätte er nicht ständig ihren Namen wiederholt, hätte sie gedacht, dass er sie gar nicht erkannte. Und wieder streifte sein fürchterlicher Mundgeruch sie, als er nun sagte: »Ich habe gesehen, was zwischen euch gelaufen ist.«

»Was denn?«

Benjamin ließ sie für einen Moment los. »Schwingungen«, murmelte er. »Echte Schwingungen. Er fand dich toll, hätte dir am liebsten die Kleider vom Leib gerissen. Die ganze Zeit, vom ersten Moment an. Der Duke war nur deinetwegen dabei. Wir anderen haben ihn einen Scheiß interessiert. Und du interessierst dich doch auch nicht für uns, oder? Also, warum bist du hier im Tal? Wer hat dich geschickt?«

»Geschickt?« Katie spürte die Wut kommen. Sie stürmte los, aber im selben Moment war Benjamin über ihr. Er, der nicht größer oder schwerer war als sie, entwickelte plötzlich unglaubliche Kraft. »In wessen Auftrag bist du hier?«, brüllte er.

»Was redest du da?«

»Du hast die Aufnahmen von ihm gelöscht, stimmt's? Hast dir meine Kamera genommen und die Bilder überspielt.«

»Ich habe doch keine Ahnung, wie das Ding überhaupt funktioniert.«

Benjamin kniff die Augen zusammen: »Oder ging es um etwas anderes? Wolltet ihr, dass ich dort oben krepiere?« Eine Art Grinsen lag nun auf seinem Gesicht. »Vermutlich dachtet ihr, ich würde das sowieso nicht durchhalten. Dass ich schlappmachen würde. Hast du meinen Tod in Kauf genommen, Katie?«

»Kein Mensch hat dich gezwungen, mit dort hochzugehen.«

Sein Griff war mittlerweile wieder erschlafft und Katie hätte sich befreien können, aber etwas in seinem Tonfall hielt sie davon ab.

»Die Lichtstraße«, sagte er und seine Stimme wurde so schleppend, als müsse er um jeden seiner Gedanken ringen, als wäre es eine kaum zu ertragende Last, jeden einzelnen Buchstaben auszusprechen. Er wandte das Gesicht dem See zu und kniff die Augen zusammen. »Siehst du sie, Katie? Siehst du sie? Manchmal verschwindet sie, dann ist sie wieder da.« Angst sprach aus seinem Blick. »Du siehst sie doch auch, Katie, oder?«

Sie hielt den Atem an.

»Die Lichtstraße führt in die Unendlichkeit. Ich habe es gewusst, nur deshalb bin ich mit dir auf den Berg gestiegen. Weil der Gletscher«, flüsterte er nun, »der Gletscher ist nicht wirklich da, verstehst du? Er ist nur eine Spiegelung der Milchstraße und weißt du, wohin sie uns führt? Uns alle?«

Katie sah, wie sich zwei Gestalten auf dem Weg näherten, Arm in Arm. Chris und Julia. Gott sei Dank! Sie würden ihr helfen, Ben auf die Krankenstation zu bringen, denn da gehörte er hin, und zwar schleunigst, wenn sie das richtig sah.

»*And if you listen very hard. The tune will come to you at last . . .*«, begann Ben zu singen und es klang fast, als ob er weinte. »*When all are one and one is all – to be a rock and not to roll.*«

Sie winkte Chris und Julia zu, damit sie sich beeilten.

»*And she's buying a stairway to heaven.*«

Katie räusperte sich, trat von hinten an ihn heran und legte die Hand auf Bens Schulter. Sie war dreckig und feucht. »Irgendwann wird dich jemand dem Dean melden, Ben«, sagte sie eindringlich, »und dann fliegst du vom College, verstehst du?«

»Niemand kann mich aus dem Tal werfen, Katie, das ist unmöglich.« Seine Stimme klang fast tonlos. »Es gibt keinen Weg zurück, wenn man erst einmal so weit gekommen ist.«

»Ach ja? Du wirst sehen, wie schnell das geht.«

Sein Kopf schnellte herum. Plötzlich war sein Gesicht wieder völlig normal, trug den heiteren Ausdruck, der für Benjamin typisch war. Zwar waren die Pupillen noch immer geweitet, aber sein Blick war ganz klar.

Julia und Chris waren nur noch wenige Schritte entfernt, als er sagte: »Du hast keine Ahnung, worum es hier oben geht, oder?«

Benjamin ließ Katie stehen, noch bevor Chris und Julia sie erreichten. Er ging mit schnellen Schritten querfeldein über den Rasen auf den historischen Teil des Collegegebäudes zu, dessen Schornsteine und Giebel sich fast unwirklich klar gegen den blauen Himmel abhoben. Katie starrte ihm fassungslos hinterher und konnte nicht glauben, dass Ben noch nicht einmal schwankte.

Plötzlich war sie sich nicht mehr sicher, ob er ihr einfach nur etwas vorgespielt hatte. Die Frage war nur – warum? Katie versuchte, sich zu erinnern, wann sie ihn zum letzten Mal gesehen hatte. Es fiel ihr nicht ein. Es war Prüfungszeit und jeder war mit sich beschäftigt. Sie hatten kaum Zeit, sich zu treffen oder miteinander zu reden. Vermutlich war er in einem der Grundkurse gewesen, sie hatte ihn nur nicht bemerkt.

»Ist was?«, fragte Julia, als sie und Chris bei Katie angelangt waren. »Du siehst aus, als wäre hier gerade ein Geist vorbeigekommen.«

»Chris, was ist mit Benjamin los?«, fragte Katie statt einer Antwort.

»Was soll mit ihm los sein?«

»Er ist völlig von der Rolle.«

Chris lachte. »Das ist doch nichts Neues.«

»Nein, nicht wie sonst. Er war total aggressiv.«

»Ben?« Julia schüttelte ungläubig den Kopf.

»Außerdem hat er wirklich seltsame Dinge erzählt.«

Chris zuckte mit den Schultern und grinste. »Vielleicht hat er sich mit seinem Lover gestritten?«

»Lover?«

»Das weißt du noch nicht?« Auch Julia lachte nun.

»Was?«

»Er ist mit Tom zusammen, einem der Senior-Studenten. Der aus dem Collegetheater – erinnerst du dich an seinen grauenhaften Hamlet?«

Katie schüttelte den Kopf. »Tom und Benjamin? Das hat mir bisher niemand erzählt.«

»Tja«, sagte Chris und hob die Hände, »seitdem sie Debbie in die Psychiatrie gesteckt haben, versagt der Nachrichtendienst am Grace. Dann wüsstest du, was los ist. Benjamin hat sich schon ewig nicht mehr im Apartment blicken lassen. Vermutlich wohnt er bei Tom im Bungalow. Ich habe sogar das Gefühl, er vernachlässigt seine Filmerei.«

Katie überlegte. »Hört mal, er wirkte alles andere als frisch verliebt. Er war völlig zugedröhnt, hat etwas von Lichtstraßen und Aufträgen gelallt.«

Julia pustete sich eine Haarsträhne aus der Stirn. »Schade, dass wir zu spät gekommen sind. Das muss ja eine echte Show gewesen sein.«

Chris rollte die Augen. »Ich kann auf so einen Scheiß verzichten«, knurrte er. »David hat ihm schon hundertmal gesagt, dass er endlich die Drogen aufgeben soll. Aber Benjamin macht sich nur über ihn lustig und behauptet, selbst Moses wäre vermutlich nur bekifft gewesen, als er den brennenden Dornbusch sah. Vielleicht hat er recht, egal, ich mische mich da nicht ein . . .« Chris stockte kurz und kniff die Augen zusammen. »Wenn jemand erst einmal damit angefangen hat, dann kann man als Außenstehender kaum etwas machen.«

Katie schüttelte den Kopf. Chris und Julia verstanden nicht, was sie sagen wollte, aber andererseits – es machte ja auch keinen Unterschied. Sie lebte ihr Leben – und Ben seins. Im Grunde genommen ging es sie nichts an, wenn er sich zugrunde richtete.

Sie wandte sich zum Gehen. »Egal«, sagte sie. »Wir kommen zu spät zum Bio-Grundkurs. Und, Scheiße, ich bin nicht vorbereitet.«

»Was wollte Ben eigentlich ausgerechnet von dir, Katie?«, hörte sie Julia fragen. »Er ist ja sonst nicht gerade dein bester Freund.«

Katie zuckte zusammen, aber ihre Stimme war völlig ruhig, als sie sagte: »Ich habe keine blasse Ahnung. Er hat nur irgendwelchen Unsinn geredet von wegen *Stairway to heaven*. Aber wenn ihr meine Meinung hören wollt: Der stand nicht auf den ersten Treppenstufen Richtung Himmel, sondern war auf dem besten Weg zur Hölle.«

Grace Dossier

Aufzeichnungen aus Elizas Notizbuch

(05. August 1974)

Uhrzeit: zehn Uhr abends.
Wetterverhältnisse: sechs Grad.
Nanuk Cree hat wie versprochen die Vorräte hier hochgebracht und beim Anblick der Konserven, Cornflakes-Packungen und Pakete mit Kaffee, Zucker und Milchpulver, Ersatzbatterien, Kerzen, Streichhölzer wird mir klar, dass wir tatsächlich hier oben bleiben werden.
In einer halben Stunde wollen wir uns treffen und den Tag besprechen. Die Zeit bis dahin werde ich nutzen, um meinen Bericht über den Tunnelaufstieg noch einmal zu überarbeiten.

Bericht über die Ereignisse im Tunnel:
Feuchtigkeit an den Holzwänden, die Balken über uns strömen einen fauligen Geruch aus. Gleichzeitig Staub in der Luft. Ich darf nicht an die niedrige Decke über mir denken.
Panik.
»Alles okay?«, fragt Mark hinter mir. Er schiebt sich in dem engen Gang an mir vorbei, und als wir dicht voreinander stehen, zieht er mich an sich. Für einige Sekunden liegt mein Kopf an seiner Brust. Ich spüre seinen Herzschlag, als sei es mein eigener.
»Es tut mir leid, dass ich dich überredet habe mitzukommen.«
Ich schüttele den Kopf. »Meine Mutter hätte verlangt, dass ich nach Korea komme. Das wäre viel schlimmer als dieser Tunnel.«
Die Stimmen der anderen, die die Dunkelheit schon lange verschluckt hat:
Kathleens helles Lachen.

Ausrufe des Erstaunens.
Milton, angespannt: »Lasst uns weitergehen.«
Franks Antwort: »Wow. Vielleicht haben wir hier ein bedeutendes Weltkulturerbe entdeckt. Und noch niemand vor uns war hier unten.«
Milton, gereizt: »Ach ja? Und woher kommen die Holzbalken?«
»Geht es?«, fragt Mark. Er weiß, dass ich Angst vor engen Räumen habe.
Ich bejahe. Vielleicht zu leichtfertig?
Wir schließen zu den anderen auf.
Sie starren auf die Höhlenwand. Erst als Mark seine Taschenlampe auf das Gestein richtet, verstehe ich die Aufregung. Die Wand ist über und über mit Zeichnungen bedeckt. Schmale Figuren, Gesichter, die wie Karikaturen wirken. Grässliche Fratzen, Masken, Schlangen, Pferde, ein Jaguar und dazwischen immer wieder komplizierte geometrische Figuren.
Paul: »Mann, die sind ja überall. Hier, der ganze Seitengang ist voll davon. In jeder Nische und jedem Spalt haben sie Bilder hinterlassen.«
Grace: »Seht ihr die maskierten Tänzer? Ist das nicht wundervoll? Und diese ovalen Hüte, die sie aufhaben, sind doch witzig, oder? Meint ihr, die waren in der Steinzeit Mode?«
Milton mahnt noch einmal zum Aufbruch, inzwischen ungeduldig.
Grace schüttelt den Kopf. Beugt sich näher vor, studiert jede Linie. »Das sind Indianersymbole. Ich möchte nur wissen, woher sie die Farben hatten. Milton, gib mir doch mal die Taschenlampe.«
Sie richtet den Strahl der Lampe auf den Boden, wo ein Haufen Steine liegen – und Knochen.
Reste von Tieren oder Menschen? Sie bilden ein kompliziertes Muster.
Grace bückt sich, hebt einen Stein auf und zieht eine dunkelrote Linie an der Wand. »He, die muss ich unbedingt mitnehmen.«
Ein leiser Aufschrei. »Shit, jetzt habe ich mich geschnitten.« Milton wird wütend. Er will endlich weiter.

Grace fragt: »Warum hast du es so eilig? Wir werden sowieso Wochen dort oben verbringen. Da kommt es auf ein paar Minuten nicht an. Also stellt euch in einer Reihe auf, ich werde uns auf der Wand verewigen.«
Mark zieht mich nach vorne.
Ein seltsames Gefühl überfällt mich, als Grace direkt vor mir steht und meinen Umriss zeichnet. Ich fühle mich plötzlich Tausende von Jahren zurückversetzt.
Grace: »Und jetzt, Paul, malt Eliza uns beide, wie sich unsere Hände berühren. Paul?«
Ihre Stimme hallt im Tunnel nach. Das Gebälk knirscht. Gesteinsbrocken und Staub rieseln auf uns hinab.
»Paul?«
»Paul? Paul, wo bist du?«

Kapitel 3

Die Sonne brannte durch die großen Fensterscheiben wie ein monströser Scheinwerfer und heizte die stickige Luft des Raums derart auf, dass Katie fürchtete, jeden Moment umzukippen. Sie fühlte sich so eingeengt, als ob ihr ein zu kleiner BH die Luft abschnürte, und sie sah an den Gesichtern der anderen Studenten, dass es offenbar nicht nur ihr so ging.

Wie konnte Jay Bauer von ihnen verlangen, bei diesem blauen Himmel in dieser Sardinenbüchse zu sitzen und seinen Ausführungen zu lauschen?

Jay Bauer gehörte zur Kategorie von Dozenten, die das Studium mit modernem Management verwechselten. Er war um die dreißig, seine Glatze glänzte, als hätte er sie mit Politur behandelt, sein Humor war so gering wie der Alkoholgehalt von Muttermilch und seine Miene so ernst, als verkünde er den Bankrott der Bank of Canada. Jeder im Tal wusste, dass er nach einem Professorenposten schielte, und vielleicht verstand er genau deshalb keinen Spaß.

Etwa zwei Meter weiter links entdeckte Katie einen schwarzen Punkt auf dem Fußboden. Sie kniff die Augen zusammen und starrte ihn an.

Eine Ameise . . .

Ameisen waren zum Großteil genauso dumm wie die Studenten hier im Raum. Bis auf diese eine. Sie hatte sich ganz offensichtlich der Diktatur ihres Volkes entzogen und versuchte, sich alleine im Tal durchzuschlagen.

Stopp.

Das war nicht möglich.

Im Tal gab es keine Tiere – außer der schwarzen Dogge von Professor Brandon. Weder Säugetiere noch Insekten. Keine Bären, keine Weißkopfseeadler, keine Murmeltiere – und keine Ameisen. Nur Vögel, doch selbst sie schienen an der Grenze zum Tal kehrtzumachen.

Katie beugte sich vor. Neben ihr saß Robert, Julias kleiner Bruder, das Genie am Grace. Er fixierte einen Punkt irgendwo vor den Fenstern. Robert war strange – und Katie musste zugeben, dass sie aus ihm nicht wirklich schlau wurde. Mit seiner Harry-Potter-Brille und seinen jungenhaften Gesichtszügen schien er viel eher auf die Highschool zu gehören als an ein College. Aber sie wusste, dass Professor Vernon, der Leiter des Mathematik-Departments, so große Stücke auf Robert hielt, dass er ihn oft zu sich nach Hause einlud und mit ihm über Probleme diskutierte, die an Universitäten der ganzen Welt erforscht wurden.

Katie hatte sich schon oft gefragt, wie Robert die Welt sah. Erschien sie ihm vielleicht in Zahlen – oder in abstrakten, geometrischen Formen?

Wobei – Formen hin, Zahlen her – für die arme Ameise schien das Wunderkind keine Augen zu haben. Dafür bewegte Robert den Fuß immer weiter nach links. Nur noch ein Zentimeter und – klatsch, die Ameise wäre nicht mehr länger dreidimensional, sondern total platt.

Katie beugte sich unter die Bank und schob sich an Roberts Beinen vorbei.

»Beweg dich nicht, Robert.«

Doch genau das tat er. Sein Fuß hob sich und ... Katie hielt ihn fest.

Sie streckte die Hand aus und berührte den winzigen Fleck. Er blieb an ihren Fingern kleben. Nein – keine Ameise. Nur ein winziger rötlich brauner Stein. Sie hatte sich getäuscht.

Ihr Kopf erschien wieder über der Bank. Jay Bauer funkelte sie an, doch sie zuckte lediglich mit den Schultern.

»Was ist los?«, flüsterte Robert.

»Nichts.«

Sie legte den Stein auf die Bank.

»Was ist das?«

»Dreck«, erwiderte sie und gleich darauf schnitt Bauers Stimme durch den Raum.

»Haben Sie etwas zu dem Thema zu sagen, Miss West?«

»Eigentlich nicht«, erwiderte sie, verschränkte die Arme und lehnte sich zurück.

Der Dozent fuhr in seinen Ausführungen fort. »Je dichter der Baumbestand ist, desto weniger dringen die Sonnenstrahlen bis zum Boden durch. Die Nadelbäume besitzen deshalb eine . . .« Jay Bauers Zeigefinger schwebte über dem Touchscreen-Display des Hightech-Rednerpults. Auf dem riesigen Bildschirm hinter ihm erschien in Großbuchstaben ein lateinischer Fachbegriff: »Ektotrophe Mycorrhiza.«

Ektotrophe Mycorrhiza.

Das Klappern von Tasten verriet Katie, dass einige der Studenten soeben dabei waren, ihr Gehirn mit Wikipedia zu verlinken. Laut ihrem Philosophie-Professor Brandon die Internetplattform für Fastfood-Wissen beziehungsweise Computerfraß, wie Benjamin es nannte. Im Erfinden von neuen Worten war er sehr begabt.

»Wer kann zu diesem Thema etwas sagen?«

Rose Gardner, die sich mit Katie und Julia ein Apartment teilte, hob die Hand. Sie stach nicht nur wegen ihrer Schönheit aus der Horde Studentinnen heraus, sondern vor allem wegen ihrer Glatze. Die schöne Rose belagerte alle vierzehn Tage das gemeinsame Badezimmer, aus dem zunächst das Surren der Haarschneidemaschine zu hören war. Dann Stille. Eine beängstigende Stille, wenn Katie sich vorstellte, wie Rose nun auf ihrem Kopf den Haarschaum auftrug, um ihn anschließend zu rasieren. Es gab Dutzende von Spekulationen, warum sie das tat, aber Katie kümmerte sich nicht weiter darum.

»Einige Baumarten ernähren sich im Boden nicht selbstständig, sondern stehen in ihrem Wurzelsystem mit einem Pilzmyzelium in Symbiose, das die Ernährung des Baumes aus dem Boden übernimmt.«

»Sehr gut, Miss Gardner.« Bauer nickte. Es gab keinen Dozenten, der Rose nicht zu einer seiner Lieblingsstudenten erklärt hätte. Sie besaß ein dickes Konto von Extrapunkten, um das sie die meisten Studenten hier am Grace beneideten.

»Ektomykorrhiza findet man bei einer Reihe von Baum- und Straucharten, vornehmlich aus den Familien Pinaceae, Cupressaceae, Myrtaceae und Caesalpiniaceae«, fuhr der Dozent fort. »Wo kommt die Mehrzahl dieser Bäume vor?«

Niemand meldete sich. Bauer trat vom Pult zurück und begann, im Vorlesungssaal auf und ab zu gehen.

Wieder war das Klappern der Tastauren zu vernehmen. Die Vorlesungsräume des Grace College waren mit WLAN ausgestattet. Ein Großteil der Professoren hatte dagegen protestiert, mit – wie sie verkündeten – www.web-sex.tv in Konkurrenz zu treten.

»Niemand?«, fragte Jay Bauer abermals. Er hielt inne und wartete auf eine Antwort, die jedoch ausblieb. »Gut. Vielleicht hören Sie jetzt bitte alle auf zu schreiben.«

Die Studenten hoben die Köpfe. Einigen von ihnen war anzusehen, dass ihre Gedanken gerade den Cyberspace verließen, um wieder in die Erdatmosphäre einzutauchen. Doch ihre Finger schwebten weiter über den Tasten wie Riesenspinnen, bereit, sich in der nächsten Sekunde auf jede mentale Beute zu stürzen.

»Muss ich jeden von Ihnen einzeln aufrufen? Wir sind doch hier nicht mehr an der Highschool. Sie sollten dieses Thema bis heute vorbereiten und es gehört zum Prüfungsstoff.« Gereizt wandte er sich an den nächstbesten Studenten. Es war ausgerechnet Chris, der – wie Katie sah, gerade seine E-Mails checkte.

»Also Mr...« Bauer räusperte sich. »Bishop, was haben Sie zu dem Thema zu sagen?«

Chris hob nur kurz den Kopf. »Könnten Sie die Frage wiederholen?«

»Haben Sie sich überhaupt den entsprechenden Artikel im Buch durchgelesen?« Der Dozent schien sich nur mühsam beherrschen zu können.

Chris hob beide Hände. »Sorry, aber ich musste für Professor Brandon in einem Artikel die Zitate checken. Das Paper soll noch morgen in Druck gehen.«

Katie kapierte nicht, weshalb Chris ausgerechnet für Brandon arbeitete. Sie misstraute dem Philosophieprofessor, seit sich herausgestellt hatte, dass er bereits in den Siebzigern hier oben im Tal gewesen war. Er war nachweislich mit den Studenten befreundet gewesen, die als verschollen galten. Zudem hatten Chris und Benjamin bei ihm Filmrollen entdeckt, die die Studenten beim Aufbruch aus dem Tal zeigten. Die Affäre vom Remembrance Day hatte tagelang für Aufregung im College gesorgt, aber nun sprach niemand mehr davon. Dennoch wurde Katie das Gefühl nicht los, dass Brandon sie alle ständig beobachtete.

Julia behauptete natürlich, Chris versuche auf diesem Weg, an Informationen über die damalige Katastrophe heranzukommen. »Er tut es nicht wegen des Geldes«, hatte sie mehr als einmal erklärt.

»Ach ja? Warum dann? Aus Liebe?« Katie hatte die Augenbrauen hochgezogen. »Komm schon, wir wissen doch alle – Chris ist auf ein Stipendium angewiesen und verdient sein Geld nicht immer legal.«

Julia hatte ihr daraufhin vorgeworfen, dass sie nichts verstünde, und war beleidigt abgezogen.

Katie wandte ihre Aufmerksamkeit Jay Bauer zu, der mittlerweile rot angelaufen war. »Ich bin nicht der einzige Dozent, der eine beklagenswerte Laxheit beobachtet, wenn es um die Grundkurse geht.« Er hob seine Stimme. »Bishop, wir erwarten hier am Grace dasselbe Engagement im Studium generale, das Sie auch in Ihren Hauptfächern an den Tag legen. Vergessen Sie nicht – Sie mögen in Ihren Schwerpunkten noch so brillant sein –, wenn Sie die Grundkurse nicht ernst nehmen, kann das das Ende Ihres Studiums hier im Tal bedeuten.«

Jaja. Blabla. Katie schaltete schon wieder ab. Bauer war bei seinem Lieblingsthema. Ihn wurmte doch bloß, dass seine Professur auf sich warten ließ und er sich mit dem Grundkurs der Erstsemester herumschlagen musste.

Auch Chris schien nicht sonderlich beeindruckt von der Standpauke zu sein. Er zuckte gleichgültig mit den Schultern und stützte die Ellenbogen auf die Knie. Professor Bauer wandte sich an eine Studentin in der zweiten Reihe. »Elif? Wie sieht es mit Ihren Vorbereitungen aus?«

Das Mädchen mit den dunklen, leicht welligen Haaren schob gelangweilt einen Kaugummi in den Mund. Sie nahm ihre Brille ab und drehte sie in der Hand. »Die Mehrzahl der Mykorrhiza-Bäume kommt in den kalten und gemäßigten Klimazonen . . .«, leierte sie gerade herunter, als mit einem lauten Krach die Tür aufgestoßen wurde.

Katie wandte sich um.

Es war Benjamin.

Dunkle Ringe lagen unter seinen Augen und die Farbe seines Gesichts konnte man nur noch als leichenfahl bezeichnen. Er zitterte am ganzen Körper und immer wieder beugte er sich vor, die Hände auf dem Magen, als müsse er sich jeden Moment übergeben. Er hatte sich nicht umgezogen, und wenn sie ihn nicht gekannt hätte, dann hätte sie vermutet, er käme direkt aus der Gosse.

Jay Bauer schaute ihn kopfschüttelnd an, um sich dann wieder seinem Vortrag zuzuwenden, doch er kam nicht dazu. Statt sich irgendwo einen Platz zu suchen, stellte sich Benjamin breitbeinig in den Mittelgang und wandte sich an die Studenten.

»Fox, sind Sie von allen guten Geistern verlassen? Wenn Sie schon zu spät kommen, setzen Sie sich gefälligst.« Der Dozent trat einen Schritt nach vorn, doch Benjamin kümmerte sich nicht um ihn.

»Hört mal alle her!« Benjamin wartete, bis das Getuschel verstummte. »Und merkt euch meine Worte: Wenn einer von euch in meine Nähe kommt, werde ich ihn nicht verschonen! Versteht ihr? Keinen von euch!« Er hob drohend die Faust. »Ihr – ihr alle –, ihr geht mir am Arsch vorbei!«

Machte er Spaß? War das nur ein Scherz? Vielleicht hatte er irgendwo eine geheime Kamera versteckt und filmte ihre Reaktionen auf sein Verhalten. Vielleicht inszenierte er auch einfach nur so etwas wie eine Realityshow. Zuzutrauen wäre es ihm, aber wie er nun den Mittelgang verließ und sich durch die Reihen der Studenten zu seinem Freund David durchkämpfte, sah es verflucht dramatisch und echt aus. Ein Fetzen Papier fiel aus seiner Hand. Er bückte sich, um es aufzuheben. Dabei verlor er das Gleichgewicht, rutschte zu Boden und rappelte sich wieder auf.

Aus den Augenwinkeln nahm Katie wahr, wie Jay Bauer nach seinem Handy griff. Vermutlich rief er die Security.

Benjamin hatte David fast erreicht. »Was glaubt ihr, wer ihr seid? Was glaubt ihr, was ihr *wert* seid?« Er sprach noch nicht einmal laut, aber im Saal hätte man eine Stecknadel fallen hören können. »Nichts.«

David sprang auf und packte Benjamin an der Schulter. »Hör auf, Benjamin«, sagte er laut. »Komm, ich bring dich raus.«

Doch Ben holte aus und schlug seinem Freund ohne Vorwarnung ins Gesicht. Der Schlag war so kräftig, dass David schwankte und Benjamin losließ. Im nächsten Moment schoss das Blut aus seiner Nase.

Einige Mädchen kreischten.

Raserei. Das war ein Wort, das Katie nur aus Büchern kannte, aber es traf zu hundert Prozent auf Benjamin zu. Er schien nicht mehr er selbst zu sein.

»Sand, Sand, überall Sand im Himmel . . .« Er fasste sich an den Hals und holte schwer atmend Luft. »Jeder Stern«, rief er, »jeder dieser Fuck-Sterne dort draußen, versteht ihr, ist nicht größer als ein Sandkorn und wir alle gehen unter. Wir ersticken in diesen Wüsten auf diesem beschissenen Planeten. Wahrlich, ich sage euch.« Benjamin hob die Hand und hielt kurz inne. Seltsamerweise war es dieser Anblick, der Katie endgültig Angst einjagte. Wie Benjamin da inmitten der Studenten stand und laut rief: »Wahrlich, ich sage euch.«

»Er soll aufhören, Chris.« Julias Stimme zitterte. »Wir müssen etwas unternehmen.«

»Ja«, erwiderte Chris, aber er rührte sich nicht.

Ben wandte abrupt den Kopf und starrte in ihre Richtung. Dann setzte er sich wieder in Bewegung. Diesmal brauchte er sich nicht durch die Studenten zu drängen, jeder machte freiwillig Platz.

Jay Bauer griff abermals nach dem Handy, den Blick auf Ben gerichtet. »Wo bleibt denn der verdammte Sicherheitsdienst?«, rief er, nachdem er offenbar eine Verbindung hatte. »Hier im R 13 dreht ein Student durch und ich kann nicht garantieren, dass das kein Amoklauf ist.«

Benjamin beachtete ihn gar nicht. Er hatte wieder den Mittelgang erreicht und taumelte die Stufen herunter, bis er das Ende der Treppe erreichte. Er trat vorne ans Pult, und während er sich vor Schmerzen – oder vielleicht war es auch einfach nur die pure Verzweiflung – krümmte, schrie er weiter: »Oh ja, wir sind alle auf der großen Suche. Jeder von euch.« Seine Hand schnellte nach vorne und er deutete in die Reihen. »Du. Du. Und du. Aber ich – ich als Einziger suche nach der Wahrheit. Und nein, sie ist nicht das Licht, diese verfickte

Wahrheit. Sie ist dunkel. Sie ist Nacht. Und deswegen wird keiner von euch verschont.«

Es war Chris, der als Nächster versuchte, Ben zur Vernunft zu bringen. »He, Alter, krieg dich wieder ein. Dir geht's nicht gut, aber das ist kein Grund, uns alle hier zu beschimpfen. David hat recht. Wir gehen jetzt einfach zu uns ins Apartment und reden über alles, okay?«

Doch Benjamin reagierte nicht. Stattdessen fiel sein Blick auf Katie. Er machte vorsichtig einige Schritte, den Blick auf den Boden gerichtet.

»Siehst du das auch? Er atmet, oder? Der Boden atmet.« Ganz plötzlich war seine Stimmung wieder umgeschlagen. Er bückte sich, begann, seine Schuhe auszuziehen und dann kam er die Stufen hoch, bis er direkt vor ihr stand.

Julia stieß einen warnenden Laut aus, aber Katie schüttelte den Kopf. »Schon gut«, sagte sie. Sie hatte keine Angst. Das, was sie in Bens Augen las, war weniger Wut als Verzweiflung und Panik. Er hatte Ähnlichkeit mit einem Tier, das sich gegen seine Angreifer wehrt. Aber Benjamins Feind war unsichtbar. Er kämpfte ganz offensichtlich gegen Mächte, die nur er kannte.

Aus nächster Nähe sah er noch fürchterlicher aus als vorhin. Und er stank immer noch erbärmlich. Sein Haar stand wild und wirr vom Kopf ab und in einigen Strähnen klebte etwas Grünliches. Etwas, das Katie nicht anders interpretieren konnte, als dass er sich erbrochen hatte. Und er schwitzte fürchterlich.

»Katie. Katie. Du musst mit mir gehen.«

»Wohin?«

Sein flackernder Blick jagte über die Sitzreihen hinüber zu den Fenstern. »Hoch. Hoch auf den Ghost.«

Katie holte tief Luft. Tu einfach so, als wäre er normal. Nimm ihn ernst. Tu so, als sei sein Wahnsinn nicht vorhanden. Lass ihn spüren, dass du dich nicht vor ihm fürchtest.

»Kein Problem, Ben. Sobald der Schnee dort oben verschwunden ist, brechen wir auf.«

Für eine Sekunde schien Benjamin sich tatsächlich zu beruhigen. »Wir fliegen, oder? Wir fliegen auf den Ghost.«

»Wenn du willst.«

»Ich muss ihn finden, verstehst du?«

»Wen denn, Ben?«

Er hob die zitternden Hände, presste sie auf seine Ohren und starrte verzweifelt auf ihren Mund, als versuche er vergeblich zu verstehen, was sie sagte.

»Paul Forster. Bring mich zu ihm.« Seine Stimme überschlug sich. »Er liegt dort oben. In einer Höhle aus Eis. Höhlen . . . überall. Er verfolgt mich. Und . . . sie.« Die Stille im Vorlesungssaal hätte man schneiden können.

Katie sah, wie die Pupillen seiner Augen verschwanden und nur noch das Weiße zu erkennen war.

»Du wirst mir . . .« Er keuchte, schien keine Luft zu bekommen. ». . . helfen, oder?« Ben griff nach ihrer Hand und ließ sie nicht mehr los.

Sie nickte. »Ja.«

»Versprichst du es mir?«

Katie schluckte. »Ben, ich verspreche es dir.«

Schnelle Schritte waren zu hören.

Rufe im Gang.

Ein Mann und eine Frau vom Sicherheitsdienst standen in der Tür.

»Hilfe . . . ich brauche Hilfe. Paul. Müssen ihn finden. Er weiß alles.« Es war der letzte Satz, den Ben ausstieß. Im nächsten Moment schnellte er nach hinten, ein schreckliches Röcheln war zu hören und dann brach er direkt vor Katies Augen zusammen.

Grace Dossier

Film No. 7, Abschnitt 3:15/3:20
AUSS. GHOST – GERÖLLFELD – NACHMITTAG

GRACE und KATHLEEN folgen der Gruppe der Bergsteiger. Von Weitem ist der Gipfel des Ghost zu erkennen. Dunkle Wolken ziehen auf.
GRACE (rufend)
Was meint ihr, wo Paul ist? Ich mache mir langsam Sorgen.
STIMME (ruhig aus dem Off)
Paul? Wer braucht schon Paul?
(LACHEN)

Super-8-Cartridge – Kodachrome 40

Kapitel 4

Benjamin brach zusammen wie von einer Axt gefällt und ein heiseres Röcheln trat aus seiner Kehle. Seine Arme und Beine zuckten und Schaum drang aus seinem Mund. Dann – von einer Sekunde zur nächsten – hörte es auf und er rührte sich nicht mehr.

Katie wurde übel.

»Jesus«, murmelte jemand hinter ihr, »was hat der denn eingeworfen?«

»Leute, was ist hier los?«, hörte Katie eine energische Stimme. Sie sah hoch und erkannte Miranda García. Die Sicherheitsbeamtin war südamerikanischer Abstammung, nicht älter als dreißig und nicht größer als ein Meter fünfundfünfzig. Katie kannte sie, sie unterhielten sich manchmal, wenn Katie frühmorgens vom Joggen kam und Mirandas Nachtschicht zu Ende war. Im Gegensatz zu ihren Kollegen hatte sie tatsächlich so etwas wie ein Herz.

Während der zweite Security-Mann in sein Telefon sprach, eilte sie zu Benjamin. »Ein Arzt. Wir brauchen sofort Hilfe.« Sie gestikulierte ihrem Kollegen. »Sean, alarmieren Sie den Hubschrauber aus Fields.«

David hatte sich bereits über Ben gebeugt, der bewusstlos am Boden lag. »Er bekommt keine Luft mehr! Hilf uns mal, Katie!«

Katie reagierte nicht. Seit Sebastiens Unfall hatte sie nicht mehr so ein Gefühl von Angst erlebt. Nicht einmal, als sie Ana Cree aus der Eishöhle gerettet hatte. Der Drang, einfach wegzugehen, den Saal zu verlassen, war übermächtig. Sie wollte Bens Hand nicht halten. Sie wollte ihm nicht helfen. Er war nicht ihre Angelegenheit.

Aber sie konnte sich nicht rühren. Sie hatte damals bei Sebastien nicht reagiert und bis heute hatten sie die Schuldgefühle deswegen fest im Griff.

Oben an der Tür entstand ein kurzer Tumult, als die Krankenschwester Mrs Briggs hereintrat. Einen kurzen Moment später schob sie David beiseite. Ihr Spitzname war Vampir, und zwar nicht nur, weil sie jedem Patienten Blut abnahm, egal ob er hustete, eine Warze hatte oder sie mit Verdacht auf Lungenentzündung aufsuchte. Sie hieß auch noch genauso wie die Krankenschwester in Bram Stokers *Dracula*.

Die Sanitätsstation des Colleges war rund um die Uhr mit einer Krankenschwester besetzt und Montag bis Freitag war vormittags ein Arzt anwesend. Doch inzwischen war es fast vier Uhr nachmittags.

Mrs Briggs kniete neben Benjamin, der sich noch immer nicht rührte.

Kein gutes Zeichen.

Sie klopfte ihm auf die Wangen: »Können Sie mich hören?«

Es schien Katie, als hätte Benjamin sich kurz bewegt. Er wollte seinen Kopf heben, doch seine Muskeln gehorchten ihm nicht. Er fiel erneut in diese seltsame Starre.

Die Krankenschwester nahm eine dünne Taschenlampe aus der Brusttasche ihres Kittels und leuchtete Benjamin in die Augen. »Die Pupillen reagieren kaum auf Licht. Und er scheint uns weder zu hören noch zu sehen. Er ist katatonisch. Weiß jemand, ob er Drogen genommen hat? Und wenn ja, welche?«

Sie fasste Benjamin an Kinn und Stirn und drückte behutsam seinen Kopf nach hinten. Dann beugte sie sich mit dem Ohr über ihn. »Er atmet noch. Wir müssen die Atemwege frei halten.« Sie wandte sich an die Sicherheitsbeamtin. »Der Hubschrauber ist verständigt? Er muss sofort in die Klinik gebracht werden.«

»Schon unterwegs.« Der zweite Security Guard meldete sich zu Wort. »Die Kollegen sprachen von einer Viertelstunde.«

David hatte Katie unterdessen zur Seite gezogen. Seine Nase war noch immer blutig, aber er kümmerte sich nicht darum.

Sie runzelte die Stirn. »Was ist?«

Er machte eine Kopfbewegung Richtung Flur und sie folgte ihm.

»Schau mal.«

»Was?«

Er reichte ihr einen Fetzen Papier.

»Das hat Benjamin verloren.«

»Was ist damit?«

»Lies selbst.«

Katie öffnete den zerknüllten Streifen Papier, warf einen Blick darauf.

Regen. Regen. Regen. Riesentropfen. Große wie Seifenblasen.

Paul ist immer noch verschwunden.

Paul ist immer noch verschwunden? Welcher Paul? War damit der Duke gemeint? Oder der Paul, der oben in der Gletscherhöhle lag? Und woher hatte Benjamin überhaupt diese Notiz? War er deshalb über sie hergefallen? Weil er ihr Gespräch belauscht hatte?

»Was bedeutet das?«

David zuckte mit den Schultern.

»Wo bleibt denn der Hubschrauber?«, hörte sie jemanden sagen. War es Julia? Rose? Oder Mrs Briggs? Sie wusste es nicht, aber irgendwie dachte Katie: *Es hat alles mit diesem Fetzen Papier zu tun.*

In ihrem Magen bildete sich ein Bleiklumpen.

Okay, Benjamin hatte sich ganz offensichtlich mit einer Dosis Drogen einfach so weggebeamt. Das war nicht das erste Mal. Es hatte nichts zu bedeuten.

Aber sie wagte nicht, den Blick zu heben, wollte ihn nicht sehen. Er hatte sie in die Sache hineingezogen, indem er ihren Namen ausgesprochen und sie um Hilfe angefleht hatte.

Sie starrte auf den Boden, genau zu der Stelle, wo sie geglaubt hatte, eine Ameise zu sehen. Genau wie sie war Katie ein Einzelwesen, ein isolierter Stern unter den anderen. Und in diesem Moment wurde ihr bewusst, wie unendlich einsam sie war.

Sie hörten den Hubschrauber, bevor sie ihn sahen. Die Rotoren dröhnten und dann tauchte er vor den hohen Fensterscheiben auf. Der Großteil der Studenten rannte zu der Fensterseite.

Es schien Katie, als würde das ohrenbetäubende Geräusch den Tag entzweireißen. Der erste sonnige Tag, so perfekt in seiner Ahnung vom Frühling, und nun das.

Miranda García lief hinüber zum Fenster. »Jaja, ich weiß«, rief sie und klatschte in die Hände. »Das ist jetzt ganz großes Kino. Aber geht einfach davon aus, dass es ein Happy End geben wird. Wenn ihr allerdings hier noch länger herumsteht, statt in eure nächste Vorlesung zu gehen, die in genau . . .« Sie schaute auf ihre Armbanduhr, »acht Minuten beginnt, gibt es vielleicht bei den bevorstehenden Prüfungen kein Happy End, sondern ein schreckliches Erwachen.«

Niemand achtete auf sie.

Die meisten Studenten waren damit beschäftigt, die Landung des Hubschraubers mit ihren Handys zu filmen. Und die anderen hämmerten auf die Tasten ihres Laptops ein und verschickten auf Facebook die Nachricht hinaus in die Welt, dass Benjamin Fox auf einem Horrortrip war und mit Sicherheit nicht wieder so schnell zurückkommen würde.

Oh, Mann, dachte Katie, Ben wird sich in den Hintern beißen, wenn er erfährt, was er verpasst hat.

Benjamin war stets der Erste mit seiner Kamera, wenn am

Grace etwas passierte. Er war der Chronist, der Regisseur und nicht diese Idioten mit ihren Handys. Aber jetzt war Benjamin der Held seines eigenen Films.

Der Pilot hielt den Hubschrauber ein bis zwei Meter über der Rasenfläche. Dort schwebte er wie eine Riesenlibelle mehrere Minuten. Es schien Katie eine Ewigkeit zu dauern, bis die Tür sich öffnete und drei Männer in grünen Anzügen heraussprangen.

Einer davon war der Notarzt. Er schien ihr nicht viel älter als sie selbst. Katie reckte den Kopf, doch dann wurde ihre Aufmerksamkeit von einem Aufschrei abgelenkt, der von irgendwo weiter oben kam.

»Bennie! Oh, Bennie! Was ist mit dir? Was machst du für Sachen?«

Katies Blick glitt zur Tür hinüber und fiel auf einen der Senior-Studenten. Das war doch Tom, Benjamins neuer Lover, oder?

Katie kannte ihn nur flüchtig und das genügte. Die Male, wo sie ihn in einer Theateraufführung erlebt hatte, reichten. Er war ein miserabler Schauspieler. Jeder wusste es, vermutlich sogar Ben, der offenbar jetzt Bennie hieß, aber niemand sagte es Tom. Sein Charme bestand ihrer Meinung nach in seinem Aussehen Marke Hollywood. Sein Hang zur Dramatik jedenfalls hätte besser nach Beverly Hills als ins Tal gepasst.

»Benjamin, Bennie!« Mit einem neuen Aufschrei beugte sich Tom über Ben. »Was ist passiert, Darling? Ich habe dich so vermisst.« Unterdrückte Tränen hingen in seiner Stimme. Und der Auftritt verfehlte seine Wirkung nicht auf die Collegemädchen aus Katies Jahrgang, die immer wieder mit Selbstmord drohten, wenn ihnen klar wurde, dass Mr Womanizer eindeutig das andere Geschlecht bevorzugte.

David legte die Hand auf Toms Schulter. »Er ist zusammengebrochen. Komm, du musst Platz machen, der Notarzt ist da.« Er zog den widerstrebenden Tom beiseite in die nächste

Stuhlreihe, von wo aus Rose, Julia und Chris die Szene beobachteten. Katie folgte ihnen.

Der größte Teil der Studenten hatte den Saal bereits verlassen und stand nun im Flur herum. Robert konnte sie nirgendwo entdecken.

Katie hörte, wie Jay Bauer mithilfe von Mrs Briggs versuchte, sie zum Gehen zu bewegen. Vielleicht wäre Katie sogar der Aufforderung gefolgt, hätte sie nicht in diesem Moment den Arzt gehört: »Kammerflimmern.«

Benjamin war bereits an einen Herzmonitor und Sauerstoff angeschlossen. Zu seinem Hals führte ein zentraler Venenkatheter, den der Arzt gelegt hatte.

»Defibrillator!«

Danach ging alles ganz schnell. Und es spielte sich genauso ab wie die Szenen in Emergency Room und – wie damals am Ufer des Potomac, als Sebastien sich nicht mehr gerührt hatte.

Der Sanitäter zerschnitt Benjamins Hemd und zerriss das Unterhemd.

Der Arzt schnappte sich den Defibrillator, knallte die beiden Pads auf Bens nackte Brust, und kurz bevor er ihm den ersten Elektroschock mitten durch die Rippen jagte, rief er: »Und weg.«

Benjamins Oberkörper bäumte sich wie in einem plötzlichen Schmerz auf und sackte schließlich wieder auf die Trage zurück.

»Noch einmal. Atropin zwei Einheiten und weg.« Erneut wurde Bens magerer Körper von dem Stromschlag durchzuckt, aber der Monitor zeigte noch immer keine Veränderung.

Ein Wimmern von der Seite.

Tom.

»David, meinst du, er schafft es?«, hörte sie Rose flüstern. Sie hatte sich bei Julia eingehakt und warf nur ab und zu einen Blick auf die Szene, die sich vor ihren Augen abspielte.

»Du kennst doch Ben.« Es war Chris, der antwortete, und er klang so angespannt, wie Katie ihn selten erlebt hatte. »Den bringt so schnell nichts um.«

Sie starrte wie gebannt auf den Monitor, wo helle Punkte auf grünem Hintergrund nervös von links nach rechts wanderten.

Mach keinen Blödsinn, Ben, dachte sie, du bist eine Nervensäge, aber . . .

»Und weg.«

Wieder drückte der Arzt die Elektroden auf den Brustkorb. Nichts.

»Und weg.«

»Vier Runden, Dr. Yates. Epinephrin, Atropin, Ringerlösung und zwei Einheiten B-Positiv sind verabreicht.«

Endlich. Nach dem vierten Versuch hörten sie das beruhigende Piepen. Bens Herz fand wieder einen Rhythmus.

»Das wurde aber auch Zeit, Alter«, flüsterte Chris.

Ben schlug die Augen auf und versuchte instinktiv, sich gegen die Intubation zu wehren.

Katie beobachtete, wie Tom sich von David losriss und neben Benjamin auf die Knie ging. »Ich bin da, Sunny.« Er gab sich nicht die geringste Mühe, seine Stimme zu senken. »Und ich komme mit ins Krankenhaus. Ich bleibe an deiner Seite, verstehst du? Ich lass dich nicht allein! Mein Gott, was hast du nur getan?«

Ben versuchte, ihm zu antworten, doch der Arzt legte ihm warnend die Hand auf die Schulter. »Ganz ruhig. Sie können jetzt nicht sprechen.« Er gab den Sanitätern Zeichen, Ben auf die Trage zu legen. »In diesem Zustand können wir ihn nicht bis nach Vancouver transportieren. Wir bringen ihn erst einmal in die Klinik nach Lake Louise.«

Tom griff nach Benjamins Hand. Und in seinem Blick lag ein Ausdruck, der Katie nicht gefiel.

»Bitte zurücktreten«, schrie der Arzt. »Alle zurücktreten!«

Benjamin wurde im Eiltempo aus dem Saal geschoben und in diesem Moment entdeckte Katie Julias kleinen Bruder Robert, wie er die Hand hilflos vor den Mund gepresst, als müsste er sich übergeben, hinter den Sanitätern her aus dem Saal rannte.

Seine extreme Sensibilität machte sie wütend – und vermutlich ungerecht, aber sie konnte nicht anders.

»Wird er sterben? Wirklich sterben?« Der weinerliche Unterton in Toms Stimme fachte ihren Zorn nur noch mehr an.

»Tom, rede mit mir! Was meinst du damit, was Benjamin getan hat? Was weißt du?«, schleuderte sie ihm entgegen.

Erst jetzt schien Tom sie wahrzunehmen. Er war leichenblass und seine riesigen grünen Augen leuchteten in seinem Gesicht wie Fremdkörper. »Das geht nur mich und Ben etwas an«, sagte er.

»Die kürzeste Verbindung zwischen zwei Punkten in der Ebene ist eine Gerade.« Dr. Adam Lennon konnte auch noch die trivialste mathematische Erkenntnis von sich geben, sein Gesicht strahlte immer vor Begeisterung.

Sein Leitspruch – Mathematik ist wunderschön.

Sein Credo – sie ist geheimnisvoll.

Seine Religion – Zahlen bestimmen unser Leben, zeigen uns den Weg und vor allem – sie lügen nicht.

Normalerweise folgte Katie seinem Unterricht konzentriert, aber heute rauschten die mathematischen Definitionen einfach so an ihr vorbei. Sie waren nichts als weit entfernte Schallwellen. Dafür hörte sie noch immer den Hubschrauber, der sich mit Benjamin auf dem Weg in die Klinik befand. Aber vielleicht hörte sie auch einen anderen Helikopter, den aus ihrer Erinnerung.

Rose flüsterte neben ihr mit Julia. Katie verstand nur Satzfetzen: »Robert . . . völlig durch den Wind«, »Ben . . . Krankenhaus . . . seine Familie«, und »Was, wenn er stirbt?«

Katie bemühte sich um größtmögliche Gleichgültigkeit, die sie zum Henker nicht im Entferntesten empfand. Und es war offensichtlich eine verdammte Lüge, wenn superschlaue Leute behaupteten, man könne sich an das Unglück gewöhnen, werde sozusagen immun, widerstandsfähig.

Nonsens.

Sie war nicht im Geringsten abgestumpft. Im Gegenteil. Sie war zur Expertin für Unglücke geworden, die einem Menschen zustoßen konnten. Und sie hatte keine Ahnung, wie sie mit dieser Erkenntnis umgehen sollte.

»Er wird nicht sterben«, mischte sie sich in die Unterhaltung ihrer Zimmergenossinnen ein.

»Woher willst du das wissen?«, flüsterte Rose.

»Ich weiß es.«

Nichts wusste sie, außer dass Benjamin die meiste Zeit irgendetwas rauchte oder einwarf. Aber er nahm schließlich kein Crack oder spritzte sich Heroin. Wobei – bei den synthetischen Drogen konnte man nie sicher sein. Ecstasy hatte genug Todesfälle verursacht, da brauchte man sich nichts vormachen.

Und in seiner Akte fand sich eine lange Liste von Vergehen gegen die Collegeordnung:

Alkohol im Apartment.

Kiffen auf dem Dach der Schwimmhalle.

Verpasste Prüfungen.

Ungenügende Teilnahme an den Seminaren.

Benjamin war nicht Katies Freund, aber es verband sie das Erlebnis auf dem Berg. Er war einer von ihnen.

Die kürzeste Verbindung zwischen zwei Punkten in der Ebene ist eine Gerade.

Die kürzeste Verbindung zwischen zwei Menschen konnte ein Versprechen sein, auch wenn man es nicht freiwillig gegeben hat.

Grace Dossier
Aus dem Notizbuch von Frank Carter

3. Tag

Regen. Regen. Regen. Riesentropfen. Große wie Seifenblasen.
Paul ist immer noch verschwunden.
Aber die ängstliche, bedrückte Stimmung hat sich in Luft – oder besser Rauch – oder Rausch? – aufgelöst.
Der Qualm in der Hütte ist grässlich. Aber das Holz ist nun mal feucht bei dem Pisswetter. Wir werden vermutlich an Rauchvergiftung sterben.
Grace und Kathleen sind im totalen Lachflash. Sie können nicht mehr aufhören, während Mark und Eliza ineinander verschlungen auf der Bank sitzen und hinaus in den Regen starren.
Ich liege auf dem Matratzenlager im unteren Raum der Hütte. Oben ist es kalt und klamm.
Milton zieht dreimal kräftig durch und starrt mich misstrauisch an. Mann, seine Augen sind so rot, als ob sie glühen, und die Pupillen so fett, dass ich echt Schiss habe, die Augen könnten platzen.
»Was?«, fragt er.
»Nichts.«
Martha neben mir presst ihren nackten Oberschenkel an meinen. Heute Nacht ist sie zu mir in den Schlafsack gekrochen und ich kann nicht sagen, dass ich es wirklich genossen habe. Sie ist zu anhänglich und, Mann, sie tut so, als wäre das so was wie unser Honeymoon. Als wäre sie mein Typ mit ihren breiten Hüften und dem Birnengesicht. Ihrer Aussage nach stammt sie von Indianern hier aus der Gegend ab. Von wegen. Dafür ist sie viel zu sehr Bleichgesicht als Rothaut.
»Oh, mein Gott. Habt ihr euch wieder mal die Birne zugedröhnt?«

»Biiirne zugedröööhnt«, wiederholt Kathleen, lacht, hält inne und lacht erneut.

»Darauf kannst du deinen Arsch wetten«, ruft Grace.

Ich erheb mich. In meinen Eingeweiden rumort es schon wieder.

»Wo willst du hin?«, fragt Milton.

»Klo.«

Das Klohäuschen ist nichts anderes als ein winziges Kabuff aus Wellblech hinter der Berghütte.

»Jeder, der die Hütte verlässt, bringt frisches Holz mit.«

»Aye, aye, Sir«, ruft Grace und sie und Kathleen krümmen sich am Boden vor Lachen.

»Oh, Mann«, ruft Kathleen. »Hör auf, Grace. Ich kann nicht mehr.«

Ich wanke zur Tür. Wahnsinn – der Holzboden ist so elastisch wie ein Trampolin. Ein Schritt. Noch einer. Meine Hand liegt auf dem Türgriff.

»He, Milton«, ruft Grace. »Erzähl uns einen Witz. Uns ist langweilig.«

In diesem Moment wird die Tür aufgestoßen und trifft mich an der Stirn.

Vor mir ein Schattenriss in einem Nebel aus Wassertropfen.

»Euch ist langweilig? Zeit, dass ich auftauche.«

Paul steht im Raum.

Grace springt auf und wirft sich in seine Arme.

Mir wird verdammt warm. Ihr rot-weiß gestreifter Slip ist so mini, dass ich den Ansatz ihrer Pobacken sehen kann.

»Mein Retter«, schreit sie und lacht sich tot.

Kapitel 5

David stand in der Tür des Apartments. Seine Miene war düster. »Ich habe gerade mit dem Dean gesprochen. Es sieht nicht gut aus.«

»Er wird wieder gesund.« Katie versuchte nicht, ihr Unbehagen zu verbergen, aber sie musste irgendetwas Positives sagen. »Benjamin ist ein Überlebenskünstler.«

Davids Ton rangierte irgendwo zwischen besorgt und vorwurfsvoll. »Katie, du weißt nicht, was du sagst. Ben liegt auf der Intensivstation und schwebt in Lebensgefahr. Die Ärzte sagen, er sei zwar derzeit stabil, aber er muss beatmet werden. Sie können ihn noch nicht einmal nach Vancouver transportieren.«

»Das kriegen die schon hin.« Es war die einzige Floskel, die Katie einfiel.

»Kapierst du nicht? Er ist ins Koma gefallen, und je länger das so bleibt, desto unwahrscheinlich ist es, dass er wieder aufwacht.«

Was wollte David ihr sagen? Dass Benjamin sterben könnte?

Warum fühlte sie dann nichts außer diesem flauen Gefühl im Magen? Sie hatte das Abendessen ausgelassen und sich sofort in ihr Zimmer zurückgezogen. Die anderen hatten sich in der Pizzeria getroffen, die Anfang des Jahres im neuen Teil des Campus unter dem Namen College-Pizza eröffnet hatte. Katie war erst einmal dort gewesen. Der Platz war eng, die Luft stickig – und mehr Menschen als einen pro Quadratmeter konnte sie nicht ertragen, gerade heute nicht.

David beobachtete sie.

»Was erwartest du denn, das ich unternehme?«, fragte Katie.

David blickte sie eindringlich an. »Wenn sie nicht wissen, was er genommen hat, dann können sie ihm nicht helfen.«

»Ich habe keine Ahnung, was er geschluckt hat. Woher auch? Ich rühre keine Drogen an. Ich bin Sportlerin.«

»Das meinte ich auch nicht.«

»Sondern?«

»Wir müssen es herausfinden.«

»*Ich* muss gar nichts. Und kannst du mich jetzt damit in Ruhe lassen? Ich muss lernen.«

»Du bist nicht halb so gleichgültig, wie du tust«, hörte sie David murmeln. »Und du hast versprochen, ihm zu helfen.«

Er drehte sich um, als sie ihm nachrief: »Und du bist mit Sicherheit nicht halb so heilig, wie *du* tust.«

An der Bewegung seiner Schulter konnte sie erkennen, wie der Satz ihn getroffen hatte. Dabei war er ihr nur so herausgerutscht.

Die Tür fiel krachend ins Schloss. Katie stand auf und trat ans Fenster. Sie beobachtete den Vollmond, der eingehüllt von einem blassen Hof am Himmel stand. Ihr Blick folgte den Fetzen von Wolken, die rasend schnell an ihm vorbeizogen, bis sie endgültig hinter der runden Kuppe des Ghost verschwanden.

Vielleicht würde sie es schaffen, sich mit einem Buch abzulenken. Sie kauerte sich in ihrem Schaukelstuhl zusammen, der quietschend hin und her schwang, und griff nach *This Game of Ghosts*. Das Buch schien auf gespenstische Weise für sie geschrieben worden zu sein. Doch heute konnten die Texte über die Faszination des Bergsteigens die Wirklichkeit nicht verdrängen. Die erschreckende Offenheit, mit der Joe Simpson seine Sucht beschrieb, weckte in ihr nur die altbekannte Unruhe.

Es gab Dinge im Leben, die man einfach tun musste. Ohne Frage nach dem Warum.

Und anderes konnte man bleiben lassen, oder?

Zum Beispiel, sich um Benjamin Sorgen zu machen. Oder den Bullshit, den er in seinem Drogenwahn von sich gegeben hatte, wirklich ernst zu nehmen. Sie wollte sich nicht damit beschäftigen. Wollte sich nicht damit auseinandersetzen, weshalb er ausgerechnet sie um Hilfe gebeten hatte.

Waren sie Freunde?

Nein.

Aber Schicksalsgenossen.

Und das war eine Beziehung, die auf einem Berg zwischen Leben und Tod entscheiden konnte. Und sie durfte nicht seinen Auftritt am See vergessen. Seine Fragen nach Paul Forster und – dem Duke.

Was hatte Benjamin von ihrem Telefongespräch mitbekommen? War sein Gerede wirklich nur dem Drogenwahn geschuldet, einem Horrortrip, von dem er nicht mehr herunterkam?

Nein. Dahinter steckte noch etwas anderes. Aber *was* hatte das mit ihr zu tun?

Zum Teufel, wie hatte sie ihm auch versprechen können, ihm zu helfen?

Wobei?

Als ob es nicht reichte, dass schon Sebastien dort in seinem Zimmer lag, angekettet an Schläuchen und Maschinen, die ihn dazu zwangen dahinzuvegetieren, während seine Seele sich auf geheimnisvolle Weise aus dem Staub gemacht hatte.

Mit einer abrupten Bewegung stoppte Katie den Schaukelstuhl.

Zum Teufel!

Vor allem zum Teufel mit dir, Benjamin Fox.

Das Apartment 113, das sich Benjamin mit Chris, David und Robert teilte, war leer.

Katie stieß die Tür zu Bens Zimmer auf und wusste nun endgültig, dass etwas nicht stimmte. Benjamin Fox verkörperte normalerweise das pure Chaos. Jedes Mal, wenn Katie einen Blick in sein Zimmer geworfen hatte, war sie vor der Unordnung und dem Durcheinander zurückgeschreckt. Als gäbe es in diesem Zimmer keine Schränke oder Regale, besaß Benjamin die Angewohnheit, seinen ganzen Besitz im Zimmer zu verteilen.

Nur so könne er den Überblick bewahren, das war sein Credo. Schränke und Schubladen seien etwas für Menschen, die zu faul und phlegmatisch waren, um zu suchen. Und – Alexander Fleming hätte das Penizillin nicht entdeckt, hätte er 1928 vor seinem Urlaub aufgeräumt. Nur so hätten die Schimmelpilze überhaupt Gelegenheit gehabt, sich zu vermehren und ihre Wirkung zu entfalten.

Sie hörte noch immer sein Lachen, wenn er solche Vorträge hielt. Klar, Ben war eine Nervensäge, jemand, den man nicht länger als zehn Minuten ertrug. Aber jetzt, wo er nicht da war, vermisste sie seine Kommentare.

Und das Zimmer jagte ihr einen Schauer über den Rücken. Denn es wirkte so unbewohnt, so kahl und leer, als ob sein Bewohner ausgezogen oder – verstorben wäre. Die Bücher in den Regalen waren verschwunden, keine Papiere, kein Kleidungsstück lagen herum.

Einzig dieser süßliche, irgendwie staubige Geruch war geblieben, der von dem Zeug kam, das er inhalierte. Hanf, Tabak – weiß der Teufel, womit er seine Lunge und seine Gehirnzellen quälte. Und diesen Geruch wurde man vermutlich erst wieder los, nachdem man eimerweise frische Farbe an die Wand geklatscht hatte.

Katie bekam ein flaues Gefühl im Magen.

Die Bettwäsche am Grace wurde alle vierzehn Tage gewaschen und das war erst vor wenigen Tagen gewesen. Aber Benjamins Bett war abgezogen.

Das sah nach Abschied aus.

Und noch etwas. Sie konnte seine Videokamera nicht entdecken. Doch Benjamin und seine Kamera – sie waren unzertrennlich.

Wie sagte er immer?

»Ich bin der Einzige von uns, der die Welt mit drei Augen sieht.«

»Ach was«, hatte sie entgegnet, »du schießt deinen Verstand in den Wind, indem du dir die Birne zuknallst, und dann behauptest du wie alle Psychos und Verrückten der Welt, du würdest mehr sehen als andere.«

»Und was ist mit dir? Kletterst schweißgebadet *free solo* Steilwände hoch, schrammst jedes Mal gerade so am Tod vorbei, weil du nur auf diese Art checkst, dass du existierst. Das ist der Kick, den du brauchst. Adrenalin ist auch eine Droge.«

»Aber ich habe wenigstens die Chance, rechtzeitig abzukratzen, bevor ich alt und dement werde, während du dein Gehirn langsam dem Untergang weihst, vergiss das nicht.«

Benjamin hatte gegrinst und auf die Kamera gedeutet: »Werd ich nicht, Katie. Ich habe jedes Wort von dir auf diesem Ding hier. Die Kamera ist mein Gedächtnis, meine externe Festplatte, mein Memorystick. Was meinst du, Robert? Wird es irgendwann eine Schnittstelle zum menschlichen Gehirn geben, damit man vergessene Daten laden kann?«

»Ja«, hatte Robert erwidert und sein Blick war so ernst gewesen, dass Katie nicht an seiner Aussage zweifelte. »Aber das geht nicht elektronisch, sondern nur über die Chemie.«

Wann hatten sie diese Unterhaltung geführt? Vor fünf, sechs Tagen vielleicht. Es schien ihr plötzlich ewig lang her zu sein.

Konzentrier dich, Katie. Was auch immer Ben passiert war,

sie würde es herausfinden, wenn sie die verfluchte Kamera fand.

Wo konnte sie sein?

Sie wandte sich Bens Schreibtisch zu und zog die Schublade heraus. Sie war vollkommen leer. Auch in dem Fach rechts – nichts.

Benjamin hatte sie weder heute Mittag am See dabeigehabt noch als er vorhin in den Seminarraum gestürmt war, als würde er Amok laufen.

Der Kleiderschrank. Sie zog die linke Seitentür auf.

Ihr Blick fiel auf zusammengefaltete Hosen und Pullover, gebügelte Hemden und sorgfältig gestapelte farbenfrohe Unterwäsche.

Sehr farbenfroh.

Aber keine Spur von der Kamera.

Die mittlere Tür klemmte, und als Katie sie öffnen wollte, gab sie ein quietschendes Geräusch von sich. Erst nach dem vierten Versuch schwang sie auf. Ein muffiger feuchter Geruch schlug ihr entgegen, der vermutlich von den Socken kam, die in den hohen Boots steckten. Angewidert betrachtete sie die total verdreckten Schuhe. Wo war Benjamin mit denen herumgelaufen? Sie waren bis zu den Knöcheln mit einer rötlich braunen Sandschicht bedeckt.

Sie hob sie hoch.

Himmel, die waren ja megaschwer.

Als wären sie aus Stein. Tatsächlich rieselten winzige Steinchen herunter, als sie sie zurückstellte.

Und wo war die Fuck-Kamera?

Katie sah sich unschlüssig um.

Ihr Blick fiel auf Bens Rucksack, der auf dem Schrank lag. Mit ihm war er hoch auf den Ghost gestiegen. Der Reißverschluss des obersten Faches stand offen. Katie schob den Stuhl heran, stieg darauf und hob den Rucksack herunter. Und sie war völlig verblüfft, als sie begriff, dass er vollgepackt war. Sie zog einige Kleidungsstücke heraus – Bens absolute Favoriten oder, wie er es nannte, *Blockbuster* im Kleiderschrank. Ungeduldig wühlte sie im obersten Fach des Rucksacks herum und entdeckte tatsächlich die Kamera, sicher in einer Innentasche verstaut.

Na bitte, dachte sie. Das war leicht.

Zu leicht. Und jetzt erst fiel Katie auf, was das bedeutete: Ben hatte zum ersten Mal, seit sie ihn kannte, ohne Kamera sein Zimmer verlassen.

Das Apartment von Robert, David und Chris war immer noch verwaist, aber Katie war es ganz recht so. Weder vom Flur noch vom Campus drang ein Geräusch zu ihr ins Zimmer. Man hätte die Fliegen an der Wand hören können – nun ja, hätte es im Tal welche gegeben.

Sie schaltete das Licht aus und setzte sich an Benjamins Schreibtisch. Es dauerte einige Minuten, bis sie verstand, wie die Kamera funktionierte. Konzentriert rief sie die letzten Aufnahmen auf.

Nichts Ungewöhnliches, wie ihr schien.

Der Lake Mirror. Das Wasser, das geradezu bedächtig gegen das Ufer schlug. Ein schmaler schneebedeckter Pfad. Und aus dem Lautsprecher Benjamins Atem, der die Anstrengung verriet, bei den Schneeverhältnissen vorwärtszukommen.

Einen Moment später erkannte Katie, wo er gewesen war. Er hatte den Weg am Nordufer gewählt, in Richtung Gedenkstein. Bald war er an der Brücke angekommen, wo das windschiefe Geländer nur noch knapp einen halben Meter aus der dicken Schneedecke stach.

Das nächste Bild zeigte den Wasserfall und Katie sah verblüfft, dass er zu einem grotesk aussehenden Gebilde aus Eiszapfen mutiert war. Der Sicherheitsdienst hatte schon vor Wochen Warnschilder aufgestellt und nicht nur den Weg zur Brücke, sondern auch den Übergang bis auf Weiteres gesperrt. Die Gefahr, von einem der Eisbrocken erschlagen zu werden, war zu groß.

Auch war es den Studenten strengstens untersagt, den Wald in der Umgebung zu betreten, weil immer wieder Äste infolge ungewöhnlicher Schneelasten herunterstürzten. Im Grunde waren die Verbote und Warnungen diesmal überflüssig gewesen. Glatteis und hohe Schneeberge hatten das Betreten unmöglich gemacht.

Allerdings hatte es die letzten Tage getaut. Der Weg und vermutlich auch die Brücke waren wieder passierbar. Und der Zaun zum Sperrgebiet dahinter hatte noch nie ein Hindernis für die Studenten am College dargestellt. Manchmal hatte Katie sogar das Gefühl, die Schilder zu den Sperrgebieten hingen nur deswegen da, weil sie die Studenten locken sollten, genau dorthin zu gehen. Konsequenzen hatte es jedenfalls nie gehabt, wenn man dort erwischt wurde. Oder zumindest keine wirklichen Konsequenzen.

Die Kamera hielt einige Sekunden auf das knallgelbe Warnschild. *Lebensgefahr. Vor dem Betreten wird gewarnt.* Und Katie konnte sich richtig vorstellen, wie Benjamin sich gefreut hatte, dieses Verbot zu ignorieren.

Die nächsten Aufnahmen zeigten die schneebedeckten hohen Tannen und knorrigen, schiefen Kiefern, die typisch für das Tal waren. Die Perspektive war äußerst direkt und intensiv. Katie hatte das Gefühl, sie selbst würde durch diese Schneelandschaft wandern, und sie hätte ewig so weitergehen können. Doch wieder erfolgte ein Schnitt: Das schneebedeckte Dach des Bootshauses tauchte auf.

Die Kamera hielt auf den Steg, der weit in den See hineinreichte, wo das Wasser wieder leise gegen die Holzpfosten schwappte. Und dann wurde die Veranda groß aufgezogen, Benjamin schwenkte auf einen alten verlassenen Liegestuhl, dessen blauer Stoff aus dem Weiß aufblitzte.

Die reinste Winteridylle.

Sie hörte Benjamins Schritte, wie er die Stufen hochstieg und auf die morsche Tür zuging, die schief in den Angeln hing. Dann zeigte die Aufnahme das düstere Innere der Hütte. »Hey, wer immer sich das ansieht. Ich sag euch eines: Hier drin ist es sogar zum Pissen zu kalt«, hörte sie zum ersten Mal Benjamins Stimme und musste unwillkürlich grinsen.

»Aber das ist nicht der Grund, warum ich hier bin. Nein, ich bin hier in geheimer Mission. Ein Wahnsinnstipp – von Mr Unbekannt.«

Ja, hundert Prozent Ben. Sie vermisste ihn tatsächlich.

Doch dieses Gefühl der Erleichterung hielt nicht einmal eine Sekunde, denn dann brach die Aufnahme plötzlich ab.

Dunkelheit.

Wie viel Zeit war vergangen, bis Benjamin die Kamera wieder angeschaltet hatte? Katie konnte es nicht sagen, denn er hatte die Datumsanzeige und die Zählfunktion deaktiviert. Doch das Bootshaus musste er wieder verlassen haben, denn die nächsten Bilder zeigten nichts als Landschaft. Wenn auch verschwommen, verwackelt und nur in Ausschnitten. Bildfetzen, die sich rasend schnell abwechselten. Wald, Schnee, Äste, ein Stück Himmel, ein Stück Erde, ein umgestürzter Baum, Moos, eine gefrorene Pfütze, Benjamins Schuhe. Das Blau seiner Lieblingsjacke. Katie wurde geradezu schwindelig vom Zusehen.

Dann endlich eine längere Einstellung: Katie konnte eine Eisfläche ausmachen, die zwei bis drei Meter in den See hineinragte.

Stopp.

Sie spulte zurück.

Obwohl die Wetterstation vor dem historischen Teil des Colleges wochenlang Temperaturen unter minus zwanzig Grad angezeigt hatte, war der See am Campus den ganzen Winter über nicht zugefroren gewesen, nicht einmal in Ufernähe. Der Lake Mirror hatte nun einmal seine eigene Thermik. Wo war Ben auf diese Eisfläche gestoßen?

Sie ließ den Film weiterlaufen und hörte Benjamin nun undeutlich sagen: »Hey friends, soll ich mal prüfen, ob das Eis hält? Wir sind schließlich in Kanada, oder? Die Eishockeysaison ist in vollem Gang!«

Katie war sich die letzten Minuten sicher gewesen, dass Benjamin auf dem Weg zum Solomonfelsen war. Doch die folgenden Aufnahmen passten in keiner Weise dazu. Denn nun hielt die Kamera direkt auf einen Wasserfall zu.

War Benjamin zurück zur Brücke gegangen?

Aber das Wasser brach hier mit voller Wucht aus dem Felsen. Selbst wenn die Temperaturen weit über null Grad angestiegen waren, hätte die Eiswand an der Brücke nicht innerhalb von Stunden schmelzen können, oder?

Außerdem – er *war* auf dem Weg zum Solomonfelsen. Eindeutig! Der Bergrücken ragte weit in den See hinein und die etwas höhere Felswand, die sie Black Dream getauft hatte, lugte dahinter hervor.

Das Problem war nur – in der Gegend gab es keinen Wasserfall. Keinen, von dem Katie wusste. Und sie hätte davon wissen müssen, schließlich war sie am Black Dream den ganzen Sommer lang geklettert.

Plötzlich wieder ein Schnitt.

Dunkelheit.

Das Rauschen des Wasserfalls war verklungen. Dafür hörte sie nun jemanden heftig atmen. Sie fuhr herum, doch da war niemand.

Schritte. Schnee knirschte. Äste knackten. Stöhnen.

Und wieder lautes Keuchen. Es klang nach einer großen Anstrengung.

Doch wer immer da so keuchte – er war nicht auf dem Bild zu erkennen.

Katie schaute genauer hin. Inzwischen handelte es sich fast

nur noch um Nahaufnahmen. Hohe Felsen, die aus einer Wand hervorragten und plötzlich Gesichter bekamen, ja, sich fast zu bewegen schienen. Füße, die über Baumstümpfe stolperten, Eisschollen, die mit voller Wucht gegen Steinblöcke schrammten.

Hatte sie irgendetwas verpasst? War ihr etwas nicht aufgefallen?

Katie spulte zurück bis zu der Stelle, wo sie Benjamin am Solomonfelsen vermutet hatte. Sie schaltete auf Slow Motion und versuchte, irgendetwas zu erkennen, das ungewöhnlich schien.

Alles war ungewöhnlich, vor allem diese Wassermassen, die sich die Steinwand hinunterstürzten.

Katie schüttelte den Kopf und zoomte die Aufnahme heran. Nichts, oder? Sie schaute genauer hin. Irgendetwas blitzte dort oben im Licht auf. War das Metall?

Und was schwamm dort in den Wassermassen mit? Für sie sah es nach zerrissenem Papier aus. Viel Papier.

Die Kamera schwenkte unruhig hin und her. Plötzlich änderte sich die Bildqualität. Die Farben verblassten und die Aufnahme begann zu ruckeln.

Und sie wusste auch, warum.

Es handelte sich um den Augenblick, in dem Benjamin angefangen hatte zu rennen. Sie hörte wieder seinen rasselnden, keuchenden Atem. Doch diesmal war sie nicht sicher, ob es lediglich von der Anstrengung herrührte. Nein – da schwang etwas anderes mit.

Angst.

Katie schaffte es nicht, den Blick abzuwenden und die Kamera einfach auszuschalten.

Noch einmal von vorn, dachte sie.

Der blaue Himmel. Der Ghost. Der Lake Mirror.

Schnitt.

Der Wasserfall, von dem sie nicht wusste, wo er plötzlich

herkam. Seine merkwürdige Farbe fiel ihr auf, er schimmerte rötlich und ja, es war eindeutig Papier, das von den Fluten mitgerissen wurde.

Und dann Benjamin . . .

Vielleicht war Paranoia doch ansteckend. Katie neigte nun wirklich nicht zur Dramatik, aber es schien ihr, als laufe Benjamin um sein Leben.

Sie versuchte, das Bild weiter zu vergrößern, aber auf der Kamera war das Maximum erreicht. Sie musste sich das unbedingt am Computer anschauen.

Im nächsten Moment ertönte eine leise, fast schüchterne Stimme in ihrem Rücken.

Wer verflucht noch mal schlich sich einfach an? Ohne zu klopfen? Und dann fiel Katie ein, dass es ja nicht ihr Zimmer war, in dem sie sich befand.

»Was machst du hier?« Robert stand reglos wie eine Statue, eine Salzsäule oder was auch immer, hinter Katie. Sein Bernsteinblick war nicht auf sie, sondern das Display gerichtet.

»Hast du mich erschreckt, Rob! Kannst du nicht anklopfen?«

»Was machst du hier?«, wiederholte er.

»Wonach sieht es denn aus? Die anderen reden davon, wie schlecht es Benjamin geht, allen voran David. Aber keiner ist auf die Idee gekommen, ein paar Nachforschungen anzustellen. Ich habe seine Kamera gesucht, um wenigstens herauszufinden, wo er sich die letzten Tage herumgetrieben hat.«

»Und? Hast du etwas entdeckt?«

Katie hob die Schultern. »Fast nur Landschaftsaufnahmen. Offenbar war er im Sperrbezirk. Aber dann –« Sie brach ab.

Roberts Augen hinter der runden Brille wurden ganz schmal. »In welchem der Sperrbezirke?«, fragte er nachdenklich.

»An der Nordseite, in der Nähe des Solomonfelsens, wenn ich das richtig erkannt habe. Und da muss etwas Merkwürdiges passiert sein. Ich wollte mir die Aufnahme gerade auf dem Computer ansehen.«

»Komm mit.«

Robert wandte sich um und verließ den Raum. Katie folgte ihm in sein Zimmer gegenüber.

Hier standen die Bücher nicht wie bei normalen Sterblichen in Regalen, nein, bei Robert stapelten sie sich auf dem Schreibtisch, dem Stuhl, auf dem Nachttisch. Es gab sie im Kleiderschrank, im Waschbecken und unter dem Kleiderhaufen in der Ecke. Kleine Stapel, Riesenstapel, Zeitschriften, Bildbände, Formelsammlungen. Und erst die Titel – Hyperboloide, Paraboloide, Superzyklide – Mann, wow, wirklich aufregende Bettlektüre. Besser als jedes Schlafmittel und dazu ohne Nebenwirkungen.

Sie schaute sich um. »Wo schläfst du eigentlich?«

»Wo?« Er warf ihr einen verwirrten Blick zu. »Im Bett.«

Okay – die geheime Formel für Humor war Robert offenbar fremd.

»Vergiss es. Wollen wir?«

Robert räumte gefühlte zwei Meter Zeitschriften zur Seite, unter denen sein Laptop auftauchte, setzte sich auf die Kante seines Schreibtisches und schaltete ihn an.

»Kannst du mir die Speicherkarte aus der Kamera geben?«

Katie reichte sie ihm und er steckte sie in die Schnittstelle. Wenig später öffnete sich das Dateiverzeichnis mit diversen Ordnern und einer separaten Datei, die unter *Sperrbezirk_160211* abgespeichert war.

»Okay, das müsste sie sein. Schau dir die Aufnahme in Ruhe an und dann sag mir, ob dir etwas komisch vorkommt.«

Das erste Bild – der Uferweg – erschien auf dem Bildschirm.

»Überspring das mal«, wollte Katie gerade sagen, als sich

plötzlich die Datei ohne Vorwarnung schloss. »Was ist denn jetzt passiert?«, murmelte sie.

»Mist!« Roberts Finger flogen über die Tastatur. Die Verzeichnisse öffneten sich in Windeseile, aber Katie konnte die Datei mit dem Datum nicht mehr entdecken. Eine Suchanfrage wurde negativ beantwortet. Robert pfiff einmal durch die Zähne, dann schüttelte er den Kopf.

Katie hielt den Atem an. »War es das, wonach es aussah?«

Roberts Brauen waren zu einer gerade Linie zusammengezogen. »Wie man es nimmt«, knurrte er. »Die verdammte Datei hat sich gerade selbst gelöscht.«

Grace Dossier

Aufzeichnungen: Kathleen Bellamy

20. August 1974

Kathleen Bellamy hatte keine Ahnung, ob die anderen sich überhaupt noch Notizen machten. In den ersten beiden Wochen hatte man immer irgendjemanden getroffen, der eifrig in sein Notizbuch kritzelte. Aber dann, als die Stimmung zunehmend angespannter und gereizter wurde, hatten die anderen erschreckt reagiert, wenn man plötzlich auftauchte.

Milton zum Beispiel.

Irgendwann war sie oben in das Zimmer der Jungs gekommen, weil sie Grace suchte. Und dachte – sie sei dort mit Paul. Stattdessen war nur Milton da und ... er las in einem Notizbuch. Wenn sie sich nicht irrte, dann gehörte es nicht ihm, sondern Paul.

Das war der Moment gewesen, als sie ebenfalls begann, ihre Aufzeichnungen zu verstecken.

Sie würde sie niemandem zeigen. Ausgenommen vielleicht – Paul.

Kapitel 6

Robert arbeitete konzentriert und so schnell, wie Katie noch nie jemand hatte tippen sehen. »Okay, schauen wir mal, ob wir das eingrenzen können.« Zahlreiche Fenster poppten auf und schlossen sich wieder, ohne dass Katie irgendein System erkennen konnte. Robert hatte sich vorgebeugt, sie konnte nicht sehen, was in seiner Miene vor sich ging.

»Ist jetzt ein Virus auf deinem Rechner?«

Robert schüttelte den Kopf. »Selbstverständlich nicht«, sagte er ernst. »Das schafft keiner.« Wie er es sagte, glaubte sie es ihm sofort. »Und es war natürlich auch kein Virus.«

»Natürlich nicht«, wiederholte Katie spöttisch, aber Robert verstand die Ironie nicht.

Er drehte sich zu Katie um. »Jemand hat offenbar dafür gesorgt, dass die Datei vernichtet wird, wenn sie vom Massenspeicher geöffnet wird.« Er deutete auf ein Icon in dem Verzeichnis, das einen winzigen Geier zeigte. »Ein simples Programm, das auf der Speicherkarte integriert war.«

Katie schüttelte den Kopf. Von Computern verstand sie ungefähr so viel wie von den Opern, in die sie ihre Mutter immer mitgeschleppt hatte. »Aber warum konnte ich mir die Bilder auf der Kamera noch ansehen?«

Robert nahm seine Brille ab und putzte sie sorgfältig. »Ich glaube, hier wollte jemand einfach nur blind zerstören. Ob es ihm wirklich um gerade diese Bilder ging . . .« Er zuckte mit den Achseln.

Katie fuhr sich durch die dichten schwarzen Haare. »Verdammt!« Sie ging in dem kleinen Zimmer auf und ab. »Wir müssen wissen, wo Ben vor seinem Zusammenbruch war. Ich habe ihn vor der Vorlesung am See getroffen. Da war er auch schon total verdreckt und absolut neben sich. Ich kann mir nicht vorstellen, dass das von dem Zeug kam, das er normalerweise zu sich nimmt. Da war etwas anderes im Spiel.«

Julias Bruder wiegte den Kopf. »Ja«, sagte er. »Ich weiß. Etwas ist vorgefallen, was ihm Angst machte.«

Katie stutzte. »Hast du ihn auch getroffen?«, fragte sie nach. »Hat er dir etwas erzählt?«

»Nein.« Robert schaltete den Laptop aus und seufzte. »Oder doch, wie man's nimmt. Ich war vorhin auf dem Weg ins Seminar, als Benjamin mir entgegengestürzt kam. Er hat mir etwas in die Hand gedrückt, was überhaupt nicht zu ihm passt. Ein Blatt mit einer Formel.«

»Eine Formel?«

Robert rückte die Brille gerade und dann strich er sich über die Stirn genau an der Stelle, wo Harry Potter die Blitznarbe hatte. »Er wollte wissen, was diese Formel bedeutet.«

»Seit wann interessiert sich Ben für Mathematik? Er sagt immer, Mathematik ist eine Wissenschaft mit hundert Unbekannten.« Katie stellte sich an den Balkon und starrte aus dem Fenster zum See hinaus und dann hinüber zum Ghost. »Was war es denn für eine Formel?«

»Ich habe keinen blassen Schimmer.«

Katie fuhr herum und starrte Robert verdutzt an. »Du?«

»Etwas stimmt nicht mit ihr.«

»Aber du bist unser Mathe-Guru.«

»Bin ich nicht. Ihr denkt nur alle zu kompliziert. Mathematik ist im Grunde eine primitive Wissenschaft. Nicht schwerer, als ein Buch zu lesen.«

»Na klar und die Erde ist und bleibt eine Scheibe.« Katie grinste und erhob sich. »Also, was ist? Zeigst du sie mir, diese geheimnisvolle Formel?«

Robert beugte sich nach hinten und zog ein kariertes Blatt

unter einem Papierstapel hervor, der auf der Fensterbank lag. Es zeigte Schmutzflecken und war an einer Seite eingerissen.

»Bitte. Vielleicht wirst du ja schlau daraus.« Er grinste und Katie konnte nicht anders, sie tat es ihm nach, als ihr Blick auf eine kompliziert aussehende Folge von Ziffern, Buchstaben und Zeichen fiel.

»Äh ja«, sagte sie. »Verstehe.«

»Eben.« Robert legte das Blatt gelassen beiseite. »Hör mal, was du wissen musst: Erstens – Benjamin war total aufgeregt, was diese Formel betraf. Er meinte, er sei der Lösung eines Geheimnisses auf der Spur. Ich habe ihn nicht ernst genommen. Und damit kommen wir zu zweitens.«

Aber sie kamen nicht mehr zu zweitens, denn in diesem Moment stürmte David zur Tür herein. »Hier seid ihr«, sagte er. »Habt ihr die Durchsage nicht gehört?«

»Was für eine Durchsage?« Robert runzelte die Stirn.

»Dean Walden hat eine Versammlung in der Mensa einberufen. In fünf Minuten. Es geht um Benjamin und es ist wirklich wichtig.«

Katie und Robert wechselten einen Blick. Robert faltete das Blatt zusammen und steckte es sich in die Hosentasche. »Sieht so aus, als ob ich dir zweitens erst später erklären kann«, sagte er bedächtig.

Sie waren tatsächlich die Letzten, die die Mensa betraten. Welche Bedeutung der Dean dem ganzen Vorfall zuwies, zeigte die Tatsache, dass sich die Studenten aus allen Jahrgängen hier versammelt hatten.

»Wo seid ihr denn gewesen?«, flüsterte Julia.

»Auf Roberts Zimmer«, erwiderte Katie und seufzte genervt, als Chris grinsend fragte: »Zusammen?«

Sie schob sich neben Robert in die Bank. Der ignorierte wie immer alle anderen und starrte nach vorn ans Mikropult, wo Richard Walden etwas in ein schwarzes Notizbuch kritzelte.

Katie sah sich um und ihr Blick fiel auf Tom, der etwas weiter unten saß. Er wirkte furchtbar nervös und angespannt, rutschte auf seinem Platz hin und her und versuchte nicht wie sonst, durch sein affektiertes Getue auf sich aufmerksam zu machen. Sie konnte es ihm nicht verdenken. Sie wusste, wie er sich fühlen musste – sie hatte es bei Sebastien selbst erlebt.

Hinter ihnen klappte die Tür und dann erklang Mr Waldens Stimme durch das Mikrofon. »Darf ich um Ihre Aufmerksamkeit bitten?«

Katie hatte keine besonders hohe Meinung von Professor Walden. Mit Männern, die kleiner waren als sie, hatte sie schon immer ein Autoritätsproblem gehabt. Außerdem hatte er etwas Unsportliches an sich und das lag nicht nur am Übergewicht, sondern an seiner Körperhaltung. Auch jetzt stand er leicht gebeugt vor dem Mikro, gleichzeitig reckte er das breite weichliche Kinn in die Höhe. Vermutlich sollte das eine Art Einschüchterungsgeste sein. Katie konnte nicht behaupten, dass sie davon beeindruckt war.

»Nun, Sie alle wissen, weshalb wir hier sind. Benjamin Fox aus dem ersten Jahrgang hatte heute einen Zusammenbruch.«

Okay, jetzt kam vermutlich der übliche Vortrag über Drogen. Das College warb bei den Eltern damit, dass sie viermal jährlich eine professionelle Suchtberatung anboten und regelmäßige Drogenkontrollen durchführten. Als ob das jemals etwas bewirken würde. Die Raucher rauchten weiter. Wer den Alkohol bevorzugte, hatte seine Quellen, die es hier im Tal zur Genüge gab. Und was die anderen Drogen betraf: Benjamin hatte nie Probleme gehabt, an seinen Stoff zu kommen. Nur diesmal hatte er es übertrieben.

»Ich hatte eben einen Anruf aus dem Krankenhaus.«

Eine pädagogische Pause folgte. Niemand reagierte, nur Tom hob die Schultern, als wolle er sich in sich selbst zurückziehen wie eine Schildkröte in ihren Panzer.

»Mr Fox befindet sich einem äußerst schlechten Zustand.«

Erneutes Schweigen.

Katie lehnte sich, so weit es ging, zurück, streckte die Beine aus und verschränkte die Arme.

»Er liegt im Koma.«

David hatte also doch recht gehabt. Aber Mann, Benjamin hatte sich das wirklich selbst zuzuschreiben. Er war so ein Idiot!

Mr Walden beugte sich noch weiter nach vorne. Um sich von den düsteren Gedanken abzulenken, versuchte Katie, sich vorzustellen, wie er das Gleichgewicht verlor und vornüberkippte. Aber das passierte nicht, stattdessen sagte er ungewohnt eindringlich: »Ihr Freund braucht jetzt Ihre Hilfe. Die Ärzte tappen im Dunkeln. Sie können nicht herausfinden, welche Substanz ihn in diesen Zustand versetzt hat. Wenn jemand von Ihnen weiß, was genau er genommen hat und vor allem, wann, dann bitte ich Sie, es mir zu sagen.« Er räusperte sich. »Mir ist durchaus klar, dass es hier auf dem College einen Ehrenkodex unter Studenten gibt. Keiner verrät den anderen. Aber das hier ist etwas anderes. Hier geht es darum, ein Leben zu retten. Ich bitte Sie, genau das zu tun.«

Ein Leben retten.

Wenn Katie die Macht dazu hätte, dann wäre sie heute schon in Washington und würde Sebastien dazu bringen aufzuwachen. Und wenn sie das nicht vermochte, wie sollte sie dann Benjamin helfen?

David, der in der ersten Reihe saß, meldete sich. »Was sagt denn das Drogenscreening?«

»Negativ.«

Jetzt war Katie völlig verdutzt. Wie, negativ? Benjamin war eindeutig high gewesen, als sie ihn am See getroffen hatte – das hatte man allein schon an den Pupillen sehen können.

»Der Test auf die üblichen Drogen war negativ«, wiederholte der Dean. »Deswegen sind wir ja auf Ihre Berichte angewiesen.«

»Meinen Sie, wir führen Buch über das Zeug, das er einwirft?« Das kam von einem dunkelhaarigen Hünen aus dem dritten Jahrgang. O'Connor, einem der collegebekannten Dealer. »Wenn die Wirkung nachlässt, wird er schon wieder aufwachen.«

O'Connor sprach zwar nur aus, was Katie am Nachmittag ebenfalls gedacht hatte, dennoch hätte sie ihm am liebsten eine gescheuert. Gedanken unterlagen keiner Zensur, aber man brauchte sie nicht jedem gleich mitzuteilen.

»Ich glaube, Sie verstehen nicht wirklich, was ich Ihnen sagen will.« Dean Walden blieb ganz ruhig. »Wenn wir nicht schnell herausfinden, was Ihr Freund genommen hat, wird er sterben. Er braucht Ihre Hilfe. Ohne einen Hinweis sind die Ärzte machtlos.«

Zum ersten Mal blickte Robert auf. Katies Blick traf die vollgeschriebene Seite seines Notizbuches. Alles, was sie erkennen konnte, waren Zahlen – und Fragezeichen.

Die Studenten sammelten sich in Grüppchen in der Haupthalle, um die Geschehnisse zu diskutieren, aber Katie hatte das dringende Bedürfnis, allein zu sein. Sie gab Rose und Julia ein Zeichen und eilte in Richtung des Treppenhauses davon, das menschenleer war. Wie immer, wenn in den Fluren des Colleges die Studenten fehlten, legte sich eine seltsame Stille über das ganze Gebäude. Und Katie fühlte sich beobachtet.

Sie tastete in ihrer Tasche nach dem Handy und zog es hervor. Vielleicht hatte der Duke doch noch einmal angerufen. Alles in ihr brannte, jemandem von diesem Nachmittag zu erzählen, von Benjamins seltsamem Verhalten, seinen Vorwürfen und von dem Versprechen, das er ihr abgenommen hatte.

Mit Sebastien wäre es leicht gewesen, darüber zu sprechen. Sebastien, ihre einzig wahre Liebe. Was an sich schon totaler Irrsinn war, wenn nicht sogar tragisch – aber Tragik stand nicht auf Katies Radar. Sie war gerade mal achtzehn und die einzig wahre Liebe ihres Lebens . . .

Sie wollte das Handy in dem Moment wegstecken, als es klingelte. Nur gut, manche Gedanken mussten nicht zu Ende gedacht werden.

Katie starrte auf die Nummer, die aufleuchtete.

Nein, *er* war es nicht.

Es war ihre Mutter.

Was hatte der Anruf zu bedeuten? Ihre Mutter hatte sie noch nie angerufen. Seit sie denken konnte, hatte es zwischen ihnen diesen Puffer gegeben. In Chemie hatte Katie davon gehört, dass es Elemente gibt, die keine Verbindungen eingehen. Gleich geladene Ionen stoßen einander ab und erzeugen so einen Zwischenraum. Katie nannte es Hohlraum. Genau das hatte sie immer zu Sebastien gesagt: »Zwischen meiner Mutter und mir, da gibt es einen Hohlraum, verstehst du? So etwas wie ein Vakuum.«

»Du übertreibst, Katie. Wie immer.«

»Nein. Sie ist nicht wie deine Mutter. Ich kann mich nicht erinnern, dass sie mich je in den Arm genommen hat.«

Katies Mutter schien eine absonderliche Scheu zu haben, ihre eigene Tochter zu berühren oder mit ihr Gespräche zu führen, die über Alltagsdinge hinausgingen. Die regelmäßigen, wenn auch seltenen Telefonanrufe überließ sie sowieso ihrem Mann.

»Was willst du, Mutter?« Katie lief die Treppe hinunter und bog in den Tunnel ein, der durch das Untergeschoss hinüber in das Sportcenter führte. Sie brauchte nach alldem, was heute passiert war, eine Auszeit. Eine Stunde, in der einfach nur ihre Muskeln arbeiteten und sie nicht denken musste. Ihr Ruf als Sportass hatte sich schnell verbreitet und vor allem die Jungs rackerten sich an den Geräten ab, um auf sie Eindruck zu machen. Aber Muskeln und ein Waschbrettbauch, die nur antrainiert wurden, um im Sommer mit nacktem Oberkörper gut auszusehen, beeindruckten Katie wirklich nicht.

»Wie geht es dir?« Plötzlich klang die Stimme ihrer Mutter unglaublich nah.

»Seit wann interessiert dich das?«

»Fühlst du dich . . . dort oben wohl?«

Katie runzelte die Stirn.

»Dort oben? Was meinst du damit?« Wollte sie endlich ihrer Tochter die Wahrheit erzählen? Dass Katie dasselbe College besuchte wie sie damals? Das wäre eine interessante Wende in ihrer Beziehung.

»Du solltest es nicht von jemand anderem erfahren.«

Natürlich. Sie hätte es sich denken können. Ihrer Mutter ging es nicht um ihre einzige Tochter, sondern um ihren Ehemann.

»Was denn, ist er gestorben?«

Schweigen in der Leitung.

»Nein.«

»Schade.«

Sie hörte, wie ihre Mutter Luft holte.

»Warum sagst du so etwas?«

Katie bog in den Flur ein, der zum Fitnesscenter führte, das, wie alles im Sportcenter, hypermodern war. »Solange du dich nicht scheiden lässt, ist das der einzige Weg, ihn loszuwerden.«

Würden sie jetzt wieder einen Psychologen anheuern? Oder konnte man ins Gefängnis kommen, wenn man seinem Vater den Tod wünschte?

Nein, vermutlich kam man in die Hölle.

Katies Mutter war von Zeit zu Zeit Buddhistin. Immer wenn sie ihre Ruhe haben wollte, zog sie sich in ihr Schlafzimmer zurück, wo ein kleiner Altar aufgebaut war. Ihr Vater war Methodist und Katie – Atheistin. Was bedeutete, dass die Hölle nicht für sie zuständig war.

»Es geht nicht um deinen Vater.«

»Sondern?« Sie blieb vor ihrem Spind stehen und zog den Schlüssel hervor.

»Um Sebastien.«

Katie zuckte zusammen.

Sebastien.

Noch nie, nicht ein einziges Mal hatte ihre Mutter, geschweige denn ihr Superdad, seit dem Unfalltag ihr gegenüber diesen Namen in den Mund genommen.

»Ich dachte, ich sollte dich anrufen«, hörte sie die hohe weiche Stimme am anderen Ende.

Was hatte das zu bedeuten?

Was war passiert?

Von einer Sekunde zur anderen begann ihr Herz zu hämmern.

»Was soll mit ihm sein? Hat seine Mutter ihn in ein Pflegeheim gebracht? Oder haben sie beschlossen, die Geräte abzustellen?«

»Deine Seele ist krank, Katie.«

»Was?«

»Zorn und Hass sind die schlimmsten Übel von allen.«

»Sagt wer?«

»Der Dalai-Lama.«

Katie zog ihre Schuhe aus und stellte sie in den Spind. »Was ist los, Mutter?«

»Er ist aufgewacht und hat nach dir gefragt.«

Grace Dossier
Aufzeichnungen aus Elizas Notizbuch

(22. August 1974)

Haben am Abend wieder ein Spiel gespielt:
Jeder soll seinen Lieblingsfilm aus den letzten Jahren auf eine Liste schreiben und es wird darüber abgestimmt.

1. Odyssee im Weltraum 2002
2. Rosemaries Baby
3. Verschollen im Weltraum
4. Der Pate
5. Doktor Schiwago
6. Wer hat Angst vor Virginia Woolf?
7. Papermoon
8. Love Story

Kapitel 7

Katie war gerade erst eingeschlafen, aber sie musste die Schwelle zum Tiefschlaf bereits überschritten haben, denn als sie durch das Geräusch erwachte, taumelten ihre Gedanken nur lose am Rande ihres Bewusstseins entlang. Traumreste huschten vorbei. Felsenbilder. Wasser. Unendlich lange Wege, die sie entlangrannte, ohne jemals anzukommen.

Albträume sollten die Funktion einer Kläranlage für das Gehirn haben. Wer immer sich das ausgedacht hatte, war offenbar noch nie aufgewacht mit allen Anzeichen von Panik, Herzrasen, vermehrtem Schwitzen und dem Schrei in der Kehle.

Und immer noch nicht schaffte sie es, die Augen aufzuschlagen.

Dabei spürte sie es genau: Jemand steht neben deinem Bett, Katie, und starrt dich an. Also wach auf.

Aber was, wenn sie sich das nur einbildete? Sie war so müde. Und im Traum wartete Sebastien auf sie und . . .

»Katie?«

Das war nicht Sebastiens Stimme.

War *er* es? Der Duke?

Eigentlich war er ganz und gar nicht ihr Typ. Aber er löste etwas in ihr aus, das nichts zu tun hatte mit den Gefühlen für Sebastien. Sie konnte nicht anders. Etwas an ihm zog sie unwiderstehlich an, und das nicht nur seit diesem Kuss dort oben auf dem Gletscherfeld. Und unwiderstehlich war ein Wort, das ihr Angst machte.

Eine kalte Hand auf ihrem Arm ließ sie zusammenzucken. Sie fuhr hoch und riss die Augen auf.

Draußen herrschte tiefe Nacht. Ein fahler bleicher Mond zeichnete sich hinter der Nebelwand vor dem Fenster ab. Sein Licht war so schwach, dass sie sich nur mit Mühe zurechtfinden konnte.

»Zum Teufel, was soll das? Ich bin nicht online, okay? Für niemanden«, sagte sie in das Dunkel hinein. »Also, wer immer du bist, verschwinde aus meinem Zimmer.«

Keine Antwort. Allenfalls hörte sie aufgeregte Atemzüge.

Katie war zu müde, um Angst zu haben. Sie hatte sich nach dem, was gestern passiert war, über drei Stunden im Fitnesscenter verausgabt. Sie hatte wie immer auf dem Speedbike begonnen und fünfundvierzig Minuten lang Adrenalin in ihre Adern gepumpt, bis ihr Gehirn nur noch auf Stand-by lief. Das restliche Programm – Hanteltraining, Klimmzugstange und Gleichgewichtsübungen auf der Slackline – hatte sie mehr oder weniger automatisch abgespult.

Nur so hatte sie mit der Nachricht, die ihre Mutter überbracht hatte, umgehen können. Danach war sie ins Bett gefallen und tatsächlich sofort eingeschlafen.

Katies Hand tastete nach dem Schalter. Das Licht traf sie direkt in die Augen, und erst als sie ein paarmal geblinzelt hatte, erkannte sie einen hellblau-weiß gestreiften Pyjama. Ein Pyjama, der garantiert nicht in ihr Zimmer gehörte.

Katie zog die Bettdecke hoch. Nackt zu schlafen, war ein Risiko. Und dieser kleine Freak spazierte einfach hier herein.

»Verdammt, was machst du denn hier? Ich habe dich nicht für einen Spanner gehalten, Robert.«

Robert trug keine Brille. Seine Augen waren weit geöffnet. Er sah nicht nur so aus, als ob er fror. Nein, er zitterte am ganzen Körper. Und war bleicher als der Mond dort draußen.

»Du siehst echt scheiße aus«, murmelte Katie.

»Wo warst du am Abend? Ich hab dich überall gesucht.«

Katies Augen schweiften zu dem Digitalwecker auf dem Schreibtisch. Sie ließ sich zurück ins Kissen fallen. »Es ist zwei Uhr nachts. In fünf Stunden kannst du mich meinetwegen finden, aber nicht eher.«

»Ich bin dir noch das Zweitens schuldig.«

Katie seufzte. »Ich habe keinen blassen Schimmer, wovon du sprichst und ich will es auch nicht wirklich wissen.«

»Die Formel.« Robert starrte auf irgendeinen Punkt an der Wand, als ob dort geheimnisvolle Zeichen zu lesen seien, die nur er entziffern konnte. Er zog den schmutzigen Zettel aus der Pyjamajacke. »Sie ist nicht vollständig.«

Katie warf nur einen flüchtigen Blick auf die hingekritzelten Hieroglyphen. »Ja und? Benjamin hat sie vermutlich irgendwo abgeschrieben. Wahrscheinlich war er bereits in Trance und dabei sind ihm Fehler unterlaufen.«

»Das dachte ich zunächst auch, aber ... dann hab ich ein bisschen recherchiert. Und ich bin auf ein paar Dinge gestoßen.« Robert schaute sie mit einem merkwürdigen Gesichtsausdruck an. »Ich glaube, ich hätte ihn ernster nehmen müssen. Wenn ich die Sache nicht gleich so abgetan hätte ...«

Katie hörte die Verzweiflung in Roberts Stimme und seufzte. Jetzt sich umzudrehen und weiterzuschlafen, wäre vermutlich ziemlich grausam. Und Tatsache war auch: Robert war der Einzige von all den Strebern hier, der die Intelligenz eines Superhirns hatte, aber neben diesem unglaublichen Verstand besaß er auch so etwas wie emotionale Kompetenz. Andere in seiner Liga waren oft Inselbegabungen – oder besser Hybridzüchtungen. Sie waren spezialisiert auf die Lösung komplexer Probleme, aber hatten die Sensibilität eines Donuts.

»Gib mir mal meinen Bademantel und dann dreh dich um. Ich philosophiere im nackten Zustand nur ungern über Mathematik.«

Robert wandte ihr seinen schmalen Rücken zu und Katie wurde das Herz schwer, als sie bemerkte, wie er immer noch zitterte. »Auf dem Schaukelstuhl liegt eine Decke. Obwohl ich nicht verstehen kann, wie eine Formel jemanden so in Angst und Schrecken versetzen kann.«

Katie bewies ihrer Meinung nach wirklich Einfühlungsvermögen, als sie Robert erlaubte, auf ihrem Bett zu sitzen. Aber er war Julias kleiner Bruder und Julia war so etwas wie ihre einzige Vertraute am Grace. Auch wenn sich ihr Verhältnis seit Weihnachten und der heiligen Allianz mit Chris merklich abgekühlt hatte.

»Okay«, sagte sie nun von ihrem Schaukelstuhl aus, »dann fang an.«

»Sein Name ist Dave Yellad.«

Offensichtlich dachte Robert, sie wüsste, wovon er sprach.

»Wessen Name?«

»Der Mann, der diese Formel Ende des 19. Jahrhunderts aufgestellt hat.«

»19. Jahrhundert?« Für Katie war diese Zeit so weit entfernt wie der Urknall.

»Er war Kartograf, Geologe und Abenteurer.«

»Klingt schon spannender.«

»Yellad wurde 1880 in Edinburgh als Sohn einer reichen adligen Familie geboren. Sein eigentlicher Name war John Graham Duke of Dunbar. Er studierte an der Universität St. Andrews.«

Katie pfiff durch die Zähne. »Nobel, nobel.«

Robert ließ sich nicht beirren. »Er reiste 1899 bis 1904 auf den Spuren von Alexander Humboldt nach Südamerika. Aber er war zunächst nicht besonders interessiert an der Wissenschaft, sondern er wollte Gold finden.«

»Und was hat das mit uns zu tun?«, erkundigte sie sich.

Robert zog die Beine an und saß nun im Schneidersitz vor ihr. Er schien sich ein bisschen zu entspannen und so langsam gewöhnte sich Katie auch an seinen Pyjama, der ihm eigentlich zu klein war. Seine Beine stachen hervor. Sie waren überraschend muskulös und behaart. Klar, Robert feierte in Kürze seinen achtzehnten Geburtstag, aber diesen kindlichen Ausdruck würde er vielleicht nie loswerden. Es lag vermutlich an den ebenmäßigen Gesichtszügen, die er mit Julia gemeinsam hatte, und diesen feinen, glatten braunen Haaren.

»Nach seiner Rückkehr nach Europa zog Yellad sich auf seinen Familienbesitz zurück. Seine Interessen waren wie gesagt Kartografie, Geologie, Chemie, Physik, Mathematik.«

»Okay, das beweist eine gewisse krankhafte Fantasie.«

Robert sah sie streng an. »Die Leute damals waren viel gebildeter als wir heute. Die haben sich nicht einfach auf ein Thema spezialisiert. Das waren noch wirkliche Naturforscher.«

»Ist nicht meine Schuld, wenn es heute nur noch Fachidioten gibt«, konterte Katie. »Und was ist das nun für eine Formel?«

Robert zog wieder seinen Zettel hervor. »Yellad, der eigentlich einen guten Ruf hatte, machte sich damit zum Hohn- und Spottgespräch der damaligen Fachwelt. Jeder Dummkopf sieht sofort, was mit der Formel nicht stimmt.«

Katie gab ein sarkastisches »Ach ja?« von sich, aber Robert ließ sich nicht beirren. »Die Tatsache jedenfalls, dass sie unvollständig ist, ist nicht so interessant. Vielmehr müssen wir uns die Frage stellen, warum das so ist.« Er betrachtete gedankenverloren seine Fingernägel. »Ich weiß nicht genau, wie ich es dir erklären soll . . . aber ich denke, dahinter steht eine Absicht.«

Katie winkte ab. »Vielleicht hat Yellad auch einfach nur die Lust verloren, die Formel zu Ende zu schreiben?«

Robert seufzte. Sein Gesicht hatte wieder richtig Farbe bekommen. »Unsinn. Ich formuliere es am besten mal so: Diese Formel beweist eine gewisse Genialität. Ein brillanter Mathematiker wie Yellad hätte nicht einfach aufgegeben. Und außerdem . . .«, Robert beugte sich vor, »hat Yellad zeit seines

Lebens nicht nur Spott geerntet, sondern sich auch viele Feinde gemacht. Er behauptete nämlich, die Lösung der Formel würde unendlichen Reichtum und Macht versprechen.«

Katie lachte. »Tja, wenn das so ist – dann wundert es mich nicht, wenn die Hälfte fehlt.«

»Die Leute warfen ihm vor, er sei ein Fälscher, ein Schwindler, ein Scharlatan.«

»Ehrlich gesagt, denke ich das auch.«

»Aber damit machen wir uns es zu leicht. Es gibt weder einen Beweis dafür, dass er gelogen hat, noch dass er recht hatte. In der Physik und Mathematik ist es ziemlich einfach, jemanden als Betrüger zu bezeichnen.«

»Und du glaubst, dass an dieser Formel dieses . . . wie war noch mal sein Name?«

»Dave Yellad.«

»Dass an dieser Formel etwas dran ist, Rob?«

»Nenn mich bitte nicht Rob.« Er blinzelte und legte die breite Stirn in nachdenkliche Falten. Dann schüttelte er den Kopf. »Wusstet du, dass Yellad nicht alt geworden ist?«, wechselte er das Thema. »Mit vierunddreißig Jahren nahm er an einer Expedition in den kanadischen Westen teil und kehrte nicht von dort zurück. Es hieß, er sei ums Leben gekommen . . . oder besser . . .«

»Oder?«

Robert beugte sich nach vorne: »Ich gehe davon aus, dass ihn jemand ermordet hat.«

Vor dem Fenster stand inzwischen eine aschgraue Wand, die den Mond fast vollständig verbarg. Nebel überall. Der dichteste Nebel ever. Er wurde immer undurchdringlicher und so ähnlich fühlte Katie sich auch in ihrem Inneren. Sebastien war aufgewacht. Wie lange hatte sie auf diesen Tag gewartet. Und nun war es geschehen und was tat sie? Sie saß mitten in der Nacht mit Robert in ihrem Zimmer und jagte einem Phantom nach, das ein drogensüchtiger Kommilitone so mir nichts, dir nichts aus dem Hut gezaubert hatte.

Und wofür? Sie hatte keine Ahnung. Konnten sie Benjamin damit wirklich helfen? Und hatte sie im Moment nicht Wichtigeres zu tun?

»Warum gehst du davon aus, dass er ermordet wurde?«, seufzte sie.

Robert war in ein tiefes Schweigen gefallen. Wieder sah er so blass aus, dass seine Gesichtshaut fast durchscheinend wirkte. Eine Haarsträhne hing ihm ins linke Auge, was ihm ein irgendwie verstörtes Aussehen gab. »Du hast es immer noch nicht begriffen, oder?«

»Was denn?« Katie hatte die Nase gestrichen voll. Konnte Robert nicht einmal in seinem Leben Klartext sprechen? Ja, sie mochte ihn, aber seit sie von seinen Albträumen und Vorhersagen wusste, von seinen Visionen, wie Julia sie nannte, war sie überzeugt davon, dass Robert professionelle Hilfe brauchte. Nur war sie bestimmt nicht diejenige, die ihm das eröffnen würde.

Außerdem hatte sie ihre eigenen Probleme. Der Anruf ihrer Mutter hatte sie bis ins Mark erschüttert und sie war noch nicht mal so weit, es vor sich selbst zuzugeben. Und dann war da noch – *der* Duke.

Nein, es war wirklich zu spät in der Nacht, um Roberts rhetorische Fragen zu ertragen.

Zeit, ins Bett zu gehen. Sie hatte morgen ein wichtiges Date. Der Tag der Wahrheit. Und sie musste sich überlegen, ob sie das wirklich noch haben wollte – haben konnte, nach dem, was passiert war.

Entschlossen, dem Ganzen ein Ende zu bereiten, erhob sie sich und deutete auf die Tür. »Nein, Robert, ich hab nichts begriffen und jetzt bin ich wirklich dafür, dass du gehst und wir das Ganze morgen weiterdiskutieren.«

Roberts Blick wurde ganz wild. »Katie! Yellads letzter Aufenthaltsort war Kamloops, ein ehemaliger Handelsposten der Hudson's Bay Company. Das ist nur knapp fünfhundert Kilometer von hier.«

Katie starrte ihn an. »Was soll das heißen?«

»Dave Yellad!« Roberts Kopf ging hin und her. »Er hieß gar nicht Dave oder Yellad.«

»Klar, er war der Duke of Dunbar.«

»Nein. Der Name! Er ist ein Anagramm.«

Katie starrte auf die Buchstaben vor ihr.

Robert sprang auf und schnappte sich einen Kugelschreiber von ihrem Schreibtisch. Er kritzelte etwas auf einen Schmierzettel und zeigte es ihr.

Die Buchstaben standen klar vor Katies Augen und ihr Verstand stellte die korrekte Verbindung her. Doch die Bedeutung, die sich daraus ergab, weigerte sich, in ihr Bewusstsein vorzudringen.

»Schau hin«, erklärte Robert aufgeregt. »Aus Dave Yellad wird Dead Valley.« Er machte eine kurze Pause. »Katie! Dave Yellad hat sich nach einem toten Tal benannt, verstehst du nicht?«

Nein, denn es gab Dinge, die Katie gar nicht verstehen wollte.

Die Nacht war kurz gewesen und Katie fröstelte. Hier unten im Computer Department gab es keine Fenster. Keine Sonne, die den Raum aufheizte, und die Heizung war offenbar gerade erst angesprungen. In den Heizkörpern gurgelte und zischte es.

Julia, die Katie um sechs Uhr morgens aus ihrem Zimmer geholt hatte, hatte nicht übertrieben.

Robert war noch immer im Schlafanzug und seine Füße waren nackt. Er musste gleich, nachdem sie sich in der Nacht getrennt hatten, hier heruntergekommen sein. Und er sah furchtbar aus. Die Augen waren rot und gegen die Blässe seines Gesichts waren die Wände im Computer Department dunkel.

Julia hatte eine Decke aus ihrem Zimmer mitgebracht und legte sie Robert über die Beine. Katie zog einen Stuhl heran und setzte sich.

Robert wirkte tatsächlich, als sei er in Trance verfallen oder von Kräften gesteuert, die außerhalb seines Bewusstseins lagen. Und wie er nun mit dem Zeigefinger auf die ENTER-Taste einschlug – konnte man auch von einem Rausch sprechen. Er tippte wie besessen und wieder dachte Katie, dass sie noch nie in ihrem Leben jemanden so fanatisch hatte arbeiten sehen.

»Ich hasse es, wenn er so ist«, murmelte Julia. »Was zum Teufel ist in ihn gefahren? Ich hab ihn gefragt, aber er hat immer nur von dir gesprochen.«

»Er wird einen Grund haben«, erwiderte Katie. »Lass mich mit ihm reden.«

Piep.

Piep.

Piep.

Robert schickte drei Nachrichten gleichzeitig ab.

Katie setzte sich neben Robert auf einen Stuhl am Arbeitsplatz. Sie hatte keine Ahnung, was sie sagen sollte, und beschloss, erst einmal den Mund zu halten. Es gab schließlich nichts Schlimmeres als Leute, die den Zielen, die man sich gesetzt hatte, im Weg standen.

Sie versuchte herauszufinden, mit wem genau er korrespondierte. Offenbar mit mehreren Leuten gleichzeitig und natürlich nicht über die üblichen sozialen Netzwerke. Vermutlich hatte Robert jede Menge Freunde im Netz, die wie er Tag und Nacht vor dem Rechner hockten und über unlösbaren Problemen brüteten.

Katie sah sie quasi vor sich.

Chipstüten, Cola aus der Dose, dicke Brillen, fettige Haare –

alles Typen, die dafür sorgten, dass Wikileaks immer Nachschub an geheimen Informationen hatte.

Der Bildschirm vor Robert war ständig in Bewegung. Katie konnte kaum etwas erkennen.

Endlich sah er auf und rieb sich die Augen.

»Konnte dir jemand weiterhelfen?«, fragte Katie vorsichtig.

»Nicht alle glauben, dass Yellad ein Spinner war. Und es gab auch schon zu seinen Lebzeiten Spekulationen, dass er ermordet worden ist.«

Der nächste Piepton ertönte.

Robert klickte sich in ein anderes Fenster, doch als Katie sich vorbeugte, um den Text zu lesen, schloss er die Nachricht.

»Was ist? Erst hältst du mich die halbe Nacht wach und dann hast du plötzlich Geheimnisse vor mir?«

Robert sah sich in dem Raum um, der zahlreiche Computerarbeitsplätze bereithielt.

Es war Samstagmorgen. Außer Katie und Julia war niemand hier unten.

»Es ist unfassbar«, flüsterte er, griff nach dem Bleistift neben der Tastatur und begann, auf einem Blatt herumzukritzeln.

»Ja, es ist unfassbar, und zwar das, was du hier treibst«, fauchte Julia. »Lass endlich den Scheiß.«

Katie legte ihr beruhigend die Hand auf die Schulter. »Er will Ben helfen«, erklärte sie. Dann wandte sie sich an Robert. »Diese Yellad-Geschichte ist etwas, in das du dich verrannt hast, Robert. Wenn es dir wirklich um Ben geht, wäre es besser, wenn wir versuchen würden, die Bilder der Kamera irgendwie zu rekonstruieren.«

»Vergiss es, die sind weg«, murmelte Robert. Er nahm den Blick nicht vom Bildschirm. Ein weiterer Piepton. »Dreißig Minuten. Dann weiß ich mehr.«

Als Katie das CD verließ, hörte sie die Tastatur klappern, als handele es sich um eine Schreibmaschine aus der Zeit der Dinosaurier. Dann wieder dieser Piepton und Robert, der murmelte: »Unfassbar.«

Grace Dossier

Auszug aus Dave Yellads Reiseerinnerungen

Nacht.

Vollmond.

Erreiche nach gut fünf Stunden Fußmarsch ein Geflecht von tiefen Schluchten und Mauern mit Türmchen, die an Ruinen einer alten Stadt erinnern. Eine atemberaubende steinerne Vielfalt an Formen und Farben, die ihresgleichen auf der Welt sucht. Die Vielfarbigkeit des Gesteins reicht von leuchtendem Weiß bis hin zu tiefem Rot, von Gelb bis Braun.

Die Alten nennen diesen Ort: Männer gefangen im Labyrinth. Doch betreten sie ihn nie aus Angst vor dem Schrecklichsten. Und wenn, dann nur zu religiösen Zeremonien, um Geister zu vertreiben. Denn sie wissen, wer sich den Felsen nähert, kehrt nicht wieder.

Einst war dieser Ort vom Gott Coyote als Wohnstatt für sein Volk errichtet worden. Dieses Volk – Eidechsen, menschenähnliche Wesen, Vögel und andere Kreaturen – war aber nicht zufrieden, was Coyote ihnen geschenkt hatte. Sie versuchten, die Stadt immer weiter zu verschönern. Das erzürnte den Gott Coyote. Eines Tages nahm er alle Farbtöpfe, schüttete sie über sein Volk aus und verwandelte alle Lebewesen.

Noch immer betäubt vom Gift der heiligen Pflanze, erwache ich vom ersten Schrei des Kojoten. Es heißt, er ruft die Toten auf, sich an den Eindringlingen zu rächen. Und sie bemächtigen sich ihrer, bis sie wünschen, nie geboren worden zu sein.

Kapitel 8

Julia hatte sich mit Rose in der Mensa zum Frühstück verabredet, aber Katie lehnte es ab mitzukommen. Sie fühlte sich völlig zerschlagen und allein beim Gedanken an Essen wurde ihr schon übel. Warum hatte Julia ausgerechnet sie aus dem Bett geworfen und ins Computer Department gezerrt, um ihrem Bruder ins Gewissen zu reden? Sie war ja wohl die Letzte, die geeignet war, jemanden zu missionieren.

Sie lief hoch ins Apartment, machte sich einen doppelten Espresso und setzte sich damit auf die Fensterbank der Küche. Das Fenster hier ging nicht auf den See hinaus, sondern zeigte die Wälder des Tals. Die Wolken hingen tief und Katie konnte die Eiszapfen an den Baumwipfeln der dunklen Tannen erkennen. Sie erinnerte sich noch an diesen wunderbaren Augenblick gestern in der Sonne, an dem sie sich so leicht gefühlt hatte, als ob all die Last der vergangenen Monate von ihr abgefallen war.

Jetzt fühlte es sich so an, als ob sie für dieses Glücksgefühl büßen musste.

Demon Days.
Der Song erschien ihr nun wie eine böse Vorahnung.

Ja, die Dämonen waren zurückgekehrt, und zwar mit größerer Macht als jemals zuvor.

Sie trugen die Namen Benjamin Fox, Paul Forster und Dave Yellad.

Und natürlich Sebastien. Ihr Sebastien, der plötzlich aufgewacht war.

Heute würde es in allen Zeitungen stehen. Die Daily News,

die New York Times, die Washington Post – alle würden darüber berichten.

Die Sache würde wieder ans Licht gezerrt. Ihr Name fett gedruckt. Und Daddy rastete vermutlich erneut aus, weil seine Umfragewerte wieder fallen würden.

Nein, das von allem tat ihr am wenigsten leid. So war das nun mal an der Börse der Macht und der Eitelkeiten.

Sebastien hatte nach ihr gefragt.

Natürlich hatte er das. Er war ihr Freund. Ihr Vertrauter. Ihr Gefährte. Der einzige Seelenverwandte, den sie je gehabt hatte.

Er wartete auf sie. Sie wusste es.

Warum saß sie dann noch hier herum? Warum packte sie dann nicht und kümmerte sich um den nächsten Flug nach Washington?

Sie hatte sich nie ausgemalt, wie dieser Moment sein würde, aus dem einfachen Grund, weil sie nicht daran geglaubt hatte. Sie war davon überzeugt gewesen, dass Sebastien nie wieder aufwachen würde.

Fühlte sie sich deshalb wie gelähmt? Zu keiner Entscheidung fähig?

Sie griff nach ihrem Handy. Undenkbar, *ihn* heute zu treffen. Ihre Hände zitterten, als sie versuchte, die SMS zu schreiben. Immer wieder vertippte sie sich.

Ich kann heute nicht nach Fields kommen. Ruf mich nicht an.

Verflucht. Verflucht. Verflucht.

Ihr Repertoire an Flüchen war einfach zu klein. Es gab kein Wort, das ausdrücken konnte, was sie fühlte.

Sebastiens Geist war fast ein Jahr lang irgendwo gewesen und nun in einen Körper zurückgekehrt, der nie mehr derselbe sein würde. Sie hatten ihm vermutlich schon gesagt, dass sein Rückenmark durchtrennt war und er für den Rest seines Lebens gelähmt bleiben würde.

Er brauchte sie jetzt. Sie mehr als alle anderen.

Oder?

Sie stellte sich vor, wie sie in Washington ankommen würde. Würden Sebastiens Eltern sie überhaupt zu ihm lassen? Immerhin hatten sie ihre Mutter informiert, weil Sebastien nach ihr gefragt hatte. Einmal oder immer wieder?

Sie erinnerte sich daran, wie sie vor ihm gestanden und sich von ihm verabschiedet hatte, von dieser kalten, leblosen Hülle, die ihr so fremd erschienen war. Sie hatte sich geirrt, als sie ihn für tot erklärt hatte, hatte ihn einfach aufgegeben und im Stich gelassen und das kam ihr jetzt noch viel schlimmer vor als alles, was sie vorher getan hatte.

Sie hatte Sebastien verraten. Ein weiteres Mal.

Katie nahm einen Schluck Espresso aus ihrer Tasse, der inzwischen kalt geworden war. Sie spürte, wie sie am ganzen Leib zitterte. Sie musste sich über ihre Gefühle klar werden, wenn er sie anrufen würde. Und er würde anrufen. Sebastien blieb Sebastien.

Da war sie sich sicher.

»Hätte ich mir ja denken können, dass du hier bist!«

Katie ließ vor Schreck ihren Kaffee auf den Boden fallen, als David die Tür aufstieß und hereinstürmte. Die Tasse zersplitterte in tausend Teile und Katie, die niemals weinte, fühlte für einen Moment Tränen in ihrer Kehle aufsteigen.

David, wie immer von Kopf bis Fuß schwarz gekleidet, war völlig außer sich. Er baute sich vor ihr auf und knurrte: »Robert behauptet, du weißt, wo sich Ben aufgehalten hat?«

Katie zuckte mit den Schultern. »Wie man's nimmt. Die Datei auf der Speicherkarte der Kamera wurde gelöscht.«

»Ist dir mal der Gedanke gekommen, dass du ihm damit helfen könntest?« David holte tief Luft und fügte sarkastisch dazu: »Oder willst du lieber in Ruhe hier sitzen und deinen Espresso trinken?«

Katie erhob sich langsam, holte den Handfeger und machte sich daran, die Scherben aufzufegen. Die Bewegungen fühlten sich mühsam an. Sie spürte nicht die Kraft, David etwas entgegenzusetzen. »Ja, ich möchte hier in Ruhe sitzen«, sagte sie bitter. »Und meinen Espresso trinken.«

David trat zu ihr und schüttelte sie. »Ich kann das nicht glauben. Du kannst ihn nicht einfach im Stich lassen. Ben liegt im Koma!«

Koma.

Das Wort mit der Macht, Katie in Panik zu versetzen. Jedes Mal wenn es jemand aussprach, machte es klick – und sie sah Sebastien in seinem Bett liegen. Koma. Sie hatte es mit Tod gleichgesetzt. Was für ein Fehler!

»Ich hab noch einmal mit dem Dean gesprochen.« David ließ nicht locker. »Sie wissen immer noch nicht, was seinen Zustand verursacht hat. Er wacht einfach nicht auf. Hier geht es um Leben oder Tod.«

»Darum geht es immer«, sagte Katie. »Dein ganzes Leben lang.«

David starrte sie entgeistert an, wollte etwas entgegnen, als eine Stimme erklang, die so leise war, dass Katie sie fast nicht verstanden hätte.

»Sie hat recht.« Robert war unbemerkt in die Küche getreten und lehnte, die Hände in den Taschen, im Türrahmen. Er hatte noch feuchte Haare vom Duschen und trug frisch gewaschene Jeans und einen dunkelbraunen Rollkragenpullover. Keine Spur mehr von dem übermüdeten Jungen, der völlig fanatisch auf die Tastatur eingehämmert hatte, als sie ihn am Morgen im Computer Department zurückgelassen hatte.

Nein, jetzt schien er völlig ruhig und sein Blick, der sie traf, war völlig klar.

»Sie hat recht?«, wiederholte David entrüstet.

»Ja . . .« Robert kam näher, zog einen Stuhl hervor und ließ sich darauf fallen. »Ich weiß ja, worum es dir geht, David.

Und ich kann es auch verstehen, aber es reicht nicht, dass du Bens Leben retten möchtest. Der Wille allein ist nichts. Katie versteht das.«

Aus Davids Kehle kam ein bitterer Ton. »Und das ist alles, was ihr für Ben tun wollt?«, fragte er. »Sarkastische Sprüche von Katie und eine Lebensweisheit nach der anderen von Mr Frost?« Er holte aus und trat gegen die Tür des Kühlschranks. In seinen Augen war hilfloser Zorn zu lesen. So hatte Katie ihn noch nie erlebt.

Robert nahm die Brille ab, die nach dem Duschen immer wieder anlief, wischte sie an der Hose sauber und setzte sie wieder auf. »Natürlich ist das nicht alles«, erklärte er. »Und David, du bekommst deine Chance, Benjamin zu helfen. Denn ich habe etwas wirklich Wichtiges herausgefunden und ich brauche euch beide, um es zu überprüfen.«

»Wovon redest du, Mann? Weißt du, was mit Ben passiert ist? Hast du eine Ahnung, was er genommen hat?« David starrte seinen besten Freund am Grace ungläubig an.

»Nein«, erwiderte Robert.

»Nein?« David hob die Hände. »Nein?«

»Nein«, wiederholte Robert.

Katie seufzte und setzte sich ebenfalls an den Tisch. »Okay, Robert, geht es auch ein bisschen weniger kryptisch?«

Robert schien sie nicht gehört zu haben. »Ihr müsst euch wasserdichte Schuhe anziehen«, sagte er. »Und warme Jacken. Handschuhe. Wir werden jeden einzelnen Ort aufsuchen müssen, den Katie auf dem Film von Ben gesehen hat.«

»Werden wir das?« Katie zog eine Augenbraue in die Höhe. Robert nickte.

»Das ist die erste Idee, die wirklich vernünftig klingt.« David ging zur Tür. »Okay, wann treffen wir uns?«

Robert sah Katie an.

Ziemlich lange.

Superlange Sekunden.

Sie wollte seinem Blick standhalten, ihn trotzig anfunkeln. In solchen Dingen war sie sonst richtig gut. Aber sie schaffte es nicht.

Sie drehte sich abrupt um und sah aus dem Fenster. Nebel war aufgezogen und hüllte die Tannenspitzen in weiße Wolkenfetzen. Plötzlich hatte sie das unbändige Bedürfnis, irgendwo dort draußen zu sein, auf einem Berg, in einer Wand.

Flucht nach vorn.

Flucht nach oben.

Wie sie es immer gemacht hatte.

»Robert, ich kann jetzt unmöglich«, versuchte sie es dennoch. ». . . es geht einfach nicht.« Okay, das klang selbst in ihren Ohren lahm.

Robert schüttelte den Kopf. »Aber klar kannst du«, sagte er und sein Gesicht verzog sich zu einem Lächeln. Er wandte sich an David. »In einer Stunde unten am Kamin.«

Grace Dossier

Ich mag tote Musiker wie Jimi Hendrix, weil sie ewig leben. Ich verfolge gerne den Aufstieg von lebenden Musikern. Ich weiß gerne alles über sie, und wenn ich nichts über sie erfahre, dann tut es auch die Yellow Press.
Ich mag Unschuld.
Ich mag Leidenschaft.
Ich mag verschiedene Musikrichtungen.
Ich schreibe gerne Songs und hasse gute Texte, die andere schreiben.
Ich bin gerne allein.
Ich mag Vinylplatten.
Ich liebe die Natur.
Ich mag Mädchen mit gelben Augen, aber ich liebe meine Gitarre.
Ich mag Drogen, weil sie mir alles versprechen.

Frank, 23. August 1974

Kapitel 9

Der Himmel war noch immer von einem dichten Nebel überzogen, doch schien er ihr heller als am frühen Morgen. Immer wieder erkannte Katie Roberts gelben Rucksack vor sich, der wie ein Leuchtsignal hin und her schwankte. Die kalte Luft machte sie endgültig wach, obwohl sie Mühe hatte voranzukommen. Der Schnee war in den letzten Tagen rasch geschmolzen, war aber an einigen Stellen noch so tief, dass sie bis zu den Knien einsanken. Er war nass und schwer und krallte sich an der Sohle fest, wie weißer Lehm.

Und immer wieder tauchten riesige Pfützen auf. Das Wasser schien von überallher zu kommen. Von allen Seiten rauschte und plätscherte es. Wenn die Temperaturen in den nächsten Tagen erneut fielen – und das würden sie, würde hier alles vereist sein.

Katie blickte auf die Uhr. Es war knapp zehn Uhr. In zwei Stunden hätte sie den Duke in Fields treffen sollen.

Ben hatte recht gehabt. Katie hatte das ganze Wochenende im November nach ihm gesucht. Aber sie hatte ihn nicht gefunden. Und dann, im neuen Jahr, war wie aus heiterem Himmel die Nachricht gekommen.

Wenn du dich mit mir treffen willst, ruf mich unter dieser Nummer an.

Sie hatte drei Tage gebraucht, bis sie die SMS beantwortet hatte.

Dein Name ist nicht Forster.
Stimmt.
Paul Forster ist tot.

Stimmt.
??????????????
Ruf mich an.
Wieder waren drei Tage vergangen, bis sie die Nummer tatsächlich gewählt hatte. Seitdem hatten sie mehrfach telefoniert. Aber seinen richtigen Namen hatte er nicht gesagt. Nicht wo er lebte und was er machte. Warum er damals mit auf den Ghost gegangen war. Und vor allem – warum er Katie so unverschämt und dreist geküsst hatte, um dann spurlos zu verschwinden.

Sie hatte daraufhin ihre Regeln festgelegt. Sie würde einem Treffen nur dann zustimmen, wenn er ihr erzählte, wer er war.

Er hatte geschrieben: *Tag der Wahrheit.*

Er wusste nicht, wie recht er damit gehabt hatte. Denn es war tatsächlich ein Tag der Wahrheit. Für Sebastien. Und sie selbst auch.

Ihr Blick fiel wieder auf den gelben Rucksack vor ihr. Ab und zu blieb Robert stehen und starrte über den See. Julias Bruder verströmte keine Hektik, keine Anspannung. Noch immer hatte er weder ihr noch David erzählt, was er genau vorhatte. Er hatte zu ihren Fragen geschwiegen und seine Miene war so ernst gewesen, dass sie es irgendwann aufgegeben hatten, ihn zu löchern.

Jemand wie Robert würde vermutlich sagen, dass Sebastien ihre Einstellung gespürt hatte, während er im Koma lag. Dass er gewusst hatte, wie schnell sie ihn abgeschrieben hatte.

Aber stimmte denn das? Sie hatte ihn nicht abgeschrieben, niemals. Aber ... ihr Sebastien, in den sie sich verliebt hatte, der hatte plötzlich nicht mehr existiert. Er, der die Freiheit über alles hob, war nun abhängig von Maschinen, Menschen. Er, der immer gesagt hatte, der Geist bestimme über den Körper, war ein Gefangener seines Körpers.

Und jetzt?

Jetzt war er wieder in ihr Leben getreten und zwang sie zu einer Entscheidung.

Ihr Gehirn raste vorwärts und rückwärts. Sie wusste nicht, was sie tun sollte. Das beschissenste Gefühl überhaupt.

Sie stoppte und wischte sich über die Stirn. Schonungslose Ehrlichkeit sich selbst gegenüber war nicht gerade Katies Stärke. Aber das, was sie hier tat – das musste sie zugeben, war sonnenklar: Sie war auf der Flucht vor dem, was passiert war und noch passieren sollte.

Die beiden anderen waren vor ihr im Nebel verschwunden.

»David?«, schrie sie laut. »Robert?«

Statt einer Antwort hörte sie nur das leise Rauschen des Sees und die Wellen, die in immer demselben Rhythmus gegen das Ufer schlugen.

Und Schritte?

Schritte, die nicht von vorne kamen, wo David und Robert waren, sondern von hinten.

Katie lauschte.

Wieder glaubte sie, Schritte hinter sich zu hören. Schuhe, die im Schnee knirschten.

»He, ihr beiden«, brüllte sie. »Könnt ihr gefälligst mal antworten?«

In dem Moment riss der Nebel auf und sie sah etwa hundert Meter vor sich den gelben Rucksack von Robert auftauchen.

Sie holte schnell auf.

Robert drehte sich um und sah sie eindringlich an. »Katie, du wirst nicht verloren gehen«, sagte er und in seiner Stimme schwang etwas mit, was sie nicht genau definieren konnte. Es klang fast wie Mitleid.

»Nein«, fauchte sie zurück. »Das werde ich bestimmt nicht. Oder hast du vergessen, dass ich hier diejenige bin, die euch führen sollte? Ich kenne schließlich den Film als Einzige.«

Robert schaute sie ernst an. »Ja«, sagte er. »Geh ruhig voraus.«

Katie biss die Zähne zusammen, drängte sich an ihm vorbei und schwor sich, für eine Stunde ihr Hirn auf Durchzug zu stellen.

Ja, sie würde einfach noch einmal das tun, was gestern im Fitnessstudio auch funktioniert hatte, sie würde sich total auspowern. Und über Sebastien würde sie nachdenken, wenn das hier vorbei war.

Sie stürmte los und nach etwa hundert Metern stieg der Weg zwischen den Bäumen steil an. Er lief vielleicht zwanzig Meter hoch über dem Ufer weiter. Oben verengte er sich merklich und bald tauchten die ersten Felsen links von ihr auf. Der Pfad war nass und rutschig, aber das war für Katie kein Problem, selbst bei dem Höllentempo, das sie vorgab. Überall lagen Berge von Laub, Tannennadeln und Tannenzapfen, die monatelang unter der dicken Schneedecke vor sich hin gemodert hatten und nun den Weg glitschig und rutschig machten.

Normalerweise hörte man an dieser Stelle bereits das Rauschen des Wasserfalls, wenn er mit voller Wucht herunterstürzte. Doch heute war es ruhig. Lediglich ihr Keuchen und das Knirschen ihrer Schritte im Schnee, der unter ihnen nachgab, drang durch die Luft.

Und immer wieder das Geräusch von Wasser, das von den Bäumen tropfte.

»Seht zu, dass ihr nicht zu weit nach rechts kommt«, rief sie David und Robert zu. »Der Schnee hier ist tückisch – ein falscher Schritt und ihr rutscht ab.«

Endlich ragte vor ihr die Felswand auf, mit dem Schild: *Achtung, Steinschlag.* Katie blieb stehen und lauschte abermals, aber diesmal nicht auf irgendwelche eingebildeten Schritte, die ihnen folgten. Das Eis in den Felsritzen und das Schmelzwasser hatten das Gestein brüchig gemacht. Katie erwartete tatsächlich jeden Augenblick, Steine zu hören, die herunterstürzten. Doch stattdessen ertönte ein sanftes Rauschen, und als sie sich umwandte, sah sie eine weiße Wolke aus Schnee, die sich von den Ästen einer verkümmerten Kiefer löste und sich wie ein Schleier auf sie legte.

Katie fröstelte und zog sich die Kapuze über den Kopf. David lief an ihr vorbei. »Komm schon, wir sind gleich am Wasserfall.« Er war wieder ganz der Alte, voller Tatendrang. Wenn David jemanden retten konnte, dann war seine Welt in Ordnung, dachte Katie bitter.

Sie folgte ihm etwas langsamer, und als wenig später die Brücke vor ihnen lag, begriff Katie auch, warum es hier so still war. Statt der hohen Wasserfontänen, die hier den größten Teil des Jahres herunterrauschten, sah sie sich nun einer Kaskade von Eiszapfen gegenüber. Das erinnerte sie wieder an den anderen Wasserfall, den sie auf Bens Film gesehen hatte. Warum war das Wasser hier gefroren und bei dem anderen nicht?

Katie trat an die Brücke heran und beugte sich nach unten. Dann schüttelte sie den Kopf. »Das auf dem Film war ein anderer Wasserfall«, murmelte sie. »Der Verlauf war völlig anders, viel ebenmäßiger. Und das Gestein schimmerte rötlich.«

Robert nahm keine Notiz von ihr. Stattdessen starrte er auf sein Armband, um etwas in ein schwarzes Notizbuch einzutragen. Dann blätterte er um und zeichnete etwas ein.

»Robert Frost, ich rede übrigens auch mit dir.« Katie rollte mit den Augen. »Schließlich hast du mich hierher gebracht. Willst du nun wissen, was auf den Filmaufnahmen zu sehen war oder nicht?«

Robert nahm sie überhaupt nicht wahr. Er schien tatsächlich durch sie hindurchzublicken.

Er runzelte die Stirn. »Ja«, sagte er. »Das könnte stimmen.«

»Was könnte stimmen?« Katie hätte ihn am liebsten geschüttelt.

Robert steckte das Notizbuch zurück und zog den Reißverschluss der Anorakjacke zu.

»Nichts.« Er schien sich wieder im Griff zu haben. »Okay, erzähl uns von Bens Film.«

»Erst hab ich geglaubt, er hätte diesen Wasserfall in der Nähe des Solomonfelsens gefilmt«, sagte sie. »Aber ich kenne die Gegend dort wie meine Westentasche. Da gibt es keinen Wasserfall.«

»Uns rennt die Zeit davon«, mischte sich David ein. »Der Wasserfall ist völlig unwichtig. Wir müssen weiter. Benjamin braucht unsere Hilfe.«

»Die Zeit rennt nicht davon, David.« Robert sah noch einmal auf die Uhr. »Wir sind es, die denken, wir könnten schneller sein als sie. Aber eine Minute Nachdenken kann bedeuten, dass wir Stunden gewinnen.«

»Verschon uns mit deinen Weisheiten«, gab David zurück. »Du bist auf dem besten Weg, einer dieser zerstreuten Professoren zu werden, für die das Gehirn eines Studenten nichts anderes ist als eine Festplatte, auf denen sie Daten, Zahlen und Formeln speichern können.«

»Ich werde nie Professor«, entgegnete Robert ruhig.

»Klar wirst du das«, gab David zurück.

Doch Robert schüttelte den Kopf und Katie bemerkte einen Ausdruck in seinen Augen, der ihr Angst einjagte.

Dann war es vorbei und sie wusste nicht, ob sie es sich nicht eingebildet hatte. Denn nun erklärte Robert lebhaft: »Okay, ich zeig es euch.« Er zog wieder das Notizbuch heraus, blätterte darin herum und gab es ihr.

Wo Katie live und in Farbe Bäume, Moos, Felswände und Wasser sah, spannte sich ein Netz aus Geraden, Kreisen, Dreiecken und Zahlen.

Und das war nur das eine Blatt. Als Katie vor- und zurückblätterte, entdeckte sie weitere Skizzen. Robert schien Teile des Tals kartografiert zu haben – zumindest die Nordseite, auf der sie unterwegs waren. Und so viel konnte sie immerhin erkennen: Dem Ganzen lag ein regelmäßiges Muster zugrunde, das aus unzähligen Kreisen und Linien bestand.

»Was bedeutet das?« Sie legte den Finger auf die Zeichnung. »Das wirkt ja wie auf dem Reißbrett entstanden.«

»Es ist eine Art Streckennetz für das Tal«, erwiderte Robert. »Die Punkte sind die Orte, die du auf dem Film gesehen hast.«

Katie versuchte, sich zu orientieren. Ihr Zeigefinger fuhr mehrere Bögen entlang, die so ebenmäßig wirkten, wie mit einem Zirkel gezeichnet. »Von der Brücke aus ist Benjamin auf dem direkten Weg durch das Sperrgebiet zum Bootshaus gegangen und von dort aus zum Solomonfelsen und . . . irgendwie ist er dann an diesem Wasserfall gelandet.«

Robert nickte und steckte in aller Seelenruhe sein Notizbuch zurück in die Tasche. »Ich hätte zu gern einen Blick auf diese Karte geworfen, die dieser Typ, den ihr *Duke* nennt, auf dem Ghost mithatte«, murmelte er. »Du nicht, Katie?«

Sie schnappte nach Luft. Was war das nun wieder? Robert konnte nicht ahnen, dass sie mit ihm Kontakt hatte, ja, er war damals noch nicht einmal mit auf dem Ghost gewesen.

»Wusste er eigentlich genau, was er da in den Händen hielt?« Robert sah Katie fragend an.

Sie hob die Achseln.

»Er war ein Lügner«, sagte David.

»Aber er hat Ana und mich dort oben in der Gletscherspalte nicht im Stich gelassen«, widersprach Katie. »Im Gegensatz zu Benjamin und Chris.«

»Das ist schließlich nichts Neues. Chris denkt sowieso nur an sich.« Es kam so gut wie nie vor, dass David seine Abneigung gegen Chris aussprach.

»Nein, er denkt an Julia«, Robert seufzte. »Und das ist gut.«

»Tut er nicht«, gab David bitter zurück. Er zog seinen Schal fester und betrat entschlossen die Brücke. Die Anspannung und Sorge um Benjamin war in seinem Gesicht abzulesen.

»Ich weiß nicht, was mit euch ist, aber ich gehe jetzt weiter«, sagte er.

Katie betrachtete die Brücke ebenso misstrauisch wie den Wasserfall, der drohend über ihnen hing, oder besser gesagt die Kaskade von Eiszapfen, die in die Luft ragten und von denen das Wasser tropfte. Die Luft war erfüllt von einem leisen Rieseln und einem sanften Plätschern.

Sie hörte David fluchen. Das vom Wasserfall kommende Schmelzwasser hatte auf den morschen Holzbohlen einen tückischen Belag gebildet, der die Sohlen seiner Schuhe ins Rutschen brachte. Die Brücke schwankte leicht und knirschte bei jedem seiner Schritte. Als er zu nahe an das Geländer kam, bog es sich nach außen.

Katie reckte den Kopf. »Pass auf, David«, sagte sie nervös. Schon im Sommer hatte sie bemerkt, dass viele der Holzbohlen locker waren. Und mit Sicherheit hatten die schwere Last des Schnees und die monatelange Feuchtigkeit dem morschen Holz noch weiter zugesetzt.

Katie lag schon die nächste Warnung auf der Zunge, er solle sich links halten und damit möglichst nah an der Felswand, doch es war schon zu spät.

Ein lautes Knacken zerriss die Stille. Eines der Bretter gab nach. Und mit einem Aufschrei brach David in die Holzbrücke ein.

Grace Dossier

Aus Milton Jones' Notizbuch

23. August 1974

Es ist acht Uhr früh, das heißt schon wieder Schlafenszeit. Mein Schlafrhythmus läuft gegen den Uhrzeigersinn. Ich gehe in den frühen Morgenstunden nach oben und meide jeden Strahl von Sonnenlicht.

Paul ist zurück und redet die ganze Zeit.

Kaum zu ertragen, wie sie an seinen Lippen hängt. Wie sie alles glaubt, was er an Fuck-Worten von sich gibt.

Als sei er der neue Messias. Der Jesus Christ Superstar am Solomoncollege.

WORTE nerven.

WORTE sind nur Schall und Rauch, weshalb ich auch aufhören werde, mich an dem Projekt zu beteiligen. Ich habe sowieso nie daran geglaubt, dass wir es durchhalten würden.

Ich meine, was kann es hier oben schon zu berichten geben? Ich kann mich nicht erinnern, wann ich das letzte Mal eine wirklich geile Story erlebt habe. Und wir haben, seit wir angekommen sind, noch kein einziges wirklich interessantes Gespräch geführt.

Warum? Weil wir uns voreinander fürchten. Denn wer sagt, dass jeder von uns die Wahrheit notieren wird?

Man kann die negative Energie spüren. Sie nimmt von Tag zu Tag zu. Und sie ist schlimmer als im Tal.

Frank nervt die ganze Zeit mit seiner Gitarre, egal, ob er stoned ist oder nicht. Aber im Grunde ist er das die ganze Zeit.

Mark und Eliza ziehen sich immer mehr zurück und reden fast nur noch miteinander.

Martha beobachtet uns die ganze Zeit, weshalb wir sie nur noch den Observer nennen.
Kathleen spielt die Unbedarfte und geht uns mit ihrer Fürsorge auf die Nerven.
Und Grace . . . sie spielt den Cheerleader. Kichert zu allem, was Paul von sich gibt. I hate it. Und er gibt nur Scheiße von sich.
Ich halte das nicht länger aus.

Kapitel 10

Davids Anblick war grotesk, wie er sich mit den Händen an die Felsen klammerte. Das linke Bein steckte bis zum Knie in den zersplitterten Holzplanken der Brücke, das rechte war bei dem Sturz abgeknickt. Sein ohnehin blasses Gesicht hatte jegliche Farbe verloren.

»Bist du verletzt?«, rief Katie.

Er schüttelte den Kopf und versuchte vergeblich, den Fuß herauszuziehen. »Ich dachte, du kannst in die Zukunft sehen, Robert. Hättest du mich nicht warnen können?«, rief er.

Robert gab keine Antwort, sondern begann, auf dem äußersten Brückenbalken, an dem die einzelnen Bretter befestigt waren, in Richtung Unfallstelle zu balancieren. Katie wunderte sich über seinen Gleichgewichtssinn. Soweit sie wusste, trieb Julias Bruder nie Sport – außer dass er angelte. Was erstens kein Sport war und zweitens sinnlos. Die einzigen Fische, die Katie jemals im Tal gesehen hatte, waren die Kadaver im Sumpf, die am Gitter verendet waren. Aber Robert behauptete immer, wie bei der Jagd ginge es beim Angeln nicht darum, etwas zu fangen, sondern zu lernen, sich zu konzentrieren. Es sei im Grunde dasselbe wie Meditation oder Yoga.

Erst als Robert sicher bei David angelangt war, setzte Katie den Fuß auf die Brücke und folgte Julias Bruder. Es war besser, das marode Holz nicht übermäßig zu belasten. Der Balken unter ihren Füßen gab nicht nach, dafür konnte sie nun die Risse und Löcher in den Brettern deutlich erkennen. Die meisten von ihnen lagen nur noch lose auf dem Unterbau.

Katie spähte an den Holzplanken vorbei in die Tiefe. Ihr war nicht bewusst gewesen, wie weit es an dieser Stelle hinunterging. Normalerweise schäumte hier die Gischt, wenn der Wasserfall in den See stürzte.

Jetzt sah sie direkt auf eine Rinne, die so vereist war, wie die Bobbahnen bei den Olympischen Spielen. Würde einer von ihnen hier durchbrechen, würden sie direkt auf der Zielgeraden in den Lake Mirror rasen.

Angesichts dieser Vorstellung presste Katie sich mit der linken Schulter gegen die Felswand neben sich und konzentrierte sich darauf, nicht abzurutschen, während sie einen Schritt vor den anderen setzte.

Robert stützte unterdessen David, der versuchte, sein Bein aus dem Loch zu befreien. Doch es steckte bis zum Knie fest. Und je heftiger er daran zerrte, desto schmerzhafter schien es zu sein.

»Was ist mit dem Bein, David?« Robert sah seinen Freund besorgt an.

»Ist noch dran.« Wieder versuchte David ein Grinsen, das wieder gründlich misslang.

»Warum bist du auch einfach losgerannt?«, fragte Katie und vermied eine lose Holzplanke. »Ich hätte dir sagen können, in welchem beschissenen Zustand die Brücke ist.«

»Halb so schlimm.«

»Halb so schlimm? Wenn wir hier nicht so schnell wie möglich runterkommen, bricht das ganze Ding zusammen.«

»Wird es nicht«, war Roberts entschiedene Stimme zu vernehmen.

»Woher weißt du das? Hast du die Brücke in dein Gehirn gescannt und die Statik berechnet?«

»Nein. Aber der Hauptbalken liegt auf einem Felsenband auf. Es ist unwahrscheinlich, dass die komplette Brücke nachgibt.«

»Darauf würde ich nicht wetten.«

»Dann hilf mir. Wir müssen Davids Bein befreien.«

»Geh mal auf die andere Seite, Robert.« Julias Bruder bückte sich unter dem Felsvorsprung hindurch und kroch durch den schmalen Spalt zwischen Wand und Davids Rücken nach vorne.

Katie hörte die Bretter knirschen. Davids Gesicht war nun nicht mehr länger blass, sondern rot vor Anstrengung. Und jetzt erst verstand Katie, warum. Er krallte sich am Felsen fest, damit sein volles Gewicht nicht auf dem Holz zu liegen kam.

»Wir müssen uns beeilen«, sagte sie.

»Natürlich müssen wir das«, stieß David hervor. »Schließlich zählt für Benjamin jede Minute. Vielleicht ist er schon tot.«

»Ist er nicht. Oder, Robert?«

»Ich weiß es nicht.«

»Aber du könntest wenigstens so tun, als ob, damit David sich erst einmal beruhigt. Wichtig ist jetzt nämlich vor allem, dass er hier herauskommt, bevor er an unseren Junkie vom Dienst denkt. Der hat sein Unglück nämlich selbst verursacht.«

»Woher willst du das wissen?«, keuchte David.

»Wer sich im Sperrbezirk herumtreibt, in der Prüfungszeit die Kurse versäumt und in einem derartigen Zustand zurückkommt, wurde entweder entführt oder ist freiwillig abgehauen. Von einer Entführung hat er nichts erzählt. Obwohl«, Katie stockte, »so wie er sich benommen hat, würde ich ein Kidnapping durch Außerirdische nicht ausschließen.«

»Dein Zynismus ist wirklich . . .« Davids Satz ging in ein Stöhnen über. Sein rechter Arm knickte ab und er landete mit der Schulter auf dem Boden. Die Holzbohlen knarrten unter ihm und knirschten.

»Bleib einfach liegen und überlass uns das hier«, sagte Katie. Sie packte Davids Knie, während Robert nach dem Oberschenkel griff. »Du meldest dich nur, falls es zu schmerzhaft wird.«

David nickte.

»Dann los. Eins . . . zwei . . . drei«, gab Katie das Kommando und begann, mit aller Kraft zu ziehen.

Es gelang ihnen, das Bein bis zum Gelenk zu befreien, aber der Fuß blieb stecken. Davids Gesicht zeigte keine Regung, wenn sie ihm auch nicht glaubte, dass er keine Schmerzen hatte. Andererseits, wenn er unbedingt den Helden spielen wollte, konnte es niemand besser verstehen als sie.

»Ich fürchte, du musst auf deinen Schuh verzichten.« Sie ließ das Bein los.

»Dann muss ich umdrehen. Was wird dann aus Benjamin?«

»Robert und ich gehen allein weiter.«

»Kommt nicht infrage.« In Davids Gesicht standen die Schweißtropfen, als er versuchte, das Bein nach oben zu ziehen. »Wenn du mit der Hand an die Schnürsenkel kommst, dann kann ich den Schuh ausziehen . . .«

Ein durchdringendes Knacken unterbrach Robert. Das Geräusch kam von oben, nicht von der Brücke.

Katie sah etwas auf sich zukommen, doch konnte nicht erkennen, was es war. Die Sonne brach durch den Nebel und das unerwartet grelle Licht blendete sie. Instinktiv hob sie die Hände, spürte, wie jemand sie zur Seite riss, ihren Kopf nach unten drückte, und dann legte sich etwas Schweres auf sie.

»Was soll das?«, rief sie und versuchte, den Kopf zu heben.

»Unten bleiben, es ist noch nicht vorbei«, hörte sie Robert.

»Was«, wollte sie fragen, doch das Wort blieb ihr im Hals stecken. Etwas traf sie im Nacken, etwas Spitzes, dessen Wucht gedämpft wurde durch . . . ihre Hand tastete sich nach oben und sie fühlte Nylonstoff. Roberts Rucksack.

Erneut ein Schlag – der sie diesmal am Schulterblatt getroffen hätte, wenn – ja, wenn sie der Rucksack nicht geschützt hätte.

Vielleicht fühlte es sich so an, wenn einen Schüsse trafen. Aber tot war sie ganz offensichtlich nicht. Nur ihr Kopf dröhnte abartig.

Ihr Körper gab nach. Sie presste sich auf die morschen Holzbohlen, von denen sie soeben noch sicher gewesen war, sie würden durchbrechen. Von unten durchdrang Feuchtigkeit ihre Kleidung, von oben tropfte Wasser auf sie herab.

»Wir müssen von der Brücke runter«, hörte sie Robert. »Es taut und die Eiszapfen lösen sich. Die sind so spitz und scharf wie Schwerter.«

Wie war es möglich, dass ausgerechnet Robert, der kleine Robert mit diesen nachdenklichen Augen hinter seiner Harry-Potter-Brille, plötzlich die Führung übernahm? Und – sie nicht widersprach?

Vielleicht, weil er dir gerade das Leben gerettet hat?

Weil er dir seinen Rucksack über den Kopf gelegt hat, obwohl er doch nicht wissen konnte, dass der Eiszapfen ausgerechnet dich treffen würde?

Vorsichtig befreite sie sich und sah sich um. David lehnte mit dem Rücken am Felsen. Ihn hatte das Eis nicht treffen können, weil der Überhang ihn schützte. Aber nicht so Robert. Er war die ganze Zeit dicht neben ihr gewesen. Der Eiszapfen hätte genauso gut auf ihn fallen können. Aber er hatte ihr den Rucksack überlassen.

Zum ersten Mal konnte sie Julias Sorge um den jüngeren Bruder verstehen. Robert hatte nicht wissen können, wessen Leben mehr gefährdet gewesen war. Er hatte Katie geschützt, weil sein eigenes Leben keine Bedeutung für ihn hatte. Weil er keine Angst vor dem Tod hatte. Er war nicht hier, um zu überleben.

Okay, Katie, jetzt wirst du wirklich seltsam. Wahrscheinlich hat der Eiszapfen doch deinen Kopf getroffen. Jeder Mensch hängt am Leben, außer er ist total depressiv, psycho oder schizophren.

All das traf auf Robert nicht zu. Nein, er hatte vermutlich in Lichtgeschwindigkeit den Fallwinkel des Eisbrockens analysiert und berechnet, dass sein Leben in Sicherheit war, während *sie* ...

»Mann, danke, Robert. Das war echt knapp.«

Er nahm die Brille ab und wischte sie trocken. Sein Gesicht sah nackt ohne sie aus, aber seltsamerweise viel älter. Nun konnte man sich tatsächlich vorstellen, dass er fast achtzehn war. Ohne Kommentar wandte er sich wieder David zu und seine Hand, schmaler als die eines Mädchens, schob sich durch den Spalt, in dem Davids Fuß steckte. Alle Überlegungen, die Katie zuvor durch den Kopf geschossen waren, lösten sich in nichts auf, als er sagte: »Oh Mann, David, was hast du mit deinen Schnürsenkeln veranstaltet? Hast du da etwa einen gordischen Knoten reingeflochten?«

Langsam hob sich der Nebel und immer öfter schafften es Sonnenstrahlen, das Grau zu durchdringen. Der Schnee auf den umliegenden Bergen reflektierte ihr Licht. Katie suchte in ihrer Jackentasche nach der Sonnenbrille. Es dauerte, bis sie sie fand. Ihr war warm und sie hätte einen Liter Wasser auf einmal austrinken können. Sie zerrte am Reißverschluss ihrer Jacke, der klemmte, als sei er eingerostet.

Sie hatten David zwischen sich genommen und von der Brücke gebracht. Doch als sie auf der anderen Seite in Sicherheit waren und er sich bückte, um den Schuh wieder anzuziehen, verzog sich sein Gesicht. Er stöhnte kurz auf.

Robert musterte ihn besorgt. »Das sehen wir uns besser an. Setzt dich mal hier auf den Felsen.« Er wischte den Schnee weg, der sich mit einer dicken Schicht aus Geröll verbunden hatte.

David ließ sich auf einen großen Felsblock fallen. Er ragte wie eine Steinbank aus der Wand hervor.

»Leg dein Bein hoch und zieh den Socken aus«, befahl Katie.

»Es ist halb so schlimm.«

»Das will ich selbst sehen, sonst kannst du gleich hierbleiben.«

Davids nackter Fuß – mit Fußnägeln, die so akkurat geschnitten waren, als machte er Werbung für Pediküre – ruhte auf der Steinbank.

Katie begutachtete die Wunde und musste David recht geben. Die Schramme reichte zwar von der Kniekehle bis hinunter zum Knöchel, sah aber schlimmer aus, als sie vermutlich war. Nur an einer Stelle war die Hautabschürfung so tief, dass es blutete.

»Tut es weh?«

»Schürfwunden tun immer weh, sind aber harmlos.« David zog den Strumpf wieder über. »Lasst uns endlich weitergehen.«

Sie zögerte. Das hier war völlig sinnlos. Sollten sie nicht doch lieber zum College zurückgehen? Aber was dann? Dann musste sie sich damit beschäftigen, was ihre Realität ausmachte.

Sie bemerkte Roberts Blick, dessen Intensität nicht einmal durch die Gläser seiner Brille abgeschwächt wurde.

»Was?«, fragte sie.

»Ich verstehe dich nicht«, sagte Robert.

Ich auch nicht, wollte Katie entgegnen, doch da ließ ein Geräusch sie herumfahren. Am anderen Ende der Brücke, dort wo sich Nebelschwaden und Sonnenstrahlen zu einem flirrenden Ganzen zusammenfanden, zeichneten sich für einen Moment die Umrisse einer Gestalt ab.

Grace Dossier

Aufzeichnungen aus Elizas Notizbuch

(08. August 1974)

Paul in der Tür, völlig verdreckt, sehr aufgeregt. Euphorisch?
»Stellt euch vor, was ich im Tunnel entdeckt habe?«
Frank: »Leichen?«
»Nein, etwas Besseres, etwas, das die Stimmung hier oben heben wird. Denn wie ich sehe, blast ihr Trübsal ohne mich.«
Milton, genervt: »Vielleicht haben wir uns auch einfach Sorgen gemacht?«
Paul nimmt ein Tuch aus seinem Rucksack, legt es auf den Tisch, öffnet es.
Martha – schrill: »Woher hast du die? Woher hast du die?«

Kapitel 11

»Wenn ich es euch doch sage, da war jemand.«
David schüttelte ungeduldig den Kopf. »Lasst uns endlich weitergehen.«
Katie starrte noch immer hinüber zum Ende der Brücke, aber die Umrisse der Gestalt, wenn sie denn wirklich dort gewesen war, hatten sich in Luft aufgelöst.
Sie zuckte mit den Schultern und folgte Robert, der sich bereits in Bewegung gesetzt hatte.
Auf dieser Seite des Wasserfalls hatte sich der Nebel mittlerweile fast vollständig aufgelöst. Die Luft war feucht und mild. Katie warf einen Blick zum Himmel hinauf. Zwischen einigen Wolkenfeldern erstreckte sich strahlendes Blau und in den zahlreichen Wasserlachen auf dem Weg spiegelte sich das Sonnenlicht. Es würde wieder ein wunderschöner milder Wintertag werden.
Direkt hinter der Brücke teilte sich der Weg. Rechts führte er steil nach unten und weiter am See entlang. Dort hatten sie im Mai Angela Finder entdeckt. Es kam Katie so vor, als ob es Ewigkeiten her war, und dennoch schien alles seitdem miteinander verbunden – ein Labyrinth von Ereignissen, die miteinander verknüpft waren.
Doch ein gordischer Knoten, dachte Katie.
Robert wandte sich nach links in Richtung Bootshaus, wo der Wald nun dichter und wilder wurde. Im Gegensatz zum Campus, dessen Freiflächen von einer Truppe Arbeiter penibel gepflegt wurden, legte hier niemand Hand an. Das Unterholz schien an manchen Stellen undurchdringlich. Die tief

hängenden Äste der Kiefern und Fichten klammerten sich an ihre Jacke, als wollten sie Katie zurückhalten.

Unter dem Schnee konnte man nicht einmal mehr den Trampelpfad erkennen. Es war mehr eine Ahnung, der sie folgten, als sie sich nun durch die Bäume schlängelten und jede freie Lücke zwischen den dicht stehenden Stämmen nutzten.

Allmählich geriet der Lake Mirror außer Sichtweite und bald hatten sie den Zaun erreicht.

Hier fing der Sperrbezirk an.

Katie schaute sich nach dem Baumstumpf um, den sie immer als Trittbrett benutzte, wenn sie auf dem Weg zum Klettern war. Sie nahm den Rucksack ab und warf ihn auf die andere Seite.

»Was denkt ihr?«, fragte sie, als sie sich geschickt über den Zaun schwang und dann David half, der mit seinem Bein Mühe hatte, die Hürde zu überwinden. »Bedeutet der Sperrbezirk wirklich eine Gefahr? Oder sind die Schilder Fake und stehen nur herum, um uns Angst einzujagen?«

»Als ob die Schilder noch irgendjemanden erschrecken könnten, nach dem, was dieses Jahr alles passiert ist«, sagte Robert und folgte ihnen über den Zaun.

»Und was ist mit deinen Albträumen?«

Robert sprang herunter und blickte auf seine Uhr. »Ich kämpfe gegen sie an.«

»Ach ja? Und womit? Mit Zahlen?«

»Immer noch besser, als sie zu ignorieren ... wie du.«

»Du weißt nichts über mich, Robert Frost«, fuhr Katie ihn an. »Rein gar nichts, verstehst du?«

»Und du nichts über mich.«

David zog den Reißverschluss seiner Jacke nach oben, trotz der Sonne, die zunehmend wärmte. »Könnt ihr diese ständigen Wortgefechte bitte lassen«, sagte er ärgerlich. »Oder habt ihr schon vergessen, worum es hier eigentlich geht?«

Er setzte sich in Bewegung und Katie wunderte sich, wie schnell er vorankam, obwohl die Schneise durch den Wald der reinste Sumpf war und er sein linkes Bein etwas nachzog.

Robert schloss zu ihm auf und Katie folgte ihnen etwas langsamer.

Ihre Gedanken schweiften zu der Lichtung, die sich nicht weit von hier befand. Katie war nur froh, dass Benjamins Film sie nicht dorthin und damit zum Gedenkstein geführt hatte, der den Namen ihrer Mutter trug, wenn sie ihn auch nicht gleich erkannt hatte.

Denn Mi Su hatte offenbar schon damals das getan, was sie am besten konnte: sich unauffällig anpassen. So hatte sie ihren Namen Mi Su offenbar abgelegt und ihren amerikanischen Zweitnamen Eliza benutzt.

Katie hatte den Zusammenhang erst hergestellt, als sie das uralte Polaroidfoto der Studenten oben auf dem Ghost entdeckt und darauf ihre Mutter erkannt hatte.

Und seitdem fragte sie sich, was Mi Su hier oben gemacht hatte.

Warum lebte sie noch, wenn sie doch für tot gehalten wurde?

Und warum hatte sie ihr nie davon erzählt? Okay, die letzte Frage war leicht zu beantworten. Ihre Mutter besaß keine Vergangenheit. Zumindest keine, über die sie sprach. Was die wichtigste Zeit ihres Lebens betraf, gab es offenbar große Erinnerungslücken. Die Zeit zwischen achtzehn, als sie die Schule in Seoul beendet hatte, und fünfundzwanzig, als sie ihren zehn Jahre älteren Ehemann in der amerikanischen Botschaft kennengelernt hatte, schien gar nicht zu existieren. Katie hatte immer gedacht, Mi Su hätte Korea bis zu ihrer Heirat nie verlassen. Doch die Wahrheit sah anders aus. Sie war in diesen Jahren am College in Kanada gewesen, hatte hier im Tal studiert. Warum kein Wort davon, selbst als ihre Tochter hierher gegangen war?

Gegenfrage, dachte Katie. Würde ich meiner Tochter von Sebastien erzählen?

Sie wich einem abgestorbenen Ast aus, der aus dem Schnee ragte. Sinnlos, an all dies auch nur einen Gedanken zu verschwenden. Sie würde nie eine Tochter haben. Sie konnte Kinder nicht ausstehen, oder?

Robert stoppte vor ihr und deutete nach vorn. Nicht weit entfernt erkannte Katie das Dach des Bootshauses.

Katie war bisher nur einmal hier gewesen, als sie auf dem Rückweg von der Felswand *Black Dream* vor einem Gewitter Schutz gesucht hatte. Sie verband keine bösen Erinnerungen mit diesem Platz wie David oder Robert. Von der dramatischen Rettungsaktion im Mai wusste sie nur aus Erzählungen. Wie Robert das Mädchen vom Solomonfelsen hatte fallen sehen, wie er ins Wasser gesprungen war, um ihr Leben zu retten, und David ihm folgte, um wiederum Robert zu retten. Und dann hatte sich das alles als albernes, tödliches Spiel der älteren Studenten herausgestellt.

Während Robert sein Notizbuch aus dem Rucksack zog, auf seine Uhr schaute und einige Eintragungen vornahm, stieg Katie die Treppe hoch.

»Was genau hat Ben hier gefilmt, Katie?« David war ihr gefolgt.

Katie hatte Robert und David vor ihrem Aufbruch noch einmal geschildert, was auf dem Film zu sehen gewesen war, aber jetzt holte sie sich die Details ins Gedächtnis. Es hatte nicht so gewirkt, als hätte er sich hier sehr lange aufgehalten.

Die Tür des Bootshauses war lediglich angelehnt und im Innern war es düster. Stickige, feuchte Luft schlug ihr entgegen und noch etwas: ein säuerlicher Geruch, der einen Hustenreiz hervorrief.

Etwas stimmt hier nicht.

Noch hatte Katie keinen sichtbaren Anhaltspunkt für ihr komisches Gefühl, aber es ließ sich nicht verdrängen.

»Setz dich am besten aufs Sofa und ruh dich aus«, hörte sie Robert zu David sagen. »Was macht dein Fuß?«

»Fühlt sich seltsam an. Wie Blei.«

»Das kommt vom Tiefschnee«, erklärte Katie und sah sich um. »Jeder Schritt kostet zehnmal mehr Kraft als normal.«

Allmählich gewöhnten sich ihre Augen an die Dunkelheit im Innern. Eine dicke braune Staubschicht bedeckte die Scheiben, sodass kein einziger Sonnenstrahl ins Innere drang.

Katie beobachtete David, wie er das Erste-Hilfe-Paket aus seinem Rucksack zog, ohne das er noch nicht einmal zum Pinkeln ging, wie es Katie schien. Bevor er es öffnete, sah er sich in dem kleinen Raum um.

»Er war hier«, sagte er.

»Woher willst du das wissen?«

Er deutete auf eines der Fenster neben der Tür, wo jemand die Worte *It's better to burn out than to fade away* in die Staubschicht geschrieben hatte, gefolgt von den Initialen KC.

»Benjamin ist Kurt-Cobain-Fan.«

»Woher kennst *du* Zitate von Cobain?«

»Ich kenn sie halt.« Über Davids Miene huschte ein dunkler Schatten. Katie schob das auf die Wunde, die er gerade desinfizierte und dann verband. Sie schien schon zu verschorfen, die blutige Stelle war bereits sauber verkrustet.

Robert ging im Raum auf und ab und untersuchte jeden Quadratzentimeter des Bodens. Aber es war Katie, die in etwas Feuchtes auf dem Boden trat. Erschrocken wich sie zurück.

»Oh, Scheiße, war Ike hier? Ist das sein privates Hundeklo?«

Robert ging in die Knie und betrachtete stirnrunzelnd die bräunliche undefinierbare Lache in einer Ecke. »Nein, hier hat sich jemand übergeben.«

»Gottverdammt!« Hastig trat Katie einen Schritt zurück und machte einen riesigen Bogen um die Pfütze auf dem Boden. Angewidert beobachtete sie Robert, der sich von draußen einen Stock holte und in der Lache herumstocherte. Anschließend hob er ihn, um daran zu riechen. Bei alldem verzog er keine Miene. Und hielt ihr zu allem Überfluss auch noch den Stock unter die Nase.

»Was sagst du?«

»Was wohl? Das ist ekelhaft!« Ihr Magen hob sich.

Robert ignorierte ihren Aufschrei. »Er hat es vermutlich nicht mehr ins Freie geschafft, als ihm schlecht geworden ist.«

»Was uns auch nicht weiterhilft, oder?«

Robert trat an den Holzofen, auf dem eine verbeulte Blechbüchse stand mit der Aufschrift »Bush's Best Grillin Beans«. »Er hat sich etwas gekocht.«

»Warum sollte er das tun? Die Mensa am Grace ist nicht gerade ein Luxusrestaurant, aber immer noch besser als Bohnen aus der Dose. Und hier muss es doch scheißkalt gewesen sein.«

David mischte sich ein: »Wenn man unter Drogen steht, dann nimmt man alles ganz anders wahr. Müdigkeit, Hunger, Kälte – das spürt man nicht mehr. Wäre es die letzten Tage nicht so warm gewesen, hätte er auch erfrieren können in seinem Zustand.«

»Noch mal, Leute: Dass er hier war, wussten wir auch schon vorher. Was bringt uns das also?«

»Wir sind auf dem richtigen Weg«, sagte Robert. »Und wir sollten etwas von dem Erbrochenen mitnehmen, David.«

»Aber das Drogenscreening war doch negativ.«

Robert schüttelte den Kopf. »Ich hab zu wenig Ahnung von der toxischen Wirkung einzelner Drogen. Aber vielleicht ist es etwas, was sich nach zwei, drei Tagen nicht mehr nachweisen lässt?«

Katie zuckte mit den Schultern. »Wenn das heißt, dass wir zurückgehen können, soll es mir recht sein.«

Robert war noch dabei, den Inhalt des Kochtopfs zu untersuchen. »Warum bist du hier, Katie?«, fragte er nachdenklich.

»Ihr habt mich gezwungen mitzugehen.«

»Nein.« Er bückte sich und hob ein Stück Zeitung auf, das aus dem Holzstoß am Boden ragte. »Mach dir nichts vor, Katie. Etwas anderes ist passiert. Etwas, das nur dich angeht, stimmt's?«

»Eben. Es geht nur mich etwas an.«

Sie war schon an der Tür, als sie Robert sagen hörte: »Das Problem ist, Katie, dass immer alle meinen, man könne Entscheidungen nach Pro und Kontra fällen. Aber das stimmt nicht. Man muss so lange warten, bis man weiß, was man zu tun hat.«

Sie wandte sich um. »Das sagst ausgerechnet du? Du bist Mathematiker.«

»Aber kein Idiot«, erwiderte Robert und Katie wollte gerade lachen, als sie draußen auf der Veranda Schritte hörten.

Ein Brett knackte.

Stille.

Und dann wieder:

Vorsichtige Schritte.

Sie hatte sich nicht getäuscht.

Jemand war ihnen gefolgt.

Mit drei Schritten war Katie an der Tür und riss sie auf.

»Du?«, fragte sie entgeistert.

Grace Dossier

Aus den Notizen von Martha

EIFERSUCHTSWAHN

Feste Überzeugung, von der (Sexual-)Partnerin betrogen zu werden. Diese fast nur bei Dementen oder alkoholkranken Männern auftretende Wahnkrankheit führt zu <u>misstrauischen Überwachungsmanövern</u> (trifft zu!), <u>unbegründeten Vorwürfen</u> (werden immer häufiger!) und (handgreiflichen) Auseinandersetzungen, bisweilen sogar zu Tötungsdelikten.

Handbook of Psychopathologia, New York 1969

Kapitel 12

Tom.

Mit ihm hatte Katie am wenigsten gerechnet.

Er stand auf der Holzveranda und starrte Katie erschrocken an. Er trug einen dunkelgrauen Mantel, der bis zu den Knien reichte, einen orange-weiß karierten Schal um den Hals und schwarze Lederhandschuhe. Sogar hier in der Wildnis legte er noch Wert auf seine Kleidung. Doch den Weg hierher hatten seine Sachen nicht schadlos überstanden. Seine sündhaft teure Designerjeans war bis zu den Knien feucht und die braunen Lederschuhe total verdreckt.

»Täusche ich mich oder verfolgst du uns?«, fragte Katie.

»Sag du es mir.«

»Und was soll das jetzt heißen?«

»Ihr habt es gewusst, oder?« Toms Stimme klang heiser. »Ihr habt es die ganze Zeit gewusst.«

»Was?«

»Er hat jemand anderen, stimmt's?« Aus Toms Stimme war Verzweiflung zu hören.

Katie starrte ihn an. »Wovon sprichst du?«

»Sag mir die Wahrheit. Benjamin betrügt mich.«

Katie hob die Hände. »Also, ich bin garantiert nicht sein Typ. Außerdem steht er nicht auf Frauen, das solltest du am allerbesten wissen.«

Tom schüttelte den Kopf. »Doch nicht du. Es muss jemand anders sein.«

»Und warum schleichst du uns dann hinterher?«

»Er hat dir was verraten, oder?«

»Nein, hat er nicht. Er hat nur Schwachsinn gelabert.«

Tom machte einen Schritt nach vorne und wollte sich an ihr vorbeidrängen, doch Katie stellte sich ihm in den Weg. Bens Lover war ein mieser Schauspieler und vermutlich war das Einzige, was echt an ihm war, der verzweifelte Ausdruck in seinem Gesicht. Aber der Rest war Show – einer von Toms großen Auftritten.

»Lass mich vorbei.« Sein unruhiger Blick flog über ihre Schulter hinweg ins Innere der Hütte.

»Erst wenn du uns verrätst, was du hier machst. Ich hasse es, wenn jemand mir hinterherspioniert.«

»Aber ich muss die Wahrheit wissen.«

»Ach ja? Das wollen wir auch.«

»Wer ist es? Dieser O'Connor mit seinen Drogen, oder? Du kannst es mir ruhig sagen. Die beiden hängen die ganze Zeit zusammen. Ich werde es sowieso herausfinden.«

Erst jetzt verstand Katie. Tom ging es nicht um Benjamins Zustand, sondern er war ... *eifersüchtig*. Das war sein Problem.

»Tom, komm runter! Wir versuchen hier, Bens Leben zu retten! Interessiert dich überhaupt, in welchen Drogenwahn er sich gebeamt hat, oder geht es dir nur darum, dass er einen anderen haben könnte? Und überhaupt, warum hast du ihn nicht einfach gefragt?«

»Wann denn, bitte? Er war doch wie vom Erdboden verschwunden. Für drei ganze Tage!« Er machte eine kurze Pause. »Und er hat wirklich keinen anderen?«

»Spinnst du? Das ist doch jetzt scheißegal.«

Tom fiel irgendwie in sich zusammen. Seine Schultern schoben sich nach vorne, und wenn sie sich nicht täuschte, dann standen Tränen in seinen Augen. »Es tut mir leid. Aber ... auch schon vorher ... er hat sich verändert, Katie. Irgendetwas stimmt nicht mit ihm. Seit Wochen war er so komisch.« Jetzt schluchzte er tatsächlich auf. »Ich brauche ihn doch ...«

Wenn Katie etwas nicht ausstehen konnte, dann waren es Jammerlappen, Weichlinge, Loser. Nur . . . sie wusste ja selbst, es gab Situationen im Leben, da vergaß man einfach, was wirklich wichtig war. Sie hatte es am eigenen Leib erfahren.

Anstatt gleich die Polizei und den Krankenwagen zu rufen, war sie heulend hinunter zum Ufer des Potomac geklettert, hatte sich neben Sebastien gesetzt und seine Hand gehalten.

»Zu viel Zeit ist vergangen«, hatte der Arzt gesagt, »wir waren einfach zu spät am Unfallort.«

Also, wer war sie, über Tom zu urteilen?

»Krieg dich wieder ein«, sagte sie nur.

Robert und David waren aus der Hütte gekommen. »Hör zu, Tom. Wir versuchen zu rekonstruieren, wo Benjamin die Zeit vor seinem Zusammenbruch verbracht hat«, sagte Robert bedächtig. »Vielleicht kannst du uns ja dabei helfen. Wie lange ist es her, dass du ihm begegnet bist?«

Tom wischte sich die Tränen ab. »Vor vier Tagen. Da ist er nach der Chemievorlesung zu mir gekommen und hat gesagt, er sei krank. Er würde sich hinlegen.«

»Und da hast du zum letzten Mal mit ihm gesprochen?«

Tom nickte. »Ich habe ihn erst heute wiedergesehen. Als sie ihn auf der . . . als sie ihn einfach fortgetragen haben.« Seine Stimme brach und er fuhr sich theatralisch über die Stirn. »Das war er nicht, oder? Das war nicht Ben. Sondern ein völlig anderer Mensch.«

»Benjamin ist der faulste, bequemste Mensch, den ich kenne«, rief Katie. »Und ihr wollt mir erzählen, er ist hierher gekommen, drei Tage geblieben und hat von Bohnen aus der Dose gelebt? Das macht doch keinen Sinn.«

»Vielleicht schon.« David stockte.

»Ach ja? Und warum?«

»Ihm wurde zum ersten Mal angedroht, er würde vom College fliegen, wenn er weiter die Vorlesungen schwänzt.«

Schweigen.

»Wann?«, fragte Katie. »Wann hat er das erfahren?«

»Vor drei Tagen.«

»Und warum hast du es uns nicht erzählt?«

»Ich habe es ihm versprochen.«

»Okay, er ist also ... *vielleicht* ... durchgedreht, weil er fürchtete, er würde vom College fliegen. Superschlau von ihm, daraufhin abzuhauen. Nicht einmal Ben ist so dumm. Und es erklärt auch nicht ....« Sie brach ab.

»Was erklärt es nicht, Katie?« David band sich den Schuh.

»Erzähl es ihnen, Katie.« Robert sah sie auffordernd an.

»Wovon sprichst du?« Katie ließ sich nur ungern in die Enge treiben. Auch nicht von Robert.

»Warum hat Benjamin ausgerechnet dich gebeten, ihm zu helfen?«

Woher wusste Robert das nun schon wieder? Woher wohl, Katie? Langsam wurde sie wirklich paranoid. Dafür gab es schließlich eine ganz normale Erklärung. Robert war wie die anderen in der Vorlesung gewesen, als Benjamin hereingestürmt war. Er hatte einfach zugehört.

Wenn sie nicht aufpasste, dann steckten die anderen sie mit ihren Mystery-Fantasien und Verschwörungstheorien noch an. Und das war eine Schwelle, die sie nicht übertreten wollte.

»Vielleicht, weil es mich nicht interessiert, was er in seiner Freizeit treibt?«, erwiderte sie. »Vielleicht, weil mir scheißegal ist, ob er seinen Verstand zudröhnt. Und ... weil ich die Einzige in diesem Vorlesungssaal war, die keine Angst vor ihm hatte.«

Aber das war es nicht, das wusste sie genau.

Denn warum hatte Benjamin sich so für den Duke interessiert?

Keiner von ihnen forderte Tom auf, mit ihnen zu kommen. Er war einfach nicht in der Verfassung für diese Expedition. Nachdem er erst einmal davon überzeugt war, dass Benjamin ihn nicht betrogen hatte, schien seine größte Sorge nun, dass sein Freund tatsächlich sterben könnte. Er wollte so schnell wie möglich ins College zurückkehren, um von dort nach Lake Louise zu fahren.

»Nimm das mit. Gib es im Krankenhaus ab. Vielleicht hilft das weiter.« Robert streckte ihm den Plastikbeutel entgegen.

»Was ist das?« Tom starrte die Tüte mit den Resten, die Benjamin von sich gegeben hatte, angewidert und misstrauisch an.

Doch Robert ließ sich nicht aus der Ruhe bringen. »Genau das sollen sie im Labor untersuchen. Vielleicht entdecken sie etwas, das ihnen weiterhilft.«

Tom nickte. »In Ordnung.«

»Aber gib es direkt im Krankenhaus ab.«

»Das wird nicht so einfach sein.«

Robert nickte. »Aber das ist nicht die Frage, oder? Sondern nur, wie wir Benjamin helfen können.«

Tom war schon in Richtung College verschwunden, als Katie nach ihrem Handy griff. »Hast du die Nummer des Krankenhauses dabei, David?«, fragte sie.

Er nickte verwirrt. »Ja. Ich hab mir sie vom Dean geben lassen, aber weil ich kein Verwandter bin, haben sie mir dort keine Informationen gegeben. Wozu brauchst du die Nummer?«

Sie streckte ungeduldig die Hand aus. »Wozu wohl?«, fauchte sie. »Während du ständig davon redest, dass Benjamin längst tot sein könnte, will ich mich lieber vergewissern.«

Plötzlich sah David beschämt aus und Katie tat ihr Verhalten leid. Wie hatte es in dem Gutachten dieses verdammten Psychiaters geheißen? *Ihre ständigen verbalen Attacken an-*

deren gegenüber sind Ausdruck tiefer Verletzungen, die von der Patientin selbst negiert werden.

Tja, so tickte sie nun mal, immerhin hatte sie das schwarz auf weiß. David würde es schon aushalten. Und hey, immerhin war sie dabei und half Benjamin, oder?

Es dauerte eine Weile, bis sich jemand in der Zentrale des Krankenhauses meldete. Katie beobachtete, wie Robert ein paar Schritte vor zum Bootssteg ging und auf den See hinausstarrte, der spiegelglatt vor ihnen lag. Es war totenstill, wie so oft im Tal.

»Medical Clinic Lake Louise. Was kann ich für Sie tun?«

Katies Stimme nahm die Tonhöhe ihrer koreanischen Großmutter an, bei der jeder Satz wie ein leiser Gesang klang. »Oh, bitte, Sie müssen mir weiterhelfen! Ich habe gerade erst erfahren, dass mein Bruder bei Ihnen eingeliefert wurde. Ich muss unbedingt wissen, wie es ihm geht. Ich bin hier am Flughafen, verstehen Sie, und versuche, einen Flug nach Vancouver zu erreichen . . .«

»Wie ist der Name?« Die Krankenschwester am anderen Ende war ähnlich verständnisvoll wie die im Howard University Hospital in Washington, wo sie mehrmals angerufen hatte, um sich nach Sebastien zu erkundigen. Na ja, so lange, bis sie dort herausgefunden hatten, dass Sebastien überhaupt keine Schwester hatte.

»Mein Name ist Fox. Eden Fox.«

Eden? Wie zur Hölle kam sie denn jetzt darauf?

»Ich meinte den Namen ihres Bruders.«

»Oh ja . . . klar. Benjamin. Benjamin Fox.«

Katie wurde verbunden, dann meldete sich eine Stationsschwester. Wieder sagte Katie ihr Sprüchlein auf, doch als sie diesmal nach Benjamin fragte, herrschte ziemlich lange Stille am anderen Ende. So eine Art Katastrophenschweigen, eins der schwarzen Löcher in der Kommunikation, deren Geheimnis man nicht ergründen wollte. Und dann fragte die Schwester vorsichtig: »Miss Fox, vielleicht wollen Sie lieber mit Ihrer Mutter sprechen? Ich kann sie holen.«

»Bitte, sagen Sie mir, was los ist...« Tränen wären jetzt sicher von Vorteil gewesen. Katie war eine gute Lügnerin, aber eine beschissene Schauspielerin – und geweint hatte sie das letzte Mal am Ufer des Potomac River. Scheiß drauf. Jetzt war ein strategischer Rückzug angebracht.

»Mein Name wird gerade aufgerufen. Ich verpasse meinen Flug.«

»Wenn Sie auf mich hören, Eden«, flüsterte die Krankenschwester in den Hörer, »dann kommen Sie, so schnell es geht, hierher.«

Es war, als wolle die Natur die schlechten Nachrichten aus dem Krankenhaus Lügen strafen. Der Nebel hatte sich vollständig aufgelöst. Der Himmel war strahlend blau und fast wolkenlos. Die Sonne schien warm und angenehm auf der Haut.

Die Landschaft um sie herum war wüst und urwüchsig. Überall ragten knorrige Wacholderbüsche aus der Schneedecke.

Katie steckte ihr Handy in die Tasche und blickte hinüber zum Solomonfelsen, der wie eine Nase in den See hineinragte. Stärker als sonst nahm sie die Landschaft wahr. Sie fühlte sich seltsam entwurzelt, wie die Bäume, die der Sturm am Remembrance Day überall im Tal gefällt hatte. Hier im Sperrbezirk hatte sie niemand beiseitegeräumt. Vielleicht wollte man der Natur freien Lauf lassen. Alles sollte zuwuchern. Den Zugang versperren.

Ihr Blick flog zu den weißen Gipfeln des Ghostmassivs. Dort oben hatte sie in der Gletscherspalte Ana das Leben gerettet.

Ana.

Benjamin.

Sebastien.

Jeder war auf seine Weise auf ihre Hilfe angewiesen.

Und was tat sie? Sie dachte nur an Flucht.

Das war nicht normal.

Sie war nicht normal.

Und ihr Inneres war schwarz wie Teer – huuu –, wer hat Angst vor Katie?

Sie hatte ihre Eltern damit zur Verzweiflung gebracht. Aber – das hatten die sich selbst zuzuschreiben, oder? Katie hatte ihre Kindheit in Apartments verbracht mit Aufzügen, Sicherheitsbeamten, Dachterrassen. Man hatte sie in diese grässlichen Kleidchen gesteckt in Farben, die sie aussehen ließen wie eine menschliche Mutation von Cupcakes.

Sie durfte nie zu Fuß durch die Stadt gehen – außer durch die Shoppingmalls.

Sie konnte nie Fahrrad fahren, Schlittschuh laufen, surfen oder Snowboard fahren. Ehrlich gesagt – Katie hatte sich jahrelang gefühlt wie ein Haustier.

Sie war kein Haustier.

Und schon gar kein rosa, zuckersüßer Cupcake.

Nicht mehr.

Es war Robert, der den Weg vorgab. Er machte sich doch tatsächlich daran, den schmalen Pfad neben der Hütte hinunter zum Ufer des Lake Mirror zu gehen.

»Was macht er da?«, fragte sie. Bis zum Solomonfelsen war das Ufer eine einzige Steilwand. Im Sommer war Katie dort manchmal geklettert, aber jetzt war das Gestein nass und rutschig und an manchen Stellen bestimmt noch mit einer unsichtbaren Eisschicht überzogen. »Spinnt er? Die Steine sind nass und rutschig und mit Sicherheit vereist.«

David nickte. »Robert, das ist zu gefährlich«, rief er. »Wir müssen oben durch den Wald gehen.«

Robert blieb stehen, schüttelte den Kopf und wandte sich

nicht einmal um, als er rief: »Nein, obenherum verlieren wir einfach zu viel Zeit und ich bekomme keine genauen Daten.«

»Daten wofür?«

Statt einer Antwort verschwand Robert um die nächste Biegung des Pfades. Katie folgte ihm. Vor ihnen versperrten einige riesige Gesteinsbrocken die Sicht, dahinter lag der See. Und zu ihrer Linken erhoben sich die glatten Felswände.

»Robert, das ist eine Sackgasse!«

Er achtete nicht auf sie, sondern kletterte auf einen der Gesteinsbrocken. »Wie ich mir gedacht habe«, sagte er zufrieden.

»Was hast du dir gedacht?«

Robert ließ sich auf der anderen Seite des Felsens hinunter und verschwand.

»Was zum Teufel?«, zischte David durch die Zähne. »Wenn er nicht aufpasst, geht er baden.«

Doch zu ihrer Verblüffung tauchte Roberts Kopf hinter dem Felsen auf. »Katie, du hast doch vorhin von einem zugefrorenen Uferstreifen erzählt, den Ben gefilmt hat. Hier hast du ihn! Der See ist tatsächlich im Schatten der Steilwand vereist. Wir können ganz bequem zum Solomonfelsen hinübergehen.«

»Ja, so bequem, bis wir einbrechen«, knurrte Katie. »Aber was soll's? Dann schwimmen wir einfach weiter.«

Schimpfend folgte sie Robert über den Felsen, an dessen anderer Seite sie zum zugefrorenen See hinunterkletterte. Aber als sie mit den Füßen das Eis vorsichtig prüfte, musste sie zugeben, dass Robert recht hatte. Auch wenn auf der Mitte des Lake Mirror nicht einmal Eisschollen trieben, gab es hier an der Steilwand einen breiten Streifen, der fest wie Beton war.

David kam hinter ihr über den Felsen, und als sie sah, dass er Mühe hatte, nach unten zu klettern, half sie ihm. Robert lehnte an der Steilwand, checkte schon wieder seine Uhr und trug etwas in sein Notizbuch ein.

»Was sind das nun für ominöse Daten?«, erkundigte sich Katie, als sie und David bei ihm angelangt waren.

»Sie sind wichtig. Ich muss wissen, ob ich mir alles nur einbilde. Ob meine Theorie irgendeinen Sinn hat oder uns nur in die Irre führt.«

»Meinst du, du könntest uns diese Theorie auch mitteilen?«

Robert gab ihr keine Antwort. Natürlich nicht. »Wenn wir nicht verstehen, was im Tal vor sich geht, bekommt es Macht über uns«, sagte er stattdessen. »Dann können wir Benjamin nicht mehr retten.«

Katie betrachtete die schmale Gestalt auf dem Eis, die ihr nun den Rücken zuwandte und ohne Zögern loslief. Auch wenn sie es sich bis jetzt so noch nicht klargemacht hatte, das war etwas, was sie an Robert mochte. Nicht nur akzeptierte, sondern richtig mochte.

Etwas trieb ihn an, dem er sich nicht entziehen konnte, und das verstand sie. Es spielte keine Rolle, ob es Zahlen waren oder die Überwindung von Höhenmetern und der Schwerkraft. Wenn etwas für Katie heilig war, dann der Wille eines Menschen. Das Leben war einfach zu kurz, um . . . ihr fiel kein besserer Vergleich ein . . . um den Schwanz einzuziehen.

Sie kamen auf dem glatten Eis schnell vorwärts und bald ragte der Solomonfelsen, der wie eine scharfe Adlernase in den See hineinstach, direkt vor ihnen auf. Robert war immer noch ein Stück vor ihnen, als David stoppte.

»Warte mal!« Er hob die Hand und deutete geradeaus. Etwas in seinem Gesicht hatte sich verändert. Seine Augen waren ganz starr. »Siehst du das?«, fragte er mit tonloser Stimme, die Hand noch immer ausgestreckt.

Im nächsten Augenblick begriff Katie, was er meinte. Über dem Green Eye hing eine riesige Wolke. Eine einzige dunkle Wolke an dem ansonsten blauen Himmel.

»Ist das eine Schneewolke«, fragte David ungläubig.

»Nein«, murmelte Katie.

»Was sonst?«

»Staub. Das ist eine riesige Staubwolke.«

Einige Sekunden standen sie schweigend nebeneinander und Katie erinnerte sich wieder an etwas, das Benjamin in seinem Wahn gesagt hatte. Etwas von Sand, Himmel und Sternen. Hatte er genau das gemeint?

»Verrückt«, flüsterte David.

Katies Blick suchte Robert. Sie konnte nur seinen Rücken sehen. Sekundenlang schien er mitten in der Bewegung erstarrt. Dann ging er in die Knie und gleich darauf saß er mit angewinkelten Beinen auf dem Eis und ließ die Wolke nicht aus den Augen.

Grace Dossier

Aufzeichnungen Kathleen

28. August 1974

Mein Gott, ist das langweilig hier oben. Also spielen wir ein Spiel, das Grace erfunden hat. Und weil Grace ist, wie sie ist, wagt es keiner, ihr zu widersprechen. Jeder bekommt eine Namensliste von uns allen und kreuzt an, mit wem er am liebsten an einer Mauer aneinandergekettet wäre. Man muss mindestens eine Person wählen und höchstens zwei (und dann jeweils unterschieden nach Junge und Mädchen).
Was für eine bescheuerte Idee.
Die Zettel werden gefaltet und in Franks Hut geworfen, den er nur aufsetzt, wenn er Gitarre spielt.
Eine blöde Geheimwahl also.
Grace zieht einen Zettel nach dem anderen, wie bei einer Tombola, Martha notiert die Stimmen.
Mark I
Eliza I
Wir lachen, denn es ist nicht schwer zu erraten, wer da wen gewählt hat.
Frank II
Kathleen II
Paul I
Martha I
Grace III
Milton –
Oh shit. Er springt auf und verlässt den Raum.

Kapitel 13

Robert hatte nicht eher vom Eis aufstehen wollen, bis die riesige Wolke über dem See verschwunden war. Obwohl nicht einmal ein Windhauch spürbar war, hatte sich die Ansammlung von Staub in Richtung Ghost bewegt. Eine Weile hatte sie über dem Sumpf gehangen, der sich von ihrer Position aus wie ein breites braunes Band bis zum Fuß des Bergmassivs erstreckte, und hatte sich dann an den steilen Felswänden im Nichts aufgelöst.

Erst da hatte Robert sich wieder gerührt.

Diesmal hatte Katie die Führung übernommen und bald hatten sie das Plateau am Fuß des Solomonfelsens erreicht, auf dem Robert und David im Mai gestrandet waren. Katie wusste, dass es einen Klettersteig zur Spitze des Felsens gab. Die Route war etwas für totale Anfänger und sie hatte sie immer links liegen lassen, aber heute war sie froh darum. Sie machte sich zunehmend Sorgen um David, dessen Fuß ihm ganz offensichtlich mehr zu schaffen machte, als er zuzugeben bereit war. Die Schmerzen mussten ziemlich groß sein.

Beim Aufstieg sprach er kein Wort und sein Gesicht wies eine Blässe auf, die nichts Gutes verhieß. Dabei war David normalerweise der Stabilitätsfaktor in ihrer Gruppe, derjenige, der nie die Ruhe verlor.

Die letzten Meter musste Katie ihm Hilfestellung leisten, und als sie endlich oben ankamen, klebte Roberts Blick bereits wieder an seiner Uhr. »Es passt«, rief er ihnen entgegen.

»Was passt?« Katie holte keuchend Luft.

»Die Strecke vom Bootshaus bis hierher. Es gilt natürlich

zu berücksichtigen, dass das Eis und die Felsen einige Meter gekostet haben.«

Katie wischte sich den Schweiß von der Stirn. »Redest du von deiner Formel, Robert? Verrätst du uns endlich, worum es da geht? Und was du vorhast?«

Robert hob geradezu zerknirscht die Schultern. »Ich muss es doch selbst erst verstehen. Aber ich glaube, dass alles miteinander verknüpft ist. Wir müssen das System begreifen, dann begreifen wir auch das Besondere.«

Langsam kapierte Katie, weshalb Julia manchmal von Robert genervt war.

»Die kürzeste Verbindung zwischen zwei Punkten in der Ebene ist eine Gerade«, dozierte er nun weiter.

Katie nahm das Rauschen irgendwo links von ihr wahr, aber sie achtete nicht darauf. »Was für eine weltbewegende mathematische Erkenntnis«, spottete sie.

»Das nicht. Aber es gibt hier keine geraden Wege, weil der See gekrümmt ist, wenn er nicht sogar . . .«, Robert blinzelte, »kreisrund ist.«

»Es handelt sich doch um einen Kratersee, oder? Die sind immer rund.«

»Robert weiß, was er tut«, mischte sich David ein. Sein Gesicht hatte wieder ein bisschen Farbe bekommen. »Ich vertraue ihm.«

»Mein Problem ist nun mal, dass ich niemandem außer mir selbst vertraue. Sorry, Robert das ist nicht persönlich gemeint.«

David verlagerte sein Gewicht auf das gesunde Bein. »Hört ihr das auch?«, fragte er nervös. »Dieses Rauschen, was ist das?«

Katie lauschte. Von hier bis zu ihrem persönlichen El Dorado, dem Black Dream, war es nicht weit. Zehn Minuten zu Fuß, höchstens. Sie war den Sommer ständig hier gewesen.

Aber dieses Geräusch – es war ihr nie aufgefallen.

Sie sah sich um. Von der Spitze des Solomonfelsens hatte man einen direkten Blick hinüber zum College. In der klaren Luft konnte man die historische Front und die riesige Glasfassade vor dem Eingang deutlich erkennen.

Katie setzte sich in Bewegung und lief hinüber zu dem Pfad, der hinter dem Solomonfelsen entlang durch den Wald zum Black Dream führte. Hier war das Rauschen schon viel deutlicher, es schwoll zu einem tiefen Orgelton an, als ob mächtige Wellen gegen die Felsen schlugen. Nein, das war das falsche Bild. Eher ein Prasseln, wie von einem heftigen Hagelschauer.

Benjamin hatte einen Wasserfall gefilmt. Sie hatte die Aufnahme gesehen, und wenn es nicht der an der Brücke gewesen war – dann . . . dann waren sie auf der richtigen Spur?

»Kommt mit«, schrie sie und rannte den Weg weiter.

Mit einem Blick zurück erkannte sie, dass nur David ihr folgte. Aber sie konnte ihm nicht zurufen, was mit Robert war, denn das Prasseln wurde zunehmend lauter und ging in ein Tosen über, das jede Verständigung unmöglich machte.

Keine Chance, dass sie das früher überhört haben könnte.

Sie ließen den Solomonfelsen und den Black Dream hinter sich. Der Pfad ging ein Stück geradeaus, fiel leicht ab und machte dann eine Biegung nach links. Er führte an einer Felsenlandschaft entlang, deren Erhebungen zu zerklüftet waren, als dass sie Katie jemals gereizt hätten. Schließlich endete der Pfad auf halber Höhe zum Ufer.

Katie wandte sich der Wand zu und nun sah sie, woher das Geräusch kam.

Das Wasser brach sich etwa sechs Meter über ihr mit voller Wucht den Weg aus dem Gestein. Als ob der Stein der Gewalt des Wassers nicht länger hatte standhalten können. Es rauschte in einem weiten Bogen und mit ohrenbetäubendem Lärm nach unten in den Lake Mirror. Tropfen flogen durch die Luft. Innerhalb von Sekunden war Katie völlig durchnässt, aber sie konnte nicht den Blick von dem Spektakel vor ihr lösen. Denn das Wasser, das in weitem Bogen in den Lake Mirror stürzte, war nicht blau, nicht grau oder grün – nein, es war von einem hellen, fast rötlichen Braun und ... es war von winzigen Steinen durchsetzt, was dieses prasselnde Geräusch verursachte.

Katie starrte hinunter auf die aufgewühlte Oberfläche des Sees. Sie dachte an den Wasserfall an der Brücke, an die Wand aus Eiszapfen. Die milden Temperaturen der letzten Tage hatten es nicht geschafft, sie vollständig zu schmelzen. Doch hier kam das Wasser direkt aus dem Felsen. Als hätten nicht den ganzen Winter über im Tal Temperaturen von bis minus zwanzig Grad geherrscht.

Und es handelte sich nicht etwa um eine Art Schmelzwasser-Rinnsal, was eine Erklärung gewesen wäre. Nein, der Wasserfall musste eine Breite von mindestens drei Metern einnehmen.

David rief ihr etwas zu. Sie schüttelte den Kopf und deutete auf ihre Ohren.

Er beugte sich zu ihr hinüber und schrie ihr zu: »Was ist das dort unten?«

»Was meinst du?«

»Siehst du das nicht?« Er deutete auf den See unter sich.

David hatte recht. Jetzt entdeckte sie es ebenfalls. Sie versuchte, es zu fokussieren. Etwas Weißes, Längliches blitzte auf.

»Sieht aus wie Papier«, schrie David.

Papier?

Die Aufnahmen auf der Kamera. Die weißen Flecken – sie hatten sie schon gestern an Fetzen aus Papier erinnert. Aber das war nicht das, was sie am meisten irritierte.

»Etwas stimmt mit dem Wasserfall nicht«, brüllte sie.

Bei dem Lärm war eine Unterhaltung kaum möglich.

»Was?« David sah sie verständnislos an.

Sie deutete die Wand nach oben und kniff die Augen zusammen.

David zuckte mit den Schultern. »Ich versteh kein Wort! Ich geh zurück und sehe nach, wo Robert bleibt, okay?«

Eine Weile stand Katie nur da. Die Hand über den Augen, um sich vor der grellen Sonne zu schützen, versuchte sie, etwas zu erkennen. Die Strahlen trafen den Stein, das Wasser, das in riesigen Kaskaden nach unten stürzte. Und dahinter, hinter dem breiten Vorhang aus Wasser, glaubte sie, etwas aufblitzen zu sehen. Schimmerndes Gestein? Metall?

Katie rührte sich nicht von der Stelle. Ein Gedanke setzte sich langsam in ihr fest und verdichtete sich zu einer dieser Ideen, die ihr Vater stets als überspannt, verrückt, exzentrisch bezeichnet hatte. Als Drama des hochbegabten Kindes, das verzweifelt nach Anerkennung sucht.

Wenn diese Theorie stimmte, von wem hatte sie dann diese Sucht nach ständiger Bewunderung geerbt? Eitelkeit war doch sein Markenzeichen. Dafür kroch er schließlich jedem Politiker, und sei er noch so korrupt, in den Arsch. Er lebte nur nach dem Prinzip – Hauptsache oben schwimmen.

Scheiß drauf!

Hör auf abzuschweifen, Katie. Konzentriere dich lieber.

Die Papierfetzen im Wasser und das seltsame Glitzern in der Wand – beides hatte sie auch auf Bens Filmaufnahmen entdeckt.

Du kannst ihn nicht einfach im Stich lassen, hatte David gesagt.

Worte, auf die Katie nun mal allergisch reagierte. Und der Vorwurf traf sie umso schwerer, nachdem Sebastien aufgewacht war. Sie musste sich dagegen wehren. Wie in *Star Wars* Schutzschilder aktivieren. Aber nicht . . . um sich vor der negativen Energie der anderen zu verteidigen, nein – sie musste eher die anderen vor Katie West schützen. Besonders Sebastien.

Sie würde ihn anrufen, das war ihr die ganze Zeit klar gewesen. Aber jetzt wusste sie auch endlich, was sie ihm sagen sollte. Sie musste ihn davon überzeugen, dass sie sein Scheiß-Albtraum war.

Erneut starrte sie nach oben. Wieder blitzte es hinter der rötlich braunen Wasserwand metallisch auf. Nein, sie täuschte sich nicht. Etwas war seltsam, ungewöhnlich, eigenartig.

Außerdem – sie hatte sowieso nichts Besseres vor.

Grace Dossier

Grace Morgan (Variation zu »White Rabbit« von Jefferson Airplane)

Die Pillen, die deine Mutter dir gibt,
die machen überhaupt nichts,
machen überhaupt nichts.
Aber wenn du größer werden willst,
Geh und frag Alice.
Geh und frag Alice.

Und wenn du weißt, dass du fallen wirst,
dass du fallen wirst.
Sag, eine Wasserpfeife rauchende Raupe
hat dich gerufen.
Wie Alice.
Wie Alice.

Und wenn Männer auf dem Schachbrett
sagen, wohin du gehen sollst.
Wohin du gehen sollst,
nimm die Pille, die dich größer werden lässt.
Und geh und folge Alice.
Folge Alice.

Kann keine Gitarre mehr spielen. Meine rechte Hand – irgendetwas ist mit ihr nicht in Ordnung.

Kapitel 14

Immer wieder wehte ein kaum spürbarer Wind ihr einen Schwall Tropfen ins Gesicht und Katie war überrascht, wie warm das Wasser war, das von oben herunterkam.

Gab es hier eventuell unterirdische heiße Quellen wie im Kootenay National Park? Sie hatte einmal mit ihren Eltern in Radium Hot Springs vierzehn Tage verbracht. Wassertemperaturen von siebenundfünfzig Grad herrschten dort. Es hatte ihr nicht über die tödliche Langeweile hinweggeholfen, dass schon die Indianer ihre Leidenschaft für den natürlichen Whirlpool in Felsmalereien verewigt hatten.

Bei Felsmalereien musste Katie auch immer an die Nachricht denken, die jemand ihr in dem Tunnel unterhalb des Ghost hinterlassen hatte.

Katie was here.

Von ihrem Standpunkt aus konnte Katie nicht erkennen, wo der Wasserfall entsprang, aber das war ihr egal. Sie brauchte das jetzt.

Natürlich würde sie danach endgültig nass sein, doch sowohl Jacke wie Schuhe waren wasserdicht. Das Schlimmste war vermutlich die Kälte. Vor allem für die Finger. Und sie hatte keine Handschuhe, keinen Helm, kein Seil.

Es gäbe auch die Möglichkeit, zum Solomonfelsen zurückzukehren, den Weg über den Wald zu gehen und den Einstieg zum Wasserfall von oben zu suchen. Das wäre einfacher, völlig ungefährlich, aber – Katie grinste innerlich – einfach keine Herausforderung.

Auf den ersten Blick sah sie in den Felsstrukturen die kletterbare Linie. Sie trat vor und krallte sich mit der linken Hand in den kalten Stein, der sich merkwürdig weich und schwammig anfühlte.

Dann machte sie den ersten Zug.

Es war Monate her, dass sie frei geklettert war – ohne Seil und Sicherung. Aber sie ging schließlich nicht ins Fitnesscenter, um abzunehmen. Sie ging dorthin, weil sie es für ihr Überleben brauchte – ihr psychisches Überleben.

Sie hatte nichts verlernt.

Nichts vergessen.

Nur den Ablauf der Bewegungen schrecklich vermisst.

Der Fels empfing sie wie ein alter, richtig guter Freund. Ihre Finger fanden die Spalten und Rinnen und mit jedem Zug wurde sie ruhiger.

Die Anspannung, die sie in ihren Klauen hielt, seit ihre Mutter angerufen hatte, fiel von ihr ab. Der Geruch nach Wald, Stein, Schnee veränderte sie. Es war wie ein Reset. Ein Kaltstart, der sie emotional auf Normalnull zurückbrachte.

Katie kletterte in sicherer Entfernung parallel zum Wasserfall. Tückisch war nur der Wassernebel, der herüberschwebte und das Gestein feucht und rutschig machte. Dazu kam eine Art rötlicher Staub, der an ihren Fingern kleben blieb. Ständig hatte sie das Gefühl, sich die Hände sauber wischen zu wollen. In so einem Gestein war sie noch nie geklettert. Es fühlte sich irgendwie weich und klebrig an und dennoch fest.

Aber sie kam erstaunlich schnell voran und fast bedauerte sie es, als sie mit einem kurzen Blick feststellte, dass sie den Ursprung des Wasserfalls fast erreicht hatte. Nun änderte sie ihre Route und kletterte diagonal zur Wand, direkt auf den Wasserfall zu.

An einem Felsüberhang, der für einen Moment die herabstürzenden Wassermassen verbarg, hielt sie inne. Von hier aus hatte man einen direkten Blick hinunter auf den See. Die Oberfläche am Ufer war aufgewühlt, von Eis oder Eisschollen keine Spur mehr. Stattdessen trieben Schaumkronen und diese seltsamen Papierfetzen auf die Mitte des Sees zu, als würden sie magisch vom Mittelpunkt des Lake Mirror angezogen.

Vorsichtig schob Katie sich vor an den äußersten Rand des Vorsprungs, um die letzten Meter zum Wasserfall zu überwinden. Noch immer konnte man nicht genau erkennen, wo er entsprang. Aber sie sah etwas, das ihr von unten gar nicht aufgefallen war. Die Wand wies hier reliefartige Gesteinsformen auf. Sie traten aus dem Felsen hervor wie Figuren – nein, wie unzählige in den Felsen gemeißelte Totempfähle.

Aber Schönheit der Natur war für Katie ein schwammiger Begriff. Sie betrachtete ihre Umgebung stets aus dem Blickwinkel der Sportlerin. Und als Sportlerin genoss sie jetzt die letzen Meter zum Wasserfall in vollen Zügen.

Gott, wie gut das Gefühl von Freiheit nach dem langen, harten Winter tat! Was für ein Triumph, die Höhe zu spüren! Der Nebel aus Wasser, der sich über ihr Gesicht legte, fühlte sich an wie Tau, wie Seide. Pures Adrenalin, das ihre Gehirnzellen so richtig in Schwung brachte. Und die Synapsen in ihrem Gehirn schickten nur positive Nachrichten. Sie hatte nichts verlernt. Nur noch wenige Wochen, ein Monat oder zwei, dann würde sie jeden Morgen hier oben verbringen. Erschöpft, aber losgelöst von allem, was das Tal an Bedrückung und Schrecken bereithielt.

Plötzlich wurde ihr bewusst, dass sie seit gut einer Viertelstunde nicht mehr an David und Robert gedacht hatte – und vor allem an Benjamin. Vielleicht war er auch hier gewesen und hatte dasselbe empfunden?

Endlich hatte sie den Wasserfall direkt vor sich. Wie ein breites, regelmäßiges Band fiel er über die Felskante in einer Ausdehnung von zwei, drei Metern in einem steilen Bogen zum See ab und jetzt wusste Katie auch, was mit ihm nicht stimmte.

Der Wasserfall wirkte einfach nicht natürlich. Vielmehr erinnerte er an die künstlichen Wasserfälle, wie sie in diesen hyperexklusiven Lifestyle-Wellness-Landschaften installiert wurden, die sich auch Bäderlandschaften nannten und die ultimative – wenn auch künstliche – Entspannung versprachen.

Die Erklärung – es handele sich einfach nur um Schmelzwasser – konnte sie nicht glauben. Dafür führte er zu viel Wasser mit sich. Und der Felsen war an dieser Stelle im Gegensatz zu vorher extrem glatt geschliffen.

Sie legte den Kopf in den Nacken, aber das Felsband über ihr versperrte den Blick auf den Ursprung des Wassers.

Katie wärmte ihre Finger mit ihrem warmen Atem und setzte den rechten Fuß auf eine schmale Kante, die für das ungeübte Auge kaum sichtbar schien. Sie presste sich mit dem ganzen Körper an den Felsen. Ihre Arme ruderten in der Luft. Noch konnte sie nicht erkennen, wo die Kletterlinie oberhalb weiterging. Sie musste sich auf ihren Instinkt und ihren natürlichen Spürsinn verlassen. Sie musste daran glauben. Nein – nicht glauben. Sie wusste es aus Erfahrung: Kein Felsen war zu hundert Prozent glatt. Das widerspräche den Gesetzen der Natur. Jedes Gestein wies Unregelmäßigkeiten, Unebenheiten, Vorsprünge auf, seien sie auch noch so unmerklich, winzig, minimal.

Deswegen war Katie auch prinzipiell misstrauisch gegenüber Roberts Theorien. Er suchte nach Gesetzmäßigkeiten, Mustern, Formeln, aber all dies widersprach den natürlichen Gegebenheiten.

Sie streckte die Hand aus und tastete das Gestein über ihr ab. Ihre Finger rutschten auf der glatten, feuchten Oberfläche ab. Ihre Lungen brannten und sie hörte ihren Atem als ein stechendes und leises Röcheln. Weshalb sie dazu überging, durch die Nase zu atmen.

Und da war sie, die Spalte im Felsen. Nicht mehr als ein haarfeiner, kaum wahrnehmbarer Riss im Gestein, an den Katie sich klammerte und . . . nach oben zog.

Ein heftiger Wasserschwall traf ihren Kopf. Vor Schreck wich sie zurück. Ihre Finger lockerten sich.

Festhalten!

Halt dich einfach fest.

Ihre vor Kälte und Anstrengung tauben Fingerspitzen krallten sich in die Ritze. Ihre Füße suchten nach Halt. Erneut zog sie sich nach oben.

Diesmal war sie auf den Schlag des Wassers vorbereitet. Sie kniff die Augen zusammen und schaffte es, den Kopf über die Felskante zu schieben. Ihr rechtes Bein schwang nach oben und nach einer Schreckenssekunde fand sie Halt, sodass sie das linke nachziehen konnte.

Es dauerte einen Moment, bis Katie ihren Triumph auskosten konnte. Erschöpft, völlig durchnässt und ausgelaugt, blieb sie auf dem Vorsprung liegen, bis sie sich endlich aufrichtete, um ihre Umgebung in Augenschein zu nehmen.

Wieder traf sie ein Schwall.

Doch sie achtete nicht auf das badewasserwarme Wasser, das an ihr herunterlief. Denn es gab noch etwas, das Katie den Atem verschlug. Und es versetzte sie in einen Alarmzustand, der sie schlagartig alle Erschöpfung vergessen ließ.

Grace Dossier

Aufzeichnungen aus Marks Notizbuch

30. August 1974

Kathleen besteht darauf, dass wir draußen ein Foto zur Erinnerung machen, und holt die riesige Polaroidkamera hervor, die sie mit auf den Berg geschleppt hat.

Nach den langen Regentagen scheint heute die Sonne. Es tut uns allen gut. Die gereizte Stimmung der letzten Tage löst sich auf.

»Ich will den Ghost im Hintergrund sehen«, gibt Kathleen ihre Anweisungen.

Wir versammeln uns auf dem hinteren Teil der Veranda. Eliza flechtet ihre Zöpfe neu und stellt sich dann neben mich. Ich lege ihr den Arm um die Schulter.

Grace zieht einen Spiegel aus der Tasche und malt sich die Lippen knallrot an.

»He, Katie«, ruft sie spöttisch. »Wo hast du eigentlich die Kamera her?«

»Geliehen«, gibt Kathleen zurück.

»Und was hat Mr Superman dafür verlangt?«, fragt Paul.

»Nichts, wozu ich nicht bereit gewesen wäre«, entgegnet Kathleen schnippisch und positioniert die Kamera auf dem Holzgeländer.

»Er spielt nur mit dir.«

»Lass das meine Sorge sein, Paul. Ich weiß, was ich tue.« Sie beugt sich über das Sichtfenster, stellt das Objektiv ein und gibt weitere Anweisungen. »Grace, Martha und Eliza nach vorne, sonst sieht man euch nicht.«

Eliza löst sich seufzend aus meinem Arm und stellt sich neben Martha. Paul steht direkt hinter Grace und kitzelt sie mit einem Grashalm im Nacken.

»Hör auf«, kichert sie.
»Ihr müsst jetzt ganz ruhig stehen bleiben. Vorsicht, es geht los. Wenn ich bei euch bin, sagt ihr alle Cheese, okay?«
Kathleen drückt auf den Selbstauslöser, ein leises Surren ertönt.
»Beeil dich«, schreit Martha.
Dann ist Kathleen da und schlingt den Arm um Eliza. Sie gibt das Kommando: »Eins, zwei drei . . .«
»Cheese.«

Kapitel 15

Katie starrte ungläubig in die Gischt, dorthin, wo das Wasser aus dem Felsen kam. Vor ihren Augen verschwamm alles.
Das konnte nicht sein, oder?
Sie musste sich täuschen!
Kurz entschlossen stülpte sie die Kapuze ihrer wasserfesten Goretex-Jacke über, zog sie unter dem Kinn fest und schob sich dann nach vorne. Sie konnte die Macht und die Kraft, mit der das Wasser aus dem Felsen brach, auf ihrem Körper spüren. Dagegen waren die Duschen am Grace ein schwaches Rinnsal.
Die winzigen Steinchen, mit denen das Wasser durchsetzt war, prasselten auf sie herunter. Sie fühlte sich wie ein nasser Putzlappen.
Und dann stand sie direkt davor.
Immer wieder wischte sie sich die Nässe aus dem Gesicht und starrte nach oben. Und was sie nicht hatte glauben wollen, wurde nun zur Gewissheit.
Das Wasser floss über mehrere dicht nebeneinanderliegende Metallrinnen aus dem Felsen. Und direkt über ihr war eine Art Drehkreuz zu erkennen, das in der Sonne glänzte. Vermutlich war es das, was sie von unten gesehen hatte.
Katie konnte nicht anders. Sie streckte die Arme aus und umklammerte die eiskalten Metallstangen. In welche Richtung musste sie sie drehen und was hatte das für Folgen? Für einen Moment dachte sie, sie könne mit einer Drehung das Tal dem Untergang weihen, und schreckte zurück. Aber ihre Neugierde war einfach zu groß.

Der erste Versuch, das Kreuz nach rechts zu drehen, scheiterte. Es ließ sich nicht einen Millimeter verschieben. Immer wieder rutschten ihre Finger an dem kalten, feuchten Metall ab. Als sie es mit der linken Seite probierte, hatte sie das Gefühl, dass sich tatsächlich etwas bewegte.

Sie atmete tief durch. Dieses Scheißding musste sich doch noch weiter drehen lassen. Sie beugte sich über die Metallstangen und drückte sie mit aller Kraft nach unten. Ein leises Knirschen ertönte, das zu einem schrillen Quietschen anschwoll. Dann ein Ruck und sie hatte eine halbe Umdrehung geschafft.

Und noch etwas hatte sich verändert. Das Rauschen wurde merklich leiser, und wenn sie sich nicht täuschte, war der Wasserfall schwächer geworden. Was an sich ziemlich strange war, aber jetzt war nicht der Augenblick, den Verstand einzuschalten. Erneut packte sie das Drehkreuz und drückte es nach links, so weit es ging.

Etwas gab nach. Der Widerstand löste sich und plötzlich ließ das Rad sich problemlos drehen. Und bald war das Wasser fast vollständig zum Stillstand gekommen. Nur ab und zu schwappte noch eine Art Rinnsal aus dem Gestein, das jedoch nicht mehr genügend Wucht besaß, sich in hohem Bogen nach unten zu ergießen, sondern stattdessen an der Felswand herabrieselte.

Das Rauschen und Tosen, das Katie die ganze Zeit eingehüllt hatte, hatte aufgehört.

Erleichtert atmete sie auf. Die einsetzende Stille war überwältigend.

Bis sie durch laute Rufe gestört wurde. »Hey, Katie!«

Sie konnte nicht sofort orten, woher die Stimmen kamen, aber dann sah sie die beiden dunklen Figuren, die vom Solomonfelsen winkten. David und Robert waren dorthin aufgestiegen und suchten anscheinend einen Weg über den Wald hinüber zu ihr.

»Was ist los? Warum hat das Geräusch aufgehört?«

Katie winkte und schrie: »Das müsst ihr euch ansehen.«

Davids Hände formten einen Trichter. »Gibt es eine Möglichkeit, von oben zu dir runterzukommen?«

Katie sah sich um. Sie befand sich auf einem schrägen, etwa einen Meter breiten Vorsprung, der aus dem Felsen herausragte. Darüber türmte sich die Wand auf, doch es mochten nicht mehr als vier, fünf Meter sein, bis sie in dem Waldstück endete, das sich oberhalb des Black Dream bis zu den Ausläufern des Ghost erstreckte.

Und dann erkannte sie noch etwas, was sie schon fast nicht mehr erstaunte. Es war eine Metallleiter, die so fest an dem Felsen klebte, dass man die Stufen von hier aus fast nicht erkennen konnte.

»Es gibt eine Leiter«, rief sie den Jungs zu. »Ihr könnt einfach herunterklettern.«

David schrie noch etwas zurück, was Katie jedoch ignorierte. Denn neben der Leiter hatte sie noch etwas entdeckt, was man von unten nicht hatte erkennen können. Es war ein kreisrundes Loch im Felsen.

Katie brauchte mithilfe der Metallleiter nur einige Sekunden, um die Stelle zu erreichen. Sie schwang sich von der Stufe und landete direkt in dem runden Eingang, der knapp einen Meter Durchmesser haben mochte. Sie bückte sich durch einen kurzen Gang, der sich schnell weitete.

Und dann stand sie vor einer Tür.

Die Tür war mitten im Felsen eingelassen. Sie war durch und durch aus Metall, vielleicht aus Stahl. Das Material schimmerte im Licht der einfallenden Sonne jedenfalls wie flüssiges Silber.

Darüber war ein Muster in den Stein gehauen oder vielmehr handelte es sich um einen einfachen Kreis. Der Durchmesser mochte etwa einen halben Meter betragen.

Katie versuchte, die Fakten in ihrem Kopf irgendwie zu ordnen, und seltsamerweise fühlte sie sich nicht verwirrt, eher aufgeregt und irgendwie auch erleichtert. Ihr schien, als brächten die Entdeckungen dieses Tages sie auf eine Weise weiter, die sie vorher nicht für möglich gehalten hatte. Als hätte sie eine wichtige Einsicht gewonnen, auch wenn sie die nicht klar definieren konnte. In jedem Fall stand sie kurz davor, etwas über das Tal zu erfahren.

Die ganze Sache hat nur einen Haken. Sie konnte den Gedanken einfach nicht loswerden, dass ihr eigenes Schicksal untrennbar mit den Ereignissen verknüpft war, und wenn ihres – dann auch das von Sebastien?

Aber wie wäre das möglich?

Ihre Mutter hatte nachweislich zu den verschollenen Studenten gehört. Katie hatte sie genau erkannt, auf dem Foto, das sie oben in der Hütte auf dem Ghost gefunden hatten. Und dann erhielt sie, Katie, plötzlich und unvermutet eine Einladung an dasselbe College. Sie hatte von der Universität nie zuvor etwas gehört, hatte sich weder dort beworben noch sich einer Aufnahmeprüfung unterzogen.

Aber sie wäre doch nie im Leben hierher gekommen, wenn das mit Sebastien nicht passiert wäre. Nein, sie hatte immer geplant, wie er an der Georgetown University zu studieren, um in seiner Nähe zu bleiben.

Sollte sie also das Ganze – und damit den Unfall – unter Zufall oder Schicksal verbuchen?

Nein, weder konnte sie den Zusammenhang einfach ignorieren noch war sie der Typ für Verschwörungstheorien.

Aber welche Erklärung gab es dann? Vielleicht kamen sie heute der Wahrheit ein Stück näher. Einer Wahrheit, die – und das war nicht gerade beruhigend – möglicherweise Benjamin buchstäblich zu Tode erschreckt hatte.

»Katie? Katie!«

Wie lange riefen sie schon nach ihr? Sie war so in Gedanken versunken gewesen, dass sie Robert und David nicht gehört hatte. Katie verließ den Höhleneingang. Zurück an der Metallleiter musste sie blinzeln, so grell war das Sonnenlicht nach der dämmrigen Höhle. Erst als sie sich daran gewöhnt hatte, schwang sie sich auf die Leiter und stieg zu den beiden nach oben.

Sie blickten ihr verwirrt entgegen.

»Was ist los«, rief Katie aufgeregt. »Wollt ihr hier Wurzeln schlagen?«

»Was ist mit dem Wasserfall passiert?« David sah sie an, als sei sie verantwortlich.

»Den habe ich abgestellt. War mir einfach zu laut, versteht ihr.« Es gelang ihr sogar eine Art Grinsen. Die Antwort war nun einmal so einfach, dass sie schon wieder absurd klang.

»Du hast ihn abgestellt?«

David starrte sie an, als ob sie ihn auf den Arm nehmen wollte, während Robert nicht sonderlich überrascht wirkte.

Sie winkte ab. »Das erkläre ich euch später. Ich habe noch etwas anderes entdeckt.« David richtete seinen Blick auf die Leiter und eine kaum wahrnehmbare Bewegung mit dem rechten Fuß machte Katie klar, dass er sich nicht sicher auf den Beinen fühlte. »Eine Art Höhle, versteht ihr?« Sie deutete nach unten.

»Ich kann keinen Eingang zu einer Höhle erkennen.« David beugte sich vor.

»Seitlich im Felsen. Aber das ist nicht das Entscheidende, sondern . . .« Katie machte eine Pause. »Da ist auch eine Tür.«

»Eine Tür?«

Roberts Blick war aufmerksam und gespannt. Ja, er besaß genügend Fantasie, Wissen und – diese objektive Neugierde, den Dingen auf den Grund zu gehen. Vor allem, wenn es um Dinge ging, die das Tal betrafen.

David schüttelte den Kopf. »Katie, wir können uns jetzt nicht mit irgendeiner Tür aufhalten.«

»Nein?«, gab sie zurück. »Hör mal, David, wir hetzen durch den Wald, weil du denkst, so können wir Benjamin retten, und jetzt willst du einen Rückzieher machen?«

»Es geht dir doch nicht um Benjamin!«

»Woher willst du das wissen?«

»Ich kenne dich. Dir geht es um das Abenteuer. Wie damals auf dem Ghost.«

»Du kennst mich überhaupt nicht! Niemand kennt mich. Und ich sorge auch dafür, dass es so bleibt. Kapierst du eigentlich nicht, was hier los ist? Es gibt einen künstlichen Wasserfall, der sich abdrehen lässt. Eine Höhle in der Wand, zu der eine Metallleiter führt und die an einer Tür endet. Und das alles mitten im Sperrbezirk. Und das Allerwichtigste: Benjamin hat das alles gefilmt. Ich wusste gleich, dass auf den Aufnahmen etwas nicht stimmt. Und wäre diese Datei nicht gelöscht worden, könnte ich es euch beweisen.« Sie machte eine kurze Pause und sah David direkt an. »Du selbst hast doch nach Bens Zusammenbruch diesen Fetzen Papier gefunden, oder?« Sie deutete nach unten in den Lake Mirror. »Und solche Papierschnitzel – sie sind hier überall. Wie ist es? Macht dich wenigstens das neugierig?«

David schwieg.

Katie fuhr fort: »Selbst wenn wir hinter der Tür nichts finden, womit wir Benjamin helfen können. Eines ist klar: Du hast keine bessere Idee. Dir bleibt also nur der Rückweg. Bitte – tu, was du willst. Aber ich gehe jetzt in diesen Tunnel.«

Roberts Stimme klang klar und bestimmt. »Ich komme mit.«

Katie sah ihn dankbar an.

David zögerte noch immer. »Was, wenn wir nichts finden? Wenn es für Ben zu spät ist?«

»Lass es uns wenigstens versuchen. Wir können jederzeit umdrehen.«

Grace Dossier
Aus Frank Carters Notizbuch

»Als ich meine Gitarre verbrannte, war das wie ein Opfer: Man opfert die Dinge, die man liebt, ich liebe meine Gitarre.«
Jimi Hendrix

»Schließ keine Kompromisse, du bist alles, was du hast.«
Janis Joplin

»Lebe das Leben, das du liebst und liebe das Leben, das du lebst.«
Bob Marley

»Mescaline! Experimental Mysticism! Mushrooms! Ecstasy! LSD-25! Expansion of Consciousness! Phantastica! Transcendence! Hashish! Visionary Botany! Physiology of Religion! Internal Freedom! Morning Glory!«
Flugblatt für die Zeitschrift »Psychedelic Review«

Kapitel 16

Die Tür war nicht verschlossen. Katie war völlig verblüfft, als sich die Klinke mühelos herunterdrücken ließ und die Tür lautlos aufschwang, als ob sie gerade frisch geölt sei.

Dahinter war nichts zu erkennen als tiefe schwarze Dunkelheit. Für einen Moment meldete sich die altbekannte Panik – dieser Instinkt, alles zu meiden, was Enge, Begrenzung bedeutete, das Gefühl, eingeschlossen zu sein. Aber Katie schob die Angst beiseite.

»Wir brauchen eine Taschenlampe«, rief sie nach hinten.

»Hier.« Ein breiter Lichtkegel flammte auf. Robert war gut vorbereitet.

Katie nahm die Lampe, machte einen Schritt vorwärts und fast sofort zog sie ihren Fuß zurück. »Hey, ich bin auf irgendetwas getreten. Es fühlt sich wie Plastik oder Kunststoff an.« Sie schwenkte die Lampe und der Lichtstrahl traf etwas Schwarzes, Rundes.

Die Abdeckung zu einer Kamera.

»Er war hier! Er war tastsächlich hier!«

Es mochte triumphierend klingen, aber wirklich erleichtert fühlte Katie sich nicht. Jetzt gab es kein Zurück mehr.

»Okay«, David hob die Hände, »lass uns noch mal die ganze Sache durchgehen. Benjamin war also drei Tage verschwunden. Erst war er im Bootshaus, dann hat er diese Tür hier entdeckt.«

Katie unterbrach ihn. »Oder es war umgekehrt.«

David zuckte mit den Schultern. »Mag sein. Wie auch immer – er rennt davon, als fürchte er um sein Leben.«

»Die Frage ist nur, was ist genau passiert?«

»Die Tür war es mit Sicherheit nicht, die ihn in Panik versetzt hat«, mischte sich Robert ein.

»Nein, wie ich Benjamin kenne, ist der eher vor Glück ausgerastet, als er den Zugang entdeckt hat«, sagte David.

»So sah er aber nicht aus. Statt überall mit seiner Entdeckung anzugeben, setzt er sich unter Drogen, benimmt sich wie ein Wahnsinniger und fällt ins Koma. Es muss noch etwas anderes passiert sein.«

»Alles dreht sich um zwei Fragen«, sagte David nachdenklich. »Erstens, was hat er genommen und . . .«

». . . zweitens, was er hier unten erlebt hat«, vollendete Robert den Satz. Er übernahm die Taschenlampe von Katie und schritt durch die Tür in den Gang dahinter. Dann hielt er an und drückte ein paar Tasten auf seiner Uhr.

David schaute ihm für einen Augenblick hinterher, dann zog er sein Handy aus der Tasche. Sein Gesicht war selbst in dem diffusen Licht erschreckend bleich. Er sollte einfach aufhören, Schwarz zu tragen, dachte Katie.

»Bevor ich auch nur einen Schritt weitergehe, muss ich wissen, was mit Ben ist.« Er tippte eine Nummer und hielt den Apparat ans Ohr. »Ich muss wissen, ob er überhaupt noch lebt.«

»Was tust du da?«, fragte Katie. »Du hast doch hier nie im Leben Empfang.«

Statt einer Antwort hörte sie, wie David jemanden begrüßte. Ein zischendes Geräusch drang aus dem Handy, aber sie konnte nicht verstehen, wer am anderen Ende war.

»Wie sieht es aus?« Davids Miene war verzerrt, aber nach der Antwort am anderen Ende schien er sich ein bisschen zu entspannen. »Bist du dir sicher?«, fragte er.

Pause.

Katie versuchte, sich einen Reim aus den Gesprächsfetzen zu machen:

»Okay, danke.«

»Wirklich?«

»Und ist er losgefahren?«

»Nein, erzähl ich dir später.«

»Nein, das . . . hör, mal, das ist nicht so einfach. Danke noch mal. Sag Julia . . . Ach nein, vergiss es, grüß sie einfach von mir. Und mach's gut.«

Er drückte das Gespräch weg und steckte das Handy zurück in seine Hosentasche. »Das war Rose. Laut Walden ist Benjamins Zustand unverändert. Aber wenigstens lebt er noch. Die Polizei ermittelt und sie haben jetzt O'Connor in der Mangel. Er hat Benjamin offenbar mit Dope und ein paar Uppern versorgt, aber die Ärzte sagen, dass die nichts mit Benjamins Zustand zu tun haben können.« Er rieb sich die Stirn. »Sie wissen also immer noch nicht weiter. Allerdings war Tom vorhin bei Chris im Apartment und hat Bens Kamera abgeholt. Er wollte sie mit ins Krankenhaus nehmen. Das heißt, er bringt die Proben wirklich nach Lake Louise, wie er versprochen hat.«

Roberts klare Stimme klang durch die Dunkelheit. Er fragte gar nicht nach, ob sie ihm folgen wollten. Er nahm es einfach an. »Vorsicht!«, rief er. »Ein paar Meter hinter dem Eingang beginnen Stufen und sie sind ziemlich steil.«

Robert hatte recht. Nach nur drei Metern mündete der Gang in einer in den Felsen gehauenen Treppe, die steil nach unten in den Berg führte. Katie zögerte nur für den Bruchteil einer Sekunde. Sie wusste, was sie erwartete. Dunkelheit. Enge Räume. Wände, die auf sie zukamen.

Dennoch folgte sie dem schwachen Strahl von Roberts Lampe und setzte vorsichtig einen Fuß vor den anderen. Das Licht sorgte gerade für ausreichende Beleuchtung, dass keiner von ihnen stolperte.

Die Stufen waren unregelmäßig in den Felsen gehauen, aber sie waren in jedem Fall von Menschenhand geschaffen.

Kein Naturereignis der Welt konnte eine so lange Treppe schaffen.

Es war still hier unten, aber es war eine andere Stille als die im Tal. Sie war vollkommen. Undurchdringlich. Einfach perfekt. Eben noch war die Welt erfüllt gewesen von dem überlauten Prasseln des Wasserfalls, dem Geräusch ihrer Schritte und ihren Stimmen. Jetzt war noch nicht einmal das Geräusch ihres Atems zu hören. Außerdem war die Luft, auch als sie weiter nach unten kamen, nicht feucht und muffig, sondern erstaunlich angenehm.

»Es muss irgendeine Art von Belüftungssystem geben«, sagte in diesem Moment Robert, als hätte er wieder einmal Katies Gedanken gelesen.

Und noch immer führte die Treppe in die Tiefe. Katie spürte ihren Empfindungen nach. Es war noch nicht lange her, seit sie unter dieser Angst vor engen, geschlossenen Räumen litt. Die Panik hatte sich schleichend entwickelt. Erst nach Sebastiens Unfall hatte sie mit voller Wucht zugeschlagen, als sie in den Lift gestiegen war, der sie in den neunten Stock zu dem Psychiater bringen sollte. Seitdem litt sie unter dieser extremen Form von Klaustrophobie – und es war für jemanden wie sie verdammt frustrierend, diesem Gefühl ausgeliefert zu sein. Aber sie hatte die Angst schon einmal überwunden, als sie sich auf dem Ghost in die Gletscherspalte abgeseilt hatte, um Ana Crees Leben zu retten.

Konnte eine Paranoia sich einfach so in Luft auflösen? Oder waren ihre brennende Neugierde und der unbändige Wissensdurst dafür verantwortlich, dass sie so gut damit umgehen konnte?

Wenn ja, musste sie der Tatsache ins Auge blicken, dass David mit seinen Vorwürfen recht hatte. Es ging ihr nicht um Benjamin, sondern um den Ort hier. Sie, Katie, wollte das Unerklärliche, die angeblichen Mysterien, die das Leben im Tal fest im Griff zu haben schienen, entlarven.

Und dann erreichten sie das Ende der Treppe.

»Zwanzig Meter«, hörte sie Robert sagen.

»Was?«

»Wir sind jetzt zwanzig Meter tiefer.«

Robert wollte dasselbe wie sie. Es beruhigte sie. Aber dieses Gefühl löste sich schnell wieder auf. Er richtete den Strahl der Taschenlampe auf die Umgebung. Katie konnte spüren, wie das Adrenalin erneut in ihrem Körper hochschoss. Denn von dem langen Hauptstollen, der geradewegs in die tiefschwarze Dunkelheit führte, zweigte jeweils rechts und links in einem Winkel von genau neunzig Grad ein Seitengang ab.

Sie mussten sich wieder entscheiden.

»Was nun? Sollen wir eine Münze werfen?« David seufzte.

»Geradeaus«, gab Katie zurück. »Das scheint mir der direkte Weg zu sein.«

»Wohin?«

»Irgendwohin. Okay, ich hab keine Ahnung, aber wer sagt uns denn, dass von den Seitengängen nicht weitere Wege abzweigen und wieder welche? Wenn wir geradeaus gehen, können wir jederzeit umdrehen und laufen gar nicht erst Gefahr, die Orientierung zu verlieren.«

»Du hast gar nicht vor umzudrehen.«

»Aber ich will mich hier auch nicht verirren. Ich hänge an meinem Leben. Robert, was sagst du?«

Sie wandten sich zu Julias Bruder um, der wie so oft auf seine Armbanduhr starrte. »Der Gang geradeaus führt genau Richtung Süden.«

»Und das heißt, dass es der richtige ist?« David ließ sich nicht so schnell beruhigen.

»Es gibt keinen richtigen Weg«, erklärte Robert. »Die Frage ist nur, wie viel Zeit er kostet. Und Zeit ist ein wichtiger Faktor, oder?«

»Lass mich raten – das sagt dir deine Theorie?«

Robert nickte, während er etwas in sein Notizbuch kritzelte, von dem er sich gar nicht mehr die Mühe machte, es wieder einzustecken. Dann setzte er sich ohne weiteren Kommentar in Bewegung. Er wählte den Gang geradeaus. Katie und David warfen sich einen Blick zu und zuckten mit den Schultern.

Nun, wenn sie eins heute gelernt hatten, dann war es die Tatsache, dass Robert von gemeinsam getroffenen Entscheidungen offenbar nichts hielt.

In regelmäßigem Abstand informierte sie Robert über die Strecke, die sie zurückgelegt hatten.

Hundert Meter.

Zweihundert Meter.

Es war, als seien sie auf dem direkten Weg zum Mittelpunkt der Erde. Und irgendwann nahm Katie die Zahl gar nicht mehr wahr. Es war einfach nur ein Hintergrundgeräusch.

Dreihundert.

Vierhundert.

Fünfhundert.

Irgendwann stoppten sie. Das Licht der Taschenlampe huschte über die Wände. Sie waren erneut an zwei Seitengängen angelangt, die jeweils im Neunziggradwinkel rechts abzweigten. Der Gedanke, dass hinter all dem ein Plan stand, ließ sich nun nicht länger leugnen und Katie musste zugeben, dass ihr das ganz und gar nicht gefiel.

Sie hätte nie von sich behauptet, sie besäße übermäßig viel Fantasie. Das war nicht ihr Job, sondern der anderer Leute. Aber im Gegensatz zu dem Höhlensystem unter dem Ghost, das schon die Ureinwohner entdeckt hatten, wirkten die Tunnel hier wie auf dem Reißbrett entworfen. Der Gedanke war grotesk – und irgendwie furchterregend.

Aber vielleicht schien ihr das Ganze auch nur so beunruhigend, weil sie dringend musste. Wenigstens etwas war normal. Katie klang fast heiter, als sie sagte: »He, Jungs, muss dringend pinkeln.« Und dann: »Meint ihr, hier unten gibt es Toiletten?«

Okay, keiner lachte, aber wenigstens fühlte sie sich besser. »Egal, ich verschwinde mal schnell um die Ecke für kleine Mädchen. Kann ich die Taschenlampe haben?«

Katie bog in den Seitengang links ein. Auf den ersten Blick unterschied er sich nicht von dem Hauptstollen. Oder vielleicht doch? Sie richtete den Lichtstrahl geradeaus. Etwa fünfzehn Meter vor ihr machte der Weg eine Biegung. Es war wirklich besser, sie blieben auf dem Hauptweg.

Sie legte die Lampe auf den staubigen Boden und öffnete den Gürtel.

Wenn sie etwas hasste, dann im Freien pinkeln zu müssen. Was für jemanden, der sich am liebsten draußen aufhielt, ziemlich unpraktisch war. Aber sie war nun einmal dafür völlig unbegabt. Allerdings war sie auch nie in die Situation gekommen, es ausprobieren zu müssen, bis sie Sebastien getroffen hatte.

Natürlich hatte er sie deshalb ausgelacht: »Es steckt ja doch ein Mädchen in dir.«

»Biologisch betrachtet bin ich auch eins und leider hat noch niemand ein Kleidungsstück erfunden, das das Pinkeln für Mädchen outdoor erlaubt. Dabei wäre das eine echte Marktlücke.«

»Ich schau auch nicht hin.« Er hatte gegrinst.

Sie grinste zurück. »*Ich* schaue bei dir hin.«

Mit Sebastien war alles einfach gewesen. Ihre Körper hatten einfach zueinandergepasst. Wie Yin und Yang, hatte er gesagt.

Oh, Fuck. Warum musste das nur alles passieren?

Sie zog die Hose nach unten, die immer noch unangenehm feucht war, und ging in die Knie. Als sie fertig war, hatte sie das Gefühl, dass Davids und Roberts Stimmen leiser wurden. Hastig schob sie die Jeans wieder nach oben, aber dann fiel ihr Blick auf einen länglichen Stein, der sie an etwas erinnerte. Etwas, das sie in einer Schublade ihres Gedächtnisses unter *Unwichtig* abgelegt hatte, das ihr allerdings in diesem Moment von Bedeutung erschien.

Sie bückte sich und hob es an. Der Stein fühlte sich schwerer an als erwartet. Katie war oft genug in den Felswänden dieser Umgebung geklettert. Sie kannte die verschiedenen Gesteinsarten gut. Aber dieser Art war sie noch nie begegnet. Zudem besaß der Stein eine ungewöhnliche Form.

Sie hielt ihn vor die Taschenlampe. Ihr Fund war etwa fünf Zentimeter lang, war an den Seiten stark abgeflacht und schimmerte in verschiedenen Brauntönen. Sandkörner blieben an ihren Fingern hängen. Sie hatte den Stein wohl zu fest angefasst. Der vordere Teil brach ab und fiel zu Boden. Katie starrte verdutzt auf den Rest in ihrer Hand. In dem Stein war etwas eingeschlossen. Ein schwarzes Etwas, das sie als Reste eines Käfers identifizierte.

Wow, es war die erste Versteinerung, die sie im Tal entdeckte und sie kannte niemand, der vor ihr eine gefunden hätte. Aber das war nicht alles. Es war auch das erste und einzige Tier außer Ike, das sie je hier oben gesehen hatte.

»Katie?« Sie hörte David rufen. Seine Stimme hallte im Tunnel nach. »Katie?«

Die Ameise, schoss ihr durch den Kopf. Die Ameise im Vorlesungssaal gestern, die keine gewesen war. Nur etwas Ähnliches wie das käferartige Gebilde in ihrer Hand.

Grace Dossier

WIR WAREN HIER

Kapitel 17

»Hier.« Katie drückte den Stein Robert in die Hand.
»Was ist das?«
»Du bist der Wissenschaftler.«
Er untersuchte das Gebilde genauer. »Eine Versteinerung?«
»Scheint so.«
»Im Gebirge ist das nicht ungewöhnlich.«
»Hier oben im Tal schon. Es ist das erste Mal, dass ich so etwas gefunden habe.«
»Vergesst die Versteinerung. Die wird Benjamin nicht helfen können. Lasst uns endlich weitergehen.« David trat von einem Bein auf das andere.
Robert reichte den Stein Katie. »David hat recht. Wenn wir zurück sind, untersuchen wir das genauer.«
Katie steckte den Stein ein. Sie setzten ihren Weg schweigend fort. Wieder verkündete Robert die Strecke, die sie zurückgelegt hatten.
Neunhundertachtzig Meter.
Eintausend Meter.
Katie musste an die Meditationsübungen denken, die ihr Therapeut mit monotoner Stimme vorgetragen hatte. Roberts Singsang erinnerte sie daran.
Eintausendzwanzig.
Eintausenddreißig.
Und dann richtete sich der Strahl der Taschenlampe auf eine Tür vor ihnen. Oder nein – sie hatte sich getäuscht. Der Weg war einfach zu Ende. Sie waren vor einer Mauer angelangt. Sackgasse.

»Okay.« David hob die Hände. »Und nun?«

Katie rieb sich die Stirn. Ach verflucht. »Vielleicht hätten wir doch einen der Seitengänge nehmen sollen?«

»Vielleicht?« Davids Stimme klang, als ob er gleich explodierte. »Warst du nicht eben diejenige, die so felsenfest davon überzeugt war, dass der Mittelgang der richtige ist?«

Katie zuckte mit den Schultern und starrte frustriert auf die Wand vor sich.

Eine Weile herrschte Schweigen, bis David sich räusperte. »Entschuldige, Katie. Ich . . .«

Oh Gott, jetzt nur keine Beichte oder etwas Ähnliches. »Schon gut«, brummte sie. »Meine Nerven sind auch nicht gerade in einem Topzustand.«

»Es ist nicht fair, dich verantwortlich zu machen.«

»Ist es nicht, aber du bist mir sympathischer, wenn du nicht fair und anständig bist und die ganze Zeit den Heiligen mimst, der nie eine Regung zeigt. Das macht mich nervös, verstehst du?«

»Es ist nur . . .«

»Ist es dein Bein, David?« Etwas lag in Roberts Stimme, das Katie aufhorchen ließ.

David nickte. »Es fühlt sich so seltsam an. Ich verstehe es nicht. Die Wunde war doch nicht mehr als ein Kratzer. Aber ich verliere zunehmend jedes Gefühl darin. Als ob ich es hinter mir herziehen müsste.«

»Vielleicht hat sich der Kratzer infiziert?«

»Dann müsste ich Schmerzen haben.«

»Wir sollten sowieso etwas essen«, sagte Robert.

Essen? So strategisch und genau Katie ihre Touren sonst plante, an diesem Morgen war sie aufgebrochen, ohne an Proviant zu denken. Sie hatte einfach nicht damit gerechnet, dass sie den ganzen Tag unterwegs sein würden. Überhaupt waren ihre Pläne völlig anders gewesen. Aber jetzt spürte sie, wie ihr Magen sich meldete.

»Guter Plan. Fragt sich nur, was.«

Robert gab Katie die Lampe, öffnete den Rucksack und zog einen Plastikbeutel hervor. »Müsliriegel oder Schokolade?«

Katie, die sonst wirklich nicht zu solchen Gefühlsausbrüchen neigte, hätte Robert umarmen können. »Beides!«, sagte sie. »Aber erst die Schokolade.« Während Robert aus seinem Rucksack noch eine Zweiliterflasche mit Wasser zog, lehnte sich David gegen die Wand. »Kannst du mal herleuchten?«

Katie richtete die Taschenlampe auf Davids Fuß. Er löste die Schnürsenkel und streifte erst den Schuh und dann den Socken ab.

Die Schürfwunde sah nicht besorgniserregend aus. Keine Spur von Entzündung, die Haut war nicht einmal gerötet. Stattdessen hatte sich eine braune Kruste darübergelegt.

»Sieht doch gut aus.«

»Aber der Fuß fühlt sich taub an.«

David war niemand, der ohne Grund jammerte. Und in medizinischen Dingen kannte er sich ausnehmend gut aus. Er hatte eine Sanitätsausbildung und Katie wusste, dass er später auf die Medschool gehen wollte.

»Vielleicht bin ich auch einfach nur müde«, murmelte David.

Robert reichte ihm die Flasche. »Du solltest die Wunde reinigen.«

David schüttete vorsichtig etwas Wasser über seinen Fuß und Katie stellte fest, dass sie sich getäuscht hatte. Bei der Kruste, die sich mit dem Wasser löste, handelte es sich nicht um eingetrocknetes Blut, sondern um Schmutz. Was kein gutes Zeichen war. Aber sie verlor kein Wort darüber.

»Was machen wir jetzt?« Katie hielt das Schweigen nicht aus. Sie biss von ihrem Müsliriegel ab und starrte die Wand an. »Verdammt, wir haben uns doch nicht umsonst durch diesen Gang gequält, oder? Hier muss einfach ein Durchgang sein.« Sie ließ den Strahl der Taschenlampe über die Wand wandern, leuchtete jeden Zentimeter aus, aber konnte nicht einmal die kleinste Ritze finden. Hier kamen sie ohne Werkzeug nicht durch. Und auch wenn sie Hammer und Meißel bei sich gehabt hätten, wäre jede Mühe vergebens gewesen. Wer auch immer diesen Abschnitt der Katakomben versiegelt hatte, hatte gründliche Arbeit geleistet.

Nur . . . weiter oben, da war etwas zu erkennen, was sie verwirrte.

»Seht ihr das?«, fragte sie.

David blickte auf. »Was meinst du?«

»Das Zeichen dort.«

»Wo?«

»Dort oben.« Sie hob die Taschenlampe und deutete auf die Wand. Ein primitiver Kreis war zu erkennen und in ihm war ein weiterer Kreis eingeschlossen.

Robert nickte mehrfach. »Der äußerste Kreis hat denselben Durchmesser wie an der ersten Tür.«

»Du meinst, hier könnte es einmal einen Durchgang gegeben haben, der zugemauert wurde? Vielleicht ist dahinter etwas, was niemand entdecken soll? Oder das gefährlich ist?«

So wie sie das sagte, klang es wie aus einem Fantasyroman.

»Aber dann müsste man doch sehen, wo genau die Tür zugemauert wurde«, wandte David ein. »Und diese Kreise, die können alles Mögliche bedeuten. Drehen wir um.«

»Warte noch«, sagte Robert. »Ich muss etwas überprüfen.« Er sah auf die Uhr und zuckte nicht einmal zusammen, als ein seltsames Quietschen ertönte. Erst war es ein Schleifen, dann ging es über in ein knirschendes Geräusch, als ob man zwei Steine aneinanderrieb. Staub flog auf, brachte Katie zum Husten. Ihr schien, als bewege sich der Boden unter ihren Füßen. Alles um sie herum drehte sich.

»Oh, Scheiße, was ist das?« Davids Stimme war nur noch ein Flüstern. Angst war daraus zu hören.

Irgendetwas stimmt nicht mit ihm, dachte Katie. Es ist, als ob er eine Maske fallen lässt. Als ob sein ganzes System zusammenbricht. Eine Art Programm, das er für seine Selbstbeherrschung und Aufopferungsbereitschaft entwickelt hatte und das nun abstürzte.

Wir sind alle Schauspieler, schoss ihr durch den Kopf. Die einen sind gut – die anderen miserabel. Aber normalerweise gehörte David zu den besten, was das betraf.

Das Beben hörte auf und allmählich begriff Katie. Nicht sie hatte sich bewegt, sondern die Mauer vor ihr. Sie drehte sich um eine imaginäre Mittelachse. Schon war ein breiter Spalt erkennbar.

»Es funktioniert.« Robert sprang auf. »Beeilt euch, bevor sie sich wieder schließt.«

Das ließ sich Katie nicht noch einmal sagen. Sie quetschte sich bereits durch die Öffnung.

Ein Schwall warmer Luft schlug Katie entgegen und sie spürte einen starken Luftzug, der sie durch die Mauer zu ziehen schien.

Dunkelheit umfing sie.

»Was ist mit der Taschenlampe?«, fragte sie.

»Moment«, hörte sie Robert antworten.

Ein Lichtstrahl flackerte auf, erlosch wieder. Es wurde hell, erneut dunkel. Scheiße, was, wenn die Lampe den Geist aufgab? Aber dann klackte es. Die Lampe funktionierte wieder.

In ihrem Schein sahen sie, dass sich ihre Situation nicht entscheidend verändert hatte. Sie befanden sich erneut in einem Gang, der in die Unendlichkeit zu führen schien.

Katie spürte, wie sich ihre Lungen verengten. Vielleicht sollten sie wirklich umkehren.

Umkehren?

Als Letzter zwängte sich David durch den Spalt. Vielleicht täuschte es, aber Katie hatte den Eindruck, dass es ihm wieder ein bisschen besser ging. Offenbar hatte er sich in der kurzen Pause etwas erholt.

Robert sah auf seine Uhr und stellte fest: »Die Temperatur ist um acht Grad gestiegen.«

»Was ist das eigentlich für ein Gerät?« Katie deutete auf sein Handgelenk. Die Frage lag ihr schon seit dem Solomonfelsen auf der Zunge.

Robert schaute sie ernsthaft an. »Ein Freund von mir hat sie mitentwickelt.« Er strich über sein Handgelenk. »Sagen wir einfach, sie hat alles, was man so braucht.«

»Und das heißt?«

»Wir befinden uns in einer Tiefe von vierundzwanzig Metern und laufen Richtung Südosten. Die Temperatur beträgt sechzehn Grad bei einer Luftfeuchtigkeit von fünfundsiebzig Prozent.«

Das mochte eine ausreichende Erklärung dafür sein, dass Katie zunehmend Probleme mit dem Atmen hatte. Hier versagte offenbar das Belüftungssystem. Die Luft roch seltsam säuerlich und muffig.

Oder holte ihre Panik vor engen Räumen sie am Ende doch ein? »Ist in deiner supergeilen Uhr vielleicht auch eine Kamera integriert?«, fragte sie, um sich abzulenken. »Wenn Benjamin dabei wäre . . .« Sie brach ab.

Wenn Benjamin dabei wäre . . . dann wären sie nicht hier.

David blickte sich zur Wand um. »In Computerspielen schließt sich übrigens die Wand in wenigen Sekunden wieder und lässt uns keinen Weg zurück.« In seiner Stimme klang grimmiger Spott, ein weiteres Anzeichen, dass es ihm so schlecht nicht gehen konnte. David zeigte nicht oft Humor.

»Wollen wir mal hoffen, dass das in der Realität nicht so ist.«

Ein Quietschen war die Antwort darauf.

Knirschen.

Ohrenbetäubender Lärm.

Steinwände, die sich drehten.

Katie blieb die Luft weg und eine Übelkeit überfiel sie, die sie kaum unterdrücken konnte.

Sekunden später hatte sich die Wand tatsächlich hinter ihnen geschlossen. Kein Spalt war mehr zu sehen. Es war, als hätte es diesen Durchgang nie gegeben.

Katie öffnete den Mund, aber die Panik hatte sie so fest im Griff, dass ihre Stimme wegblieb. Es war, als stürzte dieses ganze Kartenhaus in sich zusammen, das sie bis hierhin gebracht hatte. Sie hatte sich wirklich eingebildet, auserwählt zu sein. Auserwählt, die Geheimnisse des Tals zu lüften.

Dabei war sie nun endgültig hier unten gefangen.

David lehnte erschöpft an der Wand. Sein Gesichtsausdruck verriet Angst und Resignation.

Robert trug ungerührt etwas in sein Notizbuch ein. »Ich dachte nicht, dass es schon so bald passieren würde«, murmelte er.

»Was?«, schrie David unvermutet los. »Was meinst du damit? Du hast gewusst, dass die Tür sich schließen würde? Und bist trotzdem weitergegangen?«

Das war nicht der David, den Katie kannte. Normalerweise peinlich korrekt, beherrscht und mitfühlend, verlor er jetzt die Nerven. Es war, als hätte seine Persönlichkeit plötzlich einen Riss bekommen. Katie hatte noch nie erlebt, dass er ausrastete und sich so aufführte. Kam jetzt der wahre David zum Vorschein, der – genau wie Benjamin gestern – seine Maske fallen ließ?

»Wir hatten keine andere Wahl«, entgegnete Robert ruhig.

David gab keine Antwort und Katie begriff. Irgendwann in den letzten Minuten hatte David die Angst um Benjamin zurückgestellt. Es war nun sein eigenes Leben, um das er bangte.

Und sie konnte es ihm nicht mal verübeln. Der Gedanke, wie sich die Felsmassen über ihnen türmten, war erschreckend. Hier unten eingesperrt zu sein – eine grauenvolle Vorstellung.

Es ist Absicht, dachte sie. Das Tal macht das absichtlich. Es hat uns alle hier heruntergelockt, um uns in die Knie zu zwingen.

Oh Gott, sie wurde verrückt. Sie wurde wahnsinnig hier unten.

Sie holte tief Luft und kämpfte die Übelkeit nieder.

Sie musste sich beherrschen.

»Vertrauen wir Robert«, murmelte sie und hörte die eigene Verzweiflung in ihrer Stimme. Sie versuchte einen Scherz. »Jemand, der in nur 70,5 Sekunden die dreizehnte Wurzel aus einer zweihundertstelligen Zahl im Kopf ziehen . . .«

Mitten im Satz brach sie ab, denn der Schein der Taschenlampe, mit der Robert ihre Umgebung prüfte, fiel auf ein zerknülltes Blatt Papier. Es erinnerte Katie an die weißen Blätter, die auf der Oberfläche des Sees schwammen. Und an den Papierfetzen, den David im Vorlesungssaal aufgehoben hatte.

»Was ist das?«, fragte sie.

Robert bückte sich, um das Papier aufzuheben, und faltete es auseinander.

Sie trat an seine Seite. »Hilft es uns weiter?«

»Nicht, was Benjamin betrifft, aber . . .« Er reichte ihr den Zettel.

Das Erste, was Katie las, war ein Datum, das rechts oben mit einem Kugelschreiber notiert war: 22. August 1974.

Dann erst sah sie den Namen.

Eliza Chung.

Dies hatte ihre Mutter geschrieben. Vor fast vierzig Jahren. Und zum ersten Mal hatte sie das Gefühl, sie könne in ihre Seele schauen und dahinter das Mädchen entdecken, das sie gewesen war.

David rief ihren Namen. Sie konnte nicht antworten. Es

war die unverwechselbare Schrift ihrer Mutter, diese seltsam verschnörkelten Buchstaben, untypisch für die englische Schreibweise.

Katie ließ das Blatt sinken und suchte Roberts Blick. Ahnte er, was in ihr vorging? Aber er sah sie nicht einmal an, ja, er tat so, als würde er ihre Erregung gar nicht bemerken.

David riss ihr das Papier aus der Hand. »Jetzt kapier ich gar nichts mehr. Sie waren hier unten? Die Studenten von damals waren hier?«

Robert schüttelte den Kopf. »Das ist kein Beweis.«

»Kein Beweis? Wie soll das sonst hierher gekommen sein?«

»Dafür gibt es viele Erklärungen.«

Davids Stimme überschlug sich. »Deine Erklärungen kannst du dir sonst wohin stecken. Mir geht gerade nur ein Gedanke durch den Kopf. Diese Studenten sind verschwunden und nie wieder aufgetaucht. Und dieser Durchgang hinter uns ist verschlossen. Wir können also nicht mehr raus, oder? Was, wenn man uns hier nicht mehr findet?«

»Tom weiß, wo wir sind.«

»Keine Ahnung hat er.« David hob die Hände. »Ich hätte mich nie darauf einlassen dürfen. Niemals.«

Katie rang mit sich. Sie musste nur ein Wort sagen und David würde sich beruhigen. Eliza oder vielmehr Mi Su war nicht verschollen. Sie saß jetzt vermutlich in ihrem Luxusapartment in Washington und trank ihren geliebten Sanjang, eine Sorte grüner Tee, der ausschließlich auf der südkoreanischen Halbinsel Bosung angebaut wurde und den sie sich von Katies Großmutter schicken ließ.

Aber sie konnte es nicht. Sie konnte nicht darüber sprechen. Denn wenn sie jetzt die Wahrheit sagte, würde alles real werden. Und sie versuchte mit aller Macht, den Gedanken zu verdrängen, dass sie nicht zufällig im Tal war.

Und würde es David wirklich beruhigen?

Vermutlich nicht.

Auch er würde begreifen – die Büchse der Pandora war nicht halb so gefährlich wie das Tal.

»Ist doch nur ein alter Zettel. Ich dachte, hier geht es um Benjamin und sonst nichts.« Was sie da sagte, klang hohl und leer, aber weder Robert noch David widersprachen.

»Wir müssen uns beeilen«, sagte Robert mit einem Blick auf seine Uhr.

Grace Dossier

Grace Morgan

09. September 1974

Es ist Vollmond.
Wir sitzen in einem Steinkreis. In der Mitte brennt ein Feuer, das von einem inneren Kreis aus faustgroßen Steinen eingefasst ist. Wir lassen uns daran nieder.
Kathleen kichert die ganze Zeit.
Martha gibt uns im Tonfall eines Predigers letzte Anweisungen und sagt Sätze wie »Das ist ein Geschenk der Natur und der Götter. Es soll uns mit der inneren und äußeren Natur verbinden. Es öffnet das Tor zur Anderswelt, wo wir der wahren Wirklichkeit begegnen. Lasst uns vom Baum der Erkenntnis essen und das Göttliche in der Natur und in uns erkennen. Und wir werden die Liebe entdecken zu den Pflanzen und Tieren, zur Erde und der Galaxis, zu den Göttern und Göttinnen, aber vor allem zu uns selbst.«
Das Ritual ist Pauls Idee gewesen. Er hat die Pilze gefunden. Aber Martha weiß, was wir machen müssen.
Einen Tag vorher hat sie ein Verbot ausgesprochen. Alkohol, Sex und ... schlechte Gedanken – alles tabu. Und auf Marthas Befehl haben wir am Abend zuvor nichts als eine Suppe (ihh, aus der Dose) zu uns genommen. Ich habe mich in der Nacht nach unten geschlichen, wo ich Paul getroffen habe. Wir haben gemeinsam eine ganze Rolle Kekse hinuntergeschlungen.
Martha ist den ganzen Tag damit beschäftigt gewesen, nach einem – heiligen – Ort zu suchen. Die Pilze wurden mit Kräutern gereinigt und in der Opferschale aufbewahrt. Zur Vorbereitung haben wir uns mit dem Schnee vom Gletscher gewaschen.
Martha trägt übrigens ein Kleid aus Waschleder mit langen Fran-

sen und sieht aus wie eine übergewichtige Weiße, die sich als Indianerin verkleidet hat. Wie kann man nur so idiotisch sein, so ein Kleid in den Rucksack zu packen? Jedenfalls hebt sie den Kochtopf in den Himmel (eine Opferschale gibt es in der Berghütte nun mal nicht) und murmelt diese Sprüche vor sich hin. Meiner Meinung nach redet sie völligen Blödsinn.

Immer wieder streicht sie mit den Händen über das Gefäß, über das ein Handtuch gebreitet ist.

Und dann beginnt das lange Schweigen.

Mark kommt aus der Hütte mit einem Eimer und gießt Wasser auf die heißen Steine. Es zischt und dampft.

Dann murmelt Martha wieder irgendwelche Formeln in einer Sprache, die tatsächlich indianisch klingt.

Frank hält einen Topf zwischen den Knien, auf dem er mit den Händen trommelt.

Es ist Milton, der sagt: »Nicht mehr als drei Pilze. Sie enthalten etwa ein Gramm Psilocybin. Je nach Körpergewicht braucht ihr mehr oder weniger.«

Und dann bin ich dran. Ich hebe das Handtuch und starre darunter. Mein Magen zieht sich zusammen bei diesem Anblick. Die getrockneten Pilze sehen aus wie . . . ja, genau wie verkohlte tote Würmer. Sie haben eine merkwürdige Farbe, die ganz dunkel, eher gelblich ist.

Trotzdem. Ich nehme mir zwei und beginne zu kauen.

Puh.

Ekelhaft!

Kapitel 18

Robert übernahm die Führung und Katie und David stellten sie nicht infrage. Der Staub, den die Schließung des Durchgangs aufgewirbelt hatte, lag noch immer in der Luft und machte das Atmen schwer. Katie hörte David hinter sich keuchen, aber sie konnte an nichts anderes denken als an das Blatt Papier.

Es war harmlos gewesen. Einfach nur eine Liste mit Filmen. Aber wie kam der Zettel hierher? Was war damals mit ihrer Mutter geschehen?

Keine dieser Fragen konnte sie beantworten und vielleicht lag es daran, dass sie inzwischen immer öfter den Eindruck hatte, dass die Wände sie einschlossen und die Betondecke über ihr herunterkam. Ja, sie fühlte sich wie in einer Presse. Irgendwann würde sie vermutlich zerquetscht werden, aber es gab Wichtigeres.

So verwirrend.

Absurd.

Beängstigend, wie die Vergangenheit sie hier oben verfolgte, wie sie langsam und unaufhörlich ihr Netz um sie spann. Fragen stellte, ohne Antworten zu geben. Erinnerungen weckte, die plötzlich ihr ganzes Leben auf den Kopf stellten. Denn wer war sie, wenn ihre Mutter eine andere war, als sie gedacht hatte?

Gedanken, die alle in einer Sackgasse endeten.

Nicht wichtig, wiederholte Katie in ihrem Kopf. Du bist, wer du bist. Nichts hat sich geändert. Rein gar nichts.

An diesem Mantra hielt sie sich fest und es half ihr endlich, ihre Umgebung wahrzunehmen.

Auch dieser Teil des Ganges verlief wieder schnurgerade. Es konnte sich unmöglich um einen natürlichen Höhlengang handeln. Er bestand aus hohen, fast spitzbogenförmigen Wänden. Die Deckenhöhe betrug deutlich über zwei Meter, genauso wie die Breite.

Katie konnte aufrecht stehen und hatte noch viel Luft über ihrem Kopf. Wenn sie die Arme ausstreckte, reichten sie nicht bis an die Wände. Aber auch wenn der Gang nicht natürlichen Ursprungs war, so hatte die Natur doch längst die Herrschaft übernommen. Die Mauern des Stollens waren mit einem grünen Belag überzogen. Moos und Algen wuchsen überall, genau wie Pilzkolonien, die da und dort aus den Wänden und dem Fußboden schossen. Der Boden war zunehmend mit Sand und Flechten bedeckt, auf denen sie Gefahr liefen auszurutschen.

Und die Feuchtigkeit verbunden mit dem plötzlichen Temperaturanstieg war unerträglich. Katie lief der Schweiß den Rücken herunter und es war nicht gerade beruhigend, dass sie schon wieder die ganze Zeit abwärtsgingen.

Das Einzige, was ihr irgendwie Halt gab, war die Tatsache, dass Robert so außerordentlich gelassen war. Sie wusste nicht, woher dieses Urvertrauen kam, zumal Julias kleiner Bruder ihnen nach wie vor nicht verriet, was er im Sinn hatte, aber trotzdem – sie beneidete ihn. Vielleicht wurde die Welt verständlicher, wenn man sie mithilfe von Zahlen betrachtete und alles an wissenschaftlichen Daten festmachen konnte?

»Was sagt der Höhenmeter?«, fragte Katie.

»Dreißig Meter tiefer als der Eingang«, erwiderte Robert.

Was, wenn das Ganze eine Falle war? Wenn jemand sie bewusst hierher gelockt hatte? Wenn ihnen dasselbe zustieß wie Benjamin? Jetzt kam sie doch, die Panik.

Ihr Atem ging schneller und schneller und unwillkürlich

begann sie zu rennen. Sie hörte nicht einmal mehr die Stimmen von David und Robert. Dunkelgraue, undurchdringliche Stille, die sie von allen Seiten bedrängte.

Eine Welle der Übelkeit stieg in ihr auf, ließ sie stoppen. Sie atmete mehrfach tief durch. Sie stellte sich vor, in einem Sarg zu liegen und langsam vor sich hin zu modern. In ihrer Angst begann sie, den Staub von ihren Kleidern zu wischen. Ihre Kehle war wie ausgedörrt. Ihr Mund war trocken und pelzig.

Es war Robert und nicht der zuverlässige David, der zu ihr kam und ihr leicht die Hand auf den Arm legte. »Geht's?«, fragte er ernsthaft.

Und diese kleine Geste half Katie mehr als alles andere.

»Ja«, flüsterte sie. »Danke.«

Schweigend liefen sie weiter, bis sie abermals an einer Kreuzung ankamen. Wieder zweigten jeweils rechts und links Seitenwege ab.

Katie blieb stehen. »Wohin führen die nur?« Ihre Stimme hörte sich heiser an. Sie musste husten. Noch immer lag Staub in der Luft.

»In die Irre«, erwiderte Robert. »Ich glaube, sie sind nur Täuschungen.«

»Du meinst, sie enden irgendwann in einer Sackgasse? Woher willst du das wissen?«

»Ich weiß es nicht. Es handelt sich lediglich um eine Vermutung. Aber es gibt ein gewisses System.«

»Was für ein System?« David hatte sie eingeholt. Er war auf den letzten Metern immer langsamer geworden.

Katie hörte sein unterdrücktes Aufstöhnen. Als sie sein Gesicht sah, war es schmerzverzerrt.

»Wieder dein Fuß?«

David biss die Zähne zusammen. »Eine Zeit lang war es besser, aber jetzt spüre ich ihn überhaupt nicht mehr.«

»Schaffst du es weiter?«, fragte Katie.

»Ich muss wohl, wenn ich nicht hier in dem Stollen sterben will.«

»Niemand wird sterben«, sagte Robert.

»Zumindest haben wir noch keine Skelette gefunden. Das macht mir Hoffnung.« Katie sah sich um. »Was meinst du, Robert, wie alt sind diese Gänge?«

Er richtete den Strahl der Taschenlampe auf die Stollenwände, die sie von beiden Seiten einschlossen.

»Schwer zu sagen. Vielleicht ist der Eingang natürlichen Ursprungs. Aber die Treppe – sie wurde aus dem Felsen gehauen und dann mehrfach erneuert. Wie auch die Mauern hier. Sie sind wie abgeschliffen. Es scheint mir unmöglich, das Gestein ohne Einsatz von Maschinen so präzise und sauber zu bearbeiten.«

»Aber welche Funktion haben sie?«

»Erst einmal muss man verstehen, nach welchem System sie angelegt wurden. Diese Seitengänge zum Beispiel. Ihr Abstand zueinander erfolgt nach einem Muster.«

Katie hatte keinen blassen Schimmer, woher Robert sein Wissen hatte, nach welchem Prinzip sein Verstand funktionierte oder welche Extraausstattung sein Gehirn haben musste, dass er Dinge sah, die sonst keiner erkennen konnte. Aber in einem Punkt war sie sich sicher. Kein Mensch, nicht einmal der intelligenteste, konnte in die Zukunft sehen. So etwas gab es nicht.

Aber manche hatten eine große Überzeugungskraft und einen unbedingten Glauben an sich selbst. Zu diesen seltenen Exemplaren, die sich nicht von ihren Einsichten abbringen ließen, gehörte Robert. Julia hatte es ihr immer wieder gesagt, aber sie hatte es noch nie wirklich erlebt.

»Ein Grund dafür«, hatte Julia erklärt, »dass Robert noch nie einen Schachwettbewerb verloren hat, ist wohl sein Durchhaltevermögen. Er besitzt eine Wahnsinnsgeduld, wenn es darum geht, Spielzüge vorauszuplanen. Manchmal saß er stundenlang vor dem Brett und hat nur nachgedacht.«

»Er spielt Schach?« Katie war verwundert. »Und warum ist er nicht im Schachklub des Colleges?«

Julia hatte die Augen geschlossen und gemurmelt: »Er spielt nicht mehr.«

»Warum, wenn er so ein Genie ist?«

»Ich weiß es nicht.«

Nun, Katie hatte es ihr nicht geglaubt, aber jeder hier hatte seine Geheimnisse und niemand konnte das besser verstehen als sie. Vertrauen, das war nichts, was die Vergangenheit betraf, sondern allein die Zukunft. Es war wie ein Vorschuss, ein Darlehen, das man einem anderen Menschen gewährte.

Katie machte sich nicht die Mühe, Robert zu fragen, welches Muster er meinte. Sie wusste inzwischen, dass er erst dann antworten würde, wenn er es wollte. Auf den Zeitpunkt selbst hatte sie keinen Einfluss.

David allerdings wagte einen neuen Vorstoß. »Wenn du etwas weißt, Robert, musst du es uns sagen.«

Prompt schüttelte Julias Bruder den Kopf. »Warte es ab, bis ich es belegen kann.« Seine Stimme wurde hoffnungsvoll. »Aber wenn ich recht habe, wird es alles verändern.«

Welcher Irrweg des Schicksals hatte ausgerechnet sie, Katie, mit diesen beiden hier nach unten geführt? Jeder von ihnen hatte auf seine eigene Art diese unverständliche Neigung, Verantwortung zu übernehmen.

Während David ständig daran dachte, seine Mitmenschen zu retten, schien Robert nur von einer Sache angetrieben: Er wollte das Rätsel um das Tal lösen.

Und ich, fragte sie sich. Was ist mit mir?

Sie passierten erneut Abzweigungen, die im Neunziggradwinkel vom Hauptweg abbogen.

Robert schaute auf seine Uhr.

»Wir bewegen uns die ganze Zeit Richtung Süden und der Kilometerzähler zeigt von den letzten Abzweigungen bis hierher genau 541,4 Meter an. Ich glaube . . .«

Er konnte nicht weitersprechen, denn David gab ein Geräusch von sich und rutschte in der nächsten Sekunde an der Tunnelwand nach unten.

»Mein Fuß«, stöhnte er. »Er . . .«

»Was ist?«

»Es tut mir leid, aber . . . ich glaube, ich kann nicht mehr laufen.«

Katie ging in die Knie und löste hektisch die Schnürsenkel seiner Boots.

»Ich spüre ihn nicht mehr . . . und gleichzeitig fühlt er sich so schwer an, als klebten kiloweise Steine unter der Sohle.«

Sie zog den Schuh heraus und streifte den Socken ab.

Es war so untypisch für David. Er machte keine Anstalten, ihr zu helfen, sondern lehnte sich zurück und schloss die Augen. Schweißperlen standen auf seiner Stirn und sein Gesicht hatte einen seltsam abwesenden Ausdruck angenommen.

Katie starrte auf den nackten Fuß. Es konnte keine zwanzig Minuten her sein, seit sie die Pause auf der anderen Seite des Ganges gemacht hatten, aber trotzdem war seitdem eine Veränderung eingetreten. Die Kruste, die David eigentlich abgewaschen hatte, war zurückgekehrt. Sie hatte sich sogar ausgedehnt und zog sich nun von der Kniekehle bis hinunter zur Ferse.

»Versuch mal, ihn zu bewegen.«

David schüttelte den Kopf.

»Robert?« Hilfe suchend sah Katie sich um, doch Julius Bruder reagierte nicht.

Stattdessen hob er die Hände und legte sie an die Schläfen. Verwirrung war in seinem Blick zu lesen und ein Ausdruck von Schmerz flog über sein Gesicht.

»Rob, hörst du mich?«

Er bewegte sich leicht. »Ich wollte das nicht, David. Ich wollte es nicht. Ich dachte doch nicht . . .«

»He, Robert, ist nicht deine Schuld«, versuchte sein Freund, ihn zu beruhigen, aber es gelang ihm nicht.

»Ich dachte, ich hätte eine Aufgabe zu lösen. Mich und euch . . . ich kann euch nicht retten, nur versuchen zu verstehen. Jeder hat seine Aufgabe im Tal. Solange wir sie nicht erfüllen, können wir es nicht verlassen. Wir können nicht hier oben bleiben und dürfen noch nicht gehen.«

Resignation und Angst . . . nein, nicht Angst, eher Verzweiflung waren aus Roberts Stimme zu hören. Und das erinnerte Katie an Benjamin. Dieselbe Verzweiflung, dieselbe Panik, derselbe verwirrte Zustand.

Hatte sie eben nicht noch gedacht, dass sie ruhig bleiben würde, solange Robert es war?

»Ich kann es nicht«, fuhr Robert fort. »Ich kann nicht in die Zukunft sehen, ehrlich. Niemand kann das. Und ich will es nicht einmal, aber manchmal . . . ab und zu, da gibt es Situationen, in denen ich einfach weiß, was passieren muss. Es ist eine Frage der Logik, versteht ihr? Dann gibt es nur eine Richtung, den einen Ausweg, nur eine Lösung. Was hätte es zum Beispiel für einen Sinn gemacht, in einen der Seitenwege abzubiegen? Wir hätten eine Entscheidung treffen müssen. Rechts oder links. Es schien mir das Beste, geradeaus zu gehen.«

David zog Strumpf und Schuh wieder über und rappelte sich auf. »Du hast sicher recht, Robert. Wir müssen geradeaus weitergehen. Ich werde es schon schaffen. Es ist nicht so schlimm.« Die Stimme war die des alten Davids, aber sein Gesichtsausdruck strafte seine Worte Lügen.

Und Robert ließ sich nicht täuschen. Seine Augen waren weit in die Ferne gerichtet, als er flüsterte: »Könnt ihr euch erinnern, was er damals zu mir gesagt hat?«

»Wer?«

»Der Duke.«

Katie zuckte zusammen und zwang sich, ruhig zu fragen: »Was hat er denn gesagt, Rob?«

Robert schluckte. Seine Augen hinter der Brille waren plötzlich riesengroß. »Es passiert, was passieren muss. Und dass ich das Schicksal nicht stoppen kann.«

»Ich erinnere mich.«

»Er hatte recht, Katie. Aber versteht ihr nicht, ich kann einfach nicht aufhören, es zu versuchen.«

Grace Dossier

Aufzeichnungen aus Franks Notizbuch

(09. September 1974)

Ich lege mich auf die Wiese, schließe die Augen und strecke die Arme aus.

Der Mond lässt sein Gelb herunterrieseln, und als es unten ankommt, sind es lauter Töne.

Button, oh button, where is my button.

Falsch. Falsch. Falsch.

Der Text macht keinen Sinn, aber er geht mir nicht aus dem Kopf.

Ich höre Kathleen lachen.

Eliza und Mark flüstern miteinander und Grace tanzt um das Feuer. Es ist von mehreren Kreisen aus rotbraunen Steinen eingefasst, die alle aussehen wie Schneckenhäuser.

Grace ist wunderschön. Sie ist geschminkt wie eine Tempeldienerin und hat das Haar mit einem orangefarbenen Seidentuch zurückgebunden, das im Nachtwind flattert.

Ich fürchte, sie könnte wegfliegen, schon schwebt sie über dem Boden. Direkt zum Mond.

»Pass auf, Grace«, rufe ich, »du hebst ab«.

Der Gedanke ist beängstigend lustig.

Gleich bleibt nur noch ihr Schatten hier unten zurück.

Shadow, oh Shadow, where is my Shadow.

Doch da steht Milton auf und hält sie fest.

»Komm«, sagt er und sieht so ernst aus wie immer.

»Lass sie doch«, mischt sich Paul ein und reicht ihr die Schüssel.

»Nur noch einen.« Grace verfällt in ihre Kleinmädchenstimme.

»Bitteee.«

»Nein, es reicht.«

Ihre Stimmen fliegen hin und her. Ich schiebe sie weg und konzentriere mich auf die Musik in mir.
Nehme zwei Steine aus dem Kreis und schlage sie im wilden Rhythmus meiner Gedanken aufeinander.
Und merke, dass ich es bin, der den Takt angibt.
»Hört ihr es«, rufe ich und lache.
Und werde neu geboren.

Kapitel 19

David hatte die letzten hundert Meter nicht mehr alleine geschafft. Er zog den rechten Fuß nur noch mehr oder weniger nach. Katie und Robert hatten ihn jeweils rechts und links stützen müssen. Sie waren langsam vorangekommen – aber immerhin – sie waren vorangekommen.

Um von der nächsten Mauer aufgehalten zu werden.

Robert fuhr mit den Händen über den Felsen. »Es muss einen Mechanismus geben, mit dem man diese Durchgänge öffnen kann. Oder einen Code.«

»Aber wir kennen das Geheimnis nicht«, erwiderte Katie.

»Schlimmer wäre es, wenn wir nicht wüssten, dass ein Geheimnis existiert.«

»Ach ja? Dann würde ich jetzt gemütlich in meinem Zimmer sitzen und mich auf die Prüfungen vorbereiten.«

»Warten wir«, sagte Robert und ließ sich zu Boden sinken, wo er sein Notizbuch hervorzog und sich seinen Berechnungen widmete.

»Was sagt deine Uhr?«, fragte David.

»Wir sind noch tiefer und die Temperatur liegt immer noch bei sechzehn Grad.«

Katie lehnte sich an die Wand. »Zumindest klingst du, als wüsstest du, was hier vor sich geht. Hoffen wir, dass sich auch diese Mauer für uns öffnet.« Sie deutete auf das Zeichen unter der Decke. »Es sind jetzt drei Kreise. Das ist gut, oder?«

Robert sah zufrieden aus. Er nickte.

»Was genau ist daran gut?«, murmelte David. Er lehnte an der Wand und hatte die Augen halb geschlossen.

»So wie es aussieht, kann es nicht mehr weit bis zum Zentrum sein.«

»Und dann?«

»Dann haben wir vielleicht eine Chance, die Lösung zu finden.«

Katie hob die Schultern. »Die Lösung für das Tunnelsystem? Oder die für Benjamins Zustand?«

Robert sah sie ernst an. »Beides.«

David ließ sich neben Robert fallen und rieb sich den Fuß. »Verdammt, was ist das bloß?« Er stöhnte. »Es fühlt sich an wie eine schwere Thrombose, was eigentlich ein gutes Zeichen ist. Nach einer äußeren Verletzung schützt das Gerinnungssystem den Körper vor dem Verbluten, versteht ihr?« Er hörte sich an, als versuche er, sich selbst mit der Aufzählung von medizinischen Fakten zu beruhigen. »Das müsste eigentlich mit einem Blutverdünnungsmittel schnell behoben sein.«

Katie hoffte nur, David möge recht behalten, aber sie sprach es nicht aus.

Außerdem fühlte sie sich plötzlich furchtbar erschöpft. Wenigstens war ihre Hose endlich so weit getrocknet, dass die Nässe nicht mehr unangenehm an der Haut rieb.

Sie setzte sich neben David und schloss die Augen. Sofort meldeten sich die Gedanken wieder zu Wort, und zwar mit einer eigenen Stimme, die nicht die ihre war. Sie klang hoch und weinerlich, fast ein bisschen hysterisch.

Schnell öffnete sie die Augen wieder und ihr Blick fiel auf Robert, der im Schneidersitz neben ihr saß. Immer wieder drückte er auf den Kugelschreiber. Die Mine sprang heraus und wieder zurück.

Das klickende Geräusch nervte.

Sie lehnte den Kopf zurück und sagte: »Erzähl mir etwas über die Formel, Robert.«

»Die Mathematik«, begann er, »ist eine faszinierende Wissenschaft.«

Sie hatte keine Kraft zu protestieren.

»Sie ist eine Botschaft, versteht ihr? Und Formeln sind zunächst nur ein Versuch, Phänomene zu beschreiben. Aber nicht bei Dave Yellad. Als ich die Notizen zum ersten Mal gesehen habe, habe ich nicht verstanden, was er wollte. Aber je länger wir hier unten sind, desto besser verstehe ich den Sinn. Und ich glaube, auf den Kern des Ganzen stößt man, wenn man die Formel als eine Bildersprache begreift für das, was der Name Dave Yellad eigentlich bedeutet: Dead Valley. Totes Tal.«

Roberts Stimme verschwamm.

Warum fühlte sie sich mit einem Mal nur so hundemüde?

»Die Formel enthält nicht die Lösung, warum es hier oben keine Tiere gibt oder ob wir alle zum Sterben verurteilt sind ... aber sie zeigt uns die Zukunft. Wir müssen es nur wollen.«

Nur wollen.

Aber wollte sie wirklich in die Zukunft sehen?

Ein Krachen riss Katie aus dem Dämmerschlaf, in den sie für einige Minuten gefallen war. Sie schlug die Augen auf und beobachtete, wie die Wand sich vor ihnen drehte.

Der Boden unter ihnen bebte und knirschte, genau wie beim letzten Mal. Feiner Schutt rieselte auf sie herab, stellenweise vermischt mit größeren Brocken. Von dem Staub fingen ihre Augen an zu brennen. Sie zog sich ein paar Schritte zurück, hin und her gerissen zwischen Neugier und der vagen Ahnung, dass sie sich womöglich einer unbestimmten Gefahr aussetzte.

Der blasse Lichtkegel der Taschenlampe zeigte ihr, dass Robert, den Blick auf die Uhr gerichtet, aufgesprungen und an die Mauer vor ihnen getreten war. »Die Wand öffnet sich exakt zum richtigen Zeitpunkt«, stellte er fest.

Katie half David und stand dann auch auf. Sie konnte

kaum atmen, und das nicht nur, weil die Luft voller Staub war. Sie spürte, wie es in ihrem Hals kratzte, und musste lange husten.

»Scheiße, ist das stickig«, brachte sie gerade noch heraus. Sie hielt sich die Jacke vor den Mund und atmete durch die Nase weiter.

Robert schwenkte die Lampe von oben nach unten und beleuchtete den schmalen Spalt, der eine Öffnung zur anderen Seite hin bot. Doch diesmal war etwas anders als zuvor. Hinter der Wand war es nicht dunkel.

In Katie keimte Hoffnung auf. Vielleicht hatten sie jetzt das geheimnisvolle Zentrum erreicht, von dem Robert dachte, es würde existieren? Oder – und das war eine Option, die Katie entschieden bevorzugte –, sie gelangten wieder ins Freie.

Robert schaltete die Taschenlampe aus. Das Licht, das ihnen entgegenschimmerte, war blau und kalt.

»Beeilen wir uns«, rief Katie.

Diesmal zwängte sich David als Erster durch den Spalt, dann Robert und zuletzt Katie.

Als sie auf der anderen Seite war, traf sie ein greller Schein von oben. Es war, als hätte jemand Scheinwerfer angeschaltet. Katie kniff die Augen zusammen, öffnete sie wieder und hob den Blick. Um sie herum schwirrten unzählige Staubkörner und erinnerten an Flugameisen, die zu Tausenden durch die Luft schwärmten.

Keiner von ihnen sagte etwas. Aber jeder von ihnen wusste, dass es nicht einfach ein Tor war, das sie durchschritten hatten.

Nein, sie übertraten eine Schwelle.

»Nichts anfassen.« Robert hatte die Hände in den Taschen seiner Jacke vergraben und seine Stimme klang seltsam gedämpft. »Bevor wir nicht wissen, wo wir sind, gilt absolute Vorsicht.«

Manchmal wirkte Julias Bruder wie ein Zehnjähriger und dann wieder schien er älter zu sein als sie alle zusammen.

Katie schützte mit der Hand ihre Augen vor dem Staub und der Helligkeit, bevor sie sich erneut umblickte.

Sie waren nicht länger in einem Gang, sondern in einer Art riesigen Halle gelandet. Alles um sie herum wirkte merkwürdig verschwommen, irreal, ja geradezu geisterhaft. Das bläuliche Licht kam von allen Seiten, wurde schwächer, dann wieder stärker. Immer wieder zeichneten sich lang gestreckte Schattenrisse an den Mauern um sie herum ab. Sie bewegten sich langsam im Licht, das einer ständigen Veränderung unterlag. Geistergestalten, schoss Katie durch den Kopf. Geistergestalten hinter dünnen Wänden aus Papier.

Erst dann begriff sie, dass es ihre eigenen Schatten waren.

»So etwas habe ich noch nie gesehen«, sagte David tonlos. Seine Gesichtsfarbe wirkte in dem seltsamen bläulichen Licht fahl und kalt, obwohl Schweißperlen auf seiner Haut standen.

»Das ist verrückt«, murmelte sie.

»Absolut wahnwitzig«, pflichtete Robert ihr bei und trat aufgeregt von einem Bein auf das andere.

David stützte sich an die Wand neben dem Spalt und starrte nach oben.

Die Decke, an der der diffuse bläuliche Schimmer in ein tiefes Blau überging, mochte gut zehn Meter über ihnen liegen. Und – Katie konnte es nicht anders beschreiben – sie schien zu schwanken. Zudem lag ein verhaltenes Dröhnen in der Luft. Alles vibrierte, als stünde der Raum unter einer gefährlichen Spannung und drohe jeden Moment auseinanderzubrechen.

Erst als die Wand hinter ihnen sich mit einem letzten Knirschen schloss, kehrte Ruhe ein, auch wenn noch immer ein leises, kaum wahrnehmbares Sirren und Klirren in der Luft lag.

Reglos standen sie nebeneinander und rührten sich nicht.

»Hörst du das auch? Was bedeutet das?«

»Glas«, flüsterte Robert. »Über uns ist Glas.«

Katie wünschte sich weit, weit weg. Sie wünschte sich, an Sebastiens Bett zu sitzen, seine Stimme zu hören und mit ihm zu sprechen.

Sie hätte es wissen müssen, dass er wieder aufwachen würde. Egal, was all diese Ärzte sagten.

Sebastien gab niemals auf.

Grace Dossier

Aus den Aufzeichnungen von Paul

09. September1974
Ich suche mir einen Pilz aus, mehr nicht. Darunter kommt noch eine winzige Pilzkappe zum Vorschein, die ich mir ebenfalls in den Mund stecke.
Wie beim letzten Mal denke ich, dass das Zeug nach Hundescheiße schmeckt. Und die Konsistenz ist die eines Kaugummis, den man tagelang im Mund herumgeschoben hat. Je länger ich darauf herumkaue, desto bitterer, galliger wird der Geschmack.
Die Luft ist voller Musik. Ein einziges Summen. Vibrieren.
Das Gras unter mir singt.
Synthesizerklänge.
Ich sehe in die Runde.
Eliza und Mark sitzen dicht nebeneinander und küssen sich.
Martha trägt einen Ausdruck im Gesicht, als hätte sie so etwas wie eine Erleuchtung erfahren. Und Grace . . . Grace breitet die Arme aus und lässt sich ins Gras zurückfallen. Dann beginnt sie zu lachen. Im roten Schein des Feuers sieht sie glücklich aus. Nein, nicht glücklich – eher euphorisch.
Sie ist so schön.
Und so gefährlich.
Frank geht mir auf die Nerven. Er hört nicht damit auf, Steine gegeneinanderzuschlagen.
Und Milton.
Er kann den Blick nicht von Grace lösen. Und dann, von einem Moment zum anderen, katapultiert mich der Trip in die Umlaufbahn und ich kreise über dem Gipfel des Ghost.
Ich springe auf, gehe zu Grace und ziehe sie hoch.

Sie lacht. Lacht. Lacht.

Wir beginnen zu tanzen.

Der Mond bläst sich am nachtblauen Himmel zu einem Riesenlampion auf. Ich fürchte, er könnte platzen.

Jemand schreit etwas. Ich drehe mich um. Milton steht direkt vor mir. Sein Mund wird größer und größer.

Ich lasse Grace los.

Sie taumelt über das Gras. Ein Elfenschatten schwebt über das Gras und fliegt dem Abhang zu.

Schon balanciert sie über die Felskante wie eine Seiltänzerin – die Arme ausgebreitet, als wolle sie die ganze Welt umarmen.

Ich will etwas rufen, doch aus meinem Mund kommen nur Seifenblasen.

Dann ist sie verschwunden.

Stille.

Kapitel 20

Katies letzter Besuch einer Kirche hatte in Paris stattgefunden. Notre-Dame. Sie war sieben oder acht gewesen. Im ersten Moment hatte sie sich wie erschlagen gefühlt. Dann war ihr schlecht geworden. Nicht nur von dem Geruch der unzähligen Kerzen oder dem Weihrauch. Nein, richtig, richtig übel war ihr von der Architektur geworden, dem riesigen aufstrebenden Mittelschiff, den Bleiglasfenstern, dem merkwürdigen Licht, das den Chorraum beherrschte. Und wo man auch hinschaute, überall Mauern, Wölbungen, Getäfel, Säulen und wieder Pfeiler.

Sie hatte in diese berühmten Fenster geschaut – und hatte gedacht, dass sie dort nie mehr herauskommen würde. Es war eigentlich ein Wunder, dass ausgerechnet ihr Vater schnell genug reagiert hatte, bevor sie das Mittagessen auf den hellen Mamorfußboden hatte kotzen können.

Hier sieht es aus wie in einer verdammten Kirche.

Nachdem der Staub um sie herum sich gelegt hatte, war das der Vergleich, der ihr am passendsten erschien. Der Raum, in dem sie gelandet waren, erinnerte tatsächlich viel mehr an eine Kathedrale als an eine natürliche Höhle. Der Grundriss war kreisrund und wer noch zweifelte, dass Menschen diesen Raum geschaffen hatten, der wurde von Scheinwerfern eines Besseren belehrt, die in den Boden eingelassen waren und die ihr Licht auf die Wände und an die Decke warfen.

Der Ausgang hatte sie in eine Art Torbogen geführt. David lehnte noch immer erschöpft an einem der Pfeiler, während

Katie und Robert sich nun Schritt für Schritt vorwärtswagten. Katie bemerkte, dass ihr Tor nicht das einzige war – in regelmäßigen Abständen waren in die gewölbten Wände mit dem groben Mauerwerk Nischen eingelassen, die sich alle exakt glichen. Die Pfeiler mochten eine Höhe von gut zweieinhalb Metern haben und umschlossen die Öffnungen, die wirkten, als ob sie einmal Standbilder oder Statuen beherbergt hätten oder wenigstens einmal dafür vorgesehen waren.

Aber das eigentlich Faszinierende an dem Saal war und blieb die Decke, die kreisrund wie der ganze Raum war. Katie legte den Kopf in den Nacken und starrte hinauf in die lichte Höhe. Die schimmernde blaue Kuppel mit den ständig wechselnden Lichtreflexen gab dem Ganzen hier eine völlig unwirkliche Atmosphäre, die Katie einen Schauer nach dem anderen über den Rücken jagte.

»Ich glaube, ich weiß, wo wir sind.« Robert nahm den Rucksack von den Schultern. »Die Decke – sie ist aus Glas. Und dieses blaue Licht – das kommt vom Wasser des Spiegelsees.«

Er klang so vollkommen ruhig. So ganz anders als der sensible Junge, der zu Tode erschreckt wirkte, als er mit Julia hier oben im Tal angekommen war.

Und er sprach die Worte aus, als enthielten sie keine Informationen, keine Vorstellungen, die einen zu Tode erschrecken könnten.

Unter dem Spiegelsee? Wie konnten sie *unter* einem See sein? Nein, das konnte nicht stimmen. Robert musste sich täuschen.

Versuchsweise machte sie ein paar Schritte und hatte sofort das Gefühl zu schweben. Ein echtes Scheißgefühl.

Und wenn er doch recht hatte? Katie selbst war schon im Spiegelsee getaucht. Sie hatte gemeinsam mit Julia einen Anhänger mit einem USB-Stick aus dem Wasser geholt, der Angela Finder gehört hatte. Sie erinnerte sich an Steine, an sandigen Boden, der eher einer Wüste glich als dem Grund eines Sees. Aber an kein Glas.

Andererseits – dieser Raum hier konnte natürlich sonst wo unter dem See sein. Der Lake Mirror war groß – die Decke über ihnen mochte nicht einmal einem Bruchstück der Oberfläche entsprechen.

Katie spürte, wie sich in ihrem Magen etwas zusammenklumpte. Im Grunde ihres Herzens wusste sie, dass Robert recht hatte und es machte ihre eine solche Scheißangst, wie sie sie noch nicht einmal empfunden hatte, als sie damals an der Brücke des Potomac gestanden hatte.

Sie hatte versucht, einen Blick hinter den Vorhang zu werfen, hatte den Riss in der Oberfläche des Tals entdecken wollen. Und jetzt wünschte sie sich, sie hätte diesen Raum niemals betreten. Hätten Robert und vor allem David sie nicht überredet, immer weiterzugehen. Sie würde wer weiß was darum geben, wenn das Abenteuer hier und jetzt zu Ende wäre und sie gemütlich in ihrem scheußlichen kleinen Collegezimmer sitzen könnte, um für irgendwelche Prüfungen zu lernen.

Man müsste Situationen im Leben abschalten können wie einen Film, den man nicht mag. Wie ein unangenehmes Telefongespräch. Wie Musik, die einem auf die Nerven geht.

Aber das war nicht möglich.

Das alles hier war die Wirklichkeit im schlimmsten Sinn des Wortes.

Sie schwiegen, sahen sich nicht einmal an. Und was hätten sie auch sagen sollen? Es gab keine Worte. Und keine Theorie, die das erklären könnte, was sie hier unten erlebten. Wo sie sich befanden. Sie waren endgültig im Tal gefangen.

Robert war wieder der Erste, der sich in Bewegung setzte. Er hielt auf die Mitte des Saals zu, wo ein Kreis aus breiten Stufen einige Meter in die Tiefe führte.

Das Ganze hatte Ähnlichkeit mit einem Amphitheater, das

statt einer Bühne in der Mitte eine kreisrunde Plattform beherbergte und sie erinnerte sich an die ineinandergeschachtelten konzentrischen Kreise auf den Mauern. Waren sie nun im Zentrum angelangt? Die Fläche des von zahlreichen merkwürdigen Linien durchzogenen Steinfußbodens war leer bis auf einen riesigen Holztisch. Auf ihm lagen mehrere Aktenordner, aus denen Papier quoll. Ganz gewöhnliche Aktenordner, wie man sie auch im Supermarkt auf dem Collegecampus für 3,27 C$ erstehen konnte.

Weiße Blätter waren auch auf dem Fußboden verstreut und dieses kleine Detail war es, das Katie unmissverständlich klar machte, dass sie nicht zufällig hier waren. Jemand hatte sie erwartet. Doch ob sie wirklich Antworten, Lösungen, wie Robert es nannte, bekommen würden, das stand in den Sternen.

Tief durchatmen, Katie, sagte sie sich, schloss die Augen, öffnete sie wieder. Nichts hatte sich verändert.

Noch immer strahlte der Saal eine geradezu mystische Macht aus. Die Wasserfläche an der Decke war in ständiger Bewegung und immer wieder blitzte ein Lichtschein auf – die Februarsonne, die ihren Weg durch die Glaskuppel zu ihnen in die Tiefe fand und alles im Raum in dieses unwirkliche blaue Licht tauchte. Der Ursprung und Zweck des Saals lagen dagegen völlig im Dunkeln. Allein die Idee, unter der Oberfläche eines Sees ein Gebäude zu errichten, dem eine Glaskuppel als Dach diente, war schon absurd genug.

Vielleicht war es ja auch alles ganz einfach. Vielleicht hatten sie nur die Schwelle zu einem Paralleluniversum überschritten. Das wäre zumindest eine Erklärung, die Katie verstanden hätte.

David war ihr hinterhergehinkt und machte nun Anstalten, die Stufen in Angriff zu nehmen, doch Katie hielt ihn auf.

»Ich helfe dir«, sagte sie energisch. »Wir können uns jetzt nicht leisten, dass du hier auf die Schnauze fällst.«

Sie konnte die Anstrengung und Mühe geradezu spüren, mit der er sich die Stufen nach unten schleppte. Sie hoffte nur, er behielte recht und es handelte sich tatsächlich einfach nur um eine ganz gewöhnliche Gerinnungsstörung seines Blutes.

»Und bitte, David, kneif mich mal, damit ich kapiere, dass mein Gehirn nicht gerade dabei ist, sich zu verabschieden.« Etwas ungeschickt versuchte sie, den harten Ton von eben wiedergutzumachen.

»Sorry, bin damit beschäftigt, das Gleichgewicht zu halten«, kam die prompte Antwort. Fast klang aus Davids Stimme so etwas wie Heiterkeit, vielleicht weil er sich mit dem Gedanken beruhigte, das alles sei nur ein Albtraum – wenn auch ein besonders irrer.

Sie sah, wie Robert zwischen den Stufen und dem Holztisch stehen blieb, als würde ihn irgendetwas zurückhalten. Er ging auch nicht weiter, als David und sie neben ihn traten.

Robert prüfte wieder einmal die Uhr an seinem Handgelenk.

»Sag es uns schon«, forderte sie ihn auf.

»Die Temperatur ist wieder gefallen, aber das habt ihr sicher schon bemerkt. Sie beträgt jetzt acht Grad. Und die Luftfeuchtigkeit liegt nur noch bei dreißig Prozent.«

»Kein Wunder, dass ich den Staub nicht mehr aus der Kehle bekomme. Hoffentlich ist das Zeug nicht giftig.«

»Was meinst du, wie groß ist dieser Raum?«, mischte sich David ein.

Statt einer Antwort bewegte sich Robert mit gleichmäßig großen Schritten in die Mitte des Rondells, wo er am Tisch stoppte. »Ich muss den Raum oben noch vermessen«, sagte er mit Blick auf seine Uhr. »Aber wenn ich es hochrechne, komme ich auf vierundsechzig Meter Durchmesser.«

»Wie kann man so etwas wie das hier unten geheim halten?«, fragte Katie.

Robert hatte sich unterdessen darangemacht, die Blätter vom Fußboden aufzuheben, zu sortieren und auf dem Tisch zu stapeln.

»Man muss es nicht verheimlichen«, erwiderte David. »Denn niemand würde auf die Idee kommen, dass es existiert. Es ist einfach zu wahnsinnig.«

»Ob Benjamin das wohl auch gedacht hat?«, fragte Katie leise. Sie zeigte auf ein völlig verdrecktes Stück Stoff, das zusammengeknüllt in der Nähe eines der Tischbeine lag.

»Was ist das?« David kniff die Augen zusammen und bückte sich. Doch Robert hielt ihn zurück.

»Nein.«

»Warum nicht?«

»Ich weiß nicht . . . ich habe ein ungutes Gefühl.« Er zog seine Handschuhe aus der Tasche.

»Übertreibst du jetzt nicht?«

Robert ignorierte ihn, griff nach dem Stoffklumpen zu seinen Füßen und breitete ihn dann auf dem Boden aus.

Unter all dem Schmutz war die ursprüngliche Farbe kaum zu erkennen, aber hier und da blitzte es leuchtend blau auf und Katie konnte einen silbernen Streifen erkennen. Jeder von ihnen wusste, was das zu bedeuten hatte. Es war Benjamins Jacke.

»Er liebt diese Jacke«, murmelte David. »Er würde sie nicht einfach irgendwo liegen lassen, oder?«

Robert sagte lange kein Wort, aber David und Katie warteten. Julias Bruder hatte die Führung, er würde entscheiden, was zu tun war. Und in diesem Fall, dachte Katie, würde ich mir wünschen, er könnte wirklich die Zukunft vorhersehen. Zumindest würde es nicht schaden.

»Es spielt keine Rolle«, sagte Robert schließlich. »Es ist völlig egal, ob er sie vergessen hat oder nicht. Aber sie ist der Beweis. Er ist hier unten gewesen. Wir haben uns nicht getäuscht und richtig entschieden, dass wir hierher gekommen sind.«

David starrte die Jacke einige Sekunden an, bückte sich, seine Finger griffen in die rechte Tasche, dann in die linke. Er zog etwas heraus und streckte ihnen die Handfläche entgegen.

In seinem Gesicht war Erleichterung zu lesen – und Erkenntnis.

»Hier«, sagte er und erhob sich.

»Was ist das denn?«, fragte Katie angewidert. »Das Zeug sieht ja aus wie Ikes Hundekacke.«

»Es sind getrocknete Pilze«, erklärte Robert. »Und jetzt ist, glaube ich, einiges klar.«

Stille.

»Die Erklärung für Benjamins Ausraster«, stellte David fest.

»Pilze?«, rief Katie. »Er hat Pilze gegessen? Und deshalb renne ich hier unten herum und werde danach vermutlich Asthma bekommen oder an einer Staublunge sterben? Wegen ein paar Magic Mushrooms?«

Robert wiegte den Kopf. »Ja. Eigentlich ist es zu einfach«, murmelte er.

David betrachtete nachdenklich die Pilze, dann wandte er sich an Katie. »Hat er keine Andeutung am See gemacht?«, fragte er. »Benjamin gibt doch sonst immer mit seinen Drogenerfahrungen an.«

Katie versuchte, sich zu erinnern. »Er hat kein Wort von Pilzen gesagt.«

»Vielleicht konnte er einfach nicht mehr darüber reden?«, schlug Robert vor.

Katie nickte. »Weil er vorher schon dem Wahnsinn verfallen ist. Man kann doch von so einem Pilztrip wahnsinnig werden, oder?«

David nickte. »Die Wirkungskraft mancher Pilzarten ist vergleichbar mit LSD oder Kokain. Nur sind sie viel billiger und es gibt sie fast überall.« Plötzlich wirkte er hoch konzentriert. »Auch die Vergiftungserscheinungen passen.«

»Und darauf sind die Ärzte nicht gekommen, wenn das so leicht ist?«, fragte Katie.

»Das ist doch jetzt egal.« David ließ sich nicht beirren. Er zog sein Handy hervor, prüfte den Empfang, steckte es dann aber mit einem Schulterzucken zurück. Er sah hoch zu der Nische, aus der sie gekommen waren. »Wir müssen so schnell wie möglich zurück ins College und das Krankenhaus informieren, dass wir die Ursache für Benjamins Zustand gefunden haben.«

»Das geht nicht.« Robert schüttelte den Kopf und hielt die Pilze Katie entgegen. »Steck sie ein.«

»Warum ich?«, fragte sie.

»Tu's einfach.«

Er drückte sie ihr in die Hand und wandte sich David zu. »David, verstehst du nicht?« Er deutete auf die Aktenordner. »Hier unten liegt die Lösung, und zwar nicht nur für Benjamins Leben. Und selbst wenn hier eine Tür wäre, durch die wir einfach nach draußen spazieren könnten – ich muss herausfinden, was es mit diesem Raum auf sich hat und mit Dave Yellads Theorie.«

»Dazu haben wir keine Zeit«, rief David.

»Doch«, widersprach Robert ruhig. »Wir müssen sie uns nehmen.«

»Okay, McSupermind, dann sag uns doch endlich mal, was dich so sicher macht, dass Yellad etwas damit zu tun hat?«, fragte Katie.

Robert legte das Blatt Papier in seiner Hand zu dem Stapel auf dem Tisch. »Die Papiere hier. Seht ihr diesen merkwürdigen gelblichen Ton? Und diese rötlichen Schmierspuren von dem Staub? Es ist dasselbe Papier, auf dem Benjamin die Formel geschrieben hat. Er muss hier unten darauf gestoßen sein.«

Katies Blick glitt über den Schreibtisch. Ausnahmsweise war sie mal einer Meinung mit David, aber vor allem, weil sie sich noch nicht bereit fühlte, mehr über das Ganze hier zu erfahren.

»Hat das nicht später noch Zeit? David hat recht, wir sollten die Pilze so schnell wie möglich den Ärzten übergeben.« Sie versuchte einen Scherz. »Hey, wir werden in die Collegegeschichte eingehen, der Grace Chronicle wird uns eine eigene Seite widmen und Benjamin muss uns ein Jahr lang kostenlos mit Alkohol versorgen. Nur wie kommen wir hier heraus?«

»Wie wir hereingekommen sind.« David sprach mit voller Überzeugung in der Stimme.

Robert schüttelte den Kopf. »Nein. Ich denke nicht.«

»Was denkst du dann?«

»Ich habe keine Ahnung.«

David stöhnte auf. »Und was macht dich so sicher, dass wir nicht wieder denselben Weg zurücknehmen müssen, den wir gekommen sind?«

»Die Kreise«, erklärte er. »Die konzentrischen Kreise.«

Robert hatte nicht nur einen scharfen Verstand, sondern offenbar auch Adleraugen. Katie jedenfalls hätte die Kreise ohne seinen Hinweis von hier aus nicht gesehen. Erst als er seinen Arm ausstreckte, konnte sie das Symbol erkennen. Warum fiel ihr jetzt erst auf, dass es aussah wie die konzentrischen Kreise auf einer Wasseroberfläche?

Grace Dossier
Aufzeichnungen: Kathleen Bellamy

Ohne Datum

Paul: »Es ist nicht meine Schuld. Es ist nicht meine Schuld. Ich liebe sie, versteht ihr?«

Niemand sitzt mehr am Feuer.

Alle stehen an der Felskante und starren in die Tiefe.

Nein, nicht alle.

Milton macht sich daran, zu Grace hinunterzuklettern.

Eiskalte Luft strömt vom Gletscher zu uns herüber.

Mark ruft: »Ist sie tot?«

Miltons Antwort: »Überall Blut.«

Ich ziehe die Jacke über, die ich um meine Hüften gebunden habe, und halte mir die Ohren zu.

Ich habe das nicht gewollt.

Kapitel 21

Die Scheinwerfer warfen weiche Lichtkegel über die Nischen, aber sie wurden überstrahlt vom blaugrauen Leuchten des Sees.

Das alles erinnerte Katie an zahlreiche Hollywoodfilme wie Indiana Jones oder . . . wie hieß dieser Film mit Nicholas Cage, in dem Helden in Räume eindrangen und alte Geheimnisse entdeckten, die die Vorstellungskraft der Zuschauer und ihre Fantasie so richtig zum Kochen brachten?

Das Geheimnis der Tempelritter.

Aber ein Kinobesuch war nun einmal etwas völlig anderes, als in der Realität in so eine Welt vorzudringen. Mal ganz davon abgesehen, dass sie einfach nur Studenten im ersten Jahr waren, Freshmen, und keine Helden.

Wenn jetzt Riesenspinnen aufgetaucht wären oder Mumien aus Särgen stiegen, hätte Katie wenigstens lachen können. Aber die Aktenordner auf dem Tisch in der Mitte brachten alle Überlegungen zum Erliegen, sie sei wie Harry Potter über Gleis 9 $^{3/4}$ einfach nur in eine andere Welt gewechselt.

Die Ordner existierten wirklich. Sie waren real.

David hatte sich auf den Tisch gesetzt und blätterte die Papiere langsam und konzentriert durch, während Robert sich daranmachte, die Nischen im Saal abzuschreiten.

Katie atmete tief ein. Wie lange würde es dauern, bis David auf eine Information stieß, die ihm verriet, um wen es sich bei Eliza Chung tatsächlich handelte?

Es würde alles verändern. David und Robert würden es den anderen verraten. Sie würden begreifen, dass ihr Schicksal verknüpft war mit den Ereignissen vor fast vierzig Jahren. Bisher waren sie alle davon ausgegangen, die Studenten von damals seien nicht verschollen, sondern vermutlich tot. Es war die logischste Schlussfolgerung. Schließlich hatten sie auch Paul Forsters Leiche dort oben in der Gletscherhöhle entdeckt. Wie würden die anderen auf die Nachricht reagieren, dass Katies Mutter zu der Gruppe gehört hatte und lebte? Alles würde in einem neuen Licht erscheinen.

Andererseits wäre es gelogen, wenn sie behauptet hätte, sie sei nicht neugierig, was damals passiert war. Wie ihre Mutter hatte untertauchen können. Durfte sie nicht über diese Vergangenheit sprechen? Hatte sie es geschworen?

Katie schwankte. Sie sollte David alles erzählen. Das wäre der einfachste und ehrlichste Weg.

Sie hockte sich neben ihn auf den Tisch und starrte auf den aufgeschlagenen Aktenordner. Offenbar handelte es sich zum größten Teil um handschriftliche Notizen.

»Was sind das für Papiere?«

»Erinnerst du dich, dass die Studenten damals auf die Hütte gestiegen sind, um an diesem Experiment teilzunehmen? Es ging um Wahrnehmung. Sie sollten sich gegenseitig beobachten und alles aufschreiben, was die anderen taten, sagten. Ihr Verhalten. Ihre Gestik. Ihre Mimik. Jedes Detail. Jede Kleinigkeit. Tag und Nacht. Und dieser Ordner enthält die Aufzeichnungen darüber.«

Katie beugte sich vor. Nach den Ereignissen vom Remembrance Day hatten Julia und Chris von dem angeblichen Experiment erzählt, aber Katie hatte es als Unsinn abgetan. Jetzt war sie sich nicht mehr so sicher. »Was kann daran schon spannend sein, wenn man aufschreibt, was jemand anderes sagt? Was er tut, was er isst, wie er kaut und ob man ihn leiden kann oder nicht?« Sie bemühte sich, möglichst cool zu klingen, aber selbst in ihren Ohren scheiterte sie kläglich.

David schüttelte den Kopf und schlug mit der flachen Hand

auf die Seiten. »Das hier ist viel, viel mehr. Es ist so etwas wie ein kollektives Geständnis. Der Aufenthalt oben auf dem Ghost hat ganz offenbar eine eigene Dynamik entwickelt.« Er griff nach dem obersten Blatt und hielt es in die Luft. »Das hat eine Martha geschrieben.«

Grace ist mit dem Kopf auf einem Felsbrocken aufgeschlagen. Eine scharfe Kante hat sich seitlich in ihre Wange gebohrt. Das ganze Gesicht ist voller Blut. Milton schafft es kaum, sie wieder zu Bewusstsein zu bringen. Als es ihm endlich gelingt, wird ihr Körper von einer Art Schüttelfrost erschüttert. Sie brüllt auf, wenn man sie berührt, und schreit: »Mein Kopf. Ich spüre ihn nicht mehr.«
Die Einzigen, die die Ruhe bewahren, sind Milton, Mark und Eliza.

Katie ließ das Blatt sinken. Jetzt, dachte sie. Sag es ihm. Sag ihm, wer Eliza ist. Aber in dem Moment, als sie den Mund öffnete, ertönte ein tiefes dumpfes Grollen. Es ging durch Mark und Bein und erschütterte Katie von Grund auf. Licht und Schatten verschwammen über ihnen.

Und wieder ein heftiger Schlag. Ein Dröhnen, als bräche alles auseinander.

»Was ist das?« Katies Stimme war rau vor Angst.

»Die Glaskuppel . . . sie steht unter Spannung.« Plötzlich tauchte Robert wieder neben ihnen auf und schaute, den Kopf weit in den Nacken gelegt, stirnrunzelnd nach oben.

»Du meinst, sie kann brechen?«

Robert schüttelte den Kopf. »Glaub ich nicht. Diesen Saal gibt es schließlich nicht erst seit gestern. Das Dach hat schon manchem Sturm im Tal standgehalten. Vielleicht gibt es unterirdische Strömungen und das Wasser drückt auf die Glasfläche?«

Roberts Erklärung beruhigte Katie nicht. Dieses Geräusch klang nach einem Erdbeben der Stärke sieben auf der Richterskala, nicht nach Strömungen. Als ob die tektonischen

Platten sich verschoben. Sie rechnete fest damit, dass Wasser einbrach und sie ertrinken würden.

Und dann war es plötzlich wieder vorbei.

Stille hüllte sie ein und Angst.

Ja, Angst, Angst, Angst.

Verfluchte Scheiße.

Katie wollte einfach nur hier weg, das wurde ihr jetzt mit aller Macht deutlich. Keine Nachrichten über ihre Mutter konnten sie mehr ablenken, keine neuen Erkenntnisse über das, was auf dem Ghost passiert war.

Mensch, Katie, wach auf!

Du bist gefangen unter einem riesigen See! Millionen von Kubikmetern von Wasser lasten über euren Köpfen! Und es war noch nicht einmal sicher, ob sich irgendeine dieser Fuck-Mauern bewegen würde, damit sie hier rauskamen.

Katies Finger krampften sich zusammen. Sie wollte die Papiere vor ihr vernichten, in denen David schon wieder herumblätterte, als hätte er ein Recht dazu. Vernichten, zerreißen, verbrennen. Aber in diesem Moment legte Robert ihr die Hand auf die Schulter. Seine schmalen Finger waren federleicht und doch schaffte er es abermals, Katie mit der Geste zu beruhigen.

»Kommt mit«, sagte er. »Das müsst ihr euch ansehen.«

»Was meinst du?«, fragte Katie.

Robert schenkte ihr einen seiner rätselhaften Blicke. »Nicht alle Nischen sind leer.«

Die Figur, die in gekrümmter Haltung auf einem Sockel in der Nische ruhte, war lebensgroß. Das linke Bein angewinkelt, das rechte gestreckt, lag die Frau oder das Mädchen auf dem Bauch. Die Knie pressten sich gegen den Unterkörper und der Kopf kam seitlich auf einem Felsen zum Liegen. Dennoch konnte man das Gesicht gut erkennen. Mit den geschlossenen Augen wirkte sie, als ob sie schlief.

»Sie sieht ein wenig aus wie die Venus von Milo, oder«, fragte Katie. »Nur dass sie noch beide Arme hat und nicht im Louvre schläft. Wir müssten Rose dabeihaben, die versteht mehr davon, aber ich glaube nicht, dass irgendein herausragender Künstler für die Statue verantwortlich ist.«

Katie beugte sich vor, um die Oberfläche des bräunlichen Steins besser in Augenschein nehmen zu können. Sie war rau und spröde, wirkte nicht bearbeitet. Dennoch war eine Andeutung der Kleidung, der Augen, der langen wallenden Haare zu erkennen.

Katie trat einen Schritt zurück. Erinnerte die Statue sie an jemanden? Ja, aber sie kam nicht darauf, an wen. Sie kniff die Augen zusammen und registrierte noch etwas.

Was war das dort über dem Sockel an der Wand? Sie stellte sich auf die Zehenspitzen, aber sie konnte es von hier aus nicht genau erkennen.

»Es ist eine Inschrift«, erklärte Robert. »Sie ist in den Stein gemeißelt.«

Katie sah sich um. David schied aus, er hatte genug damit zu tun, auf seinen Beinen zu bleiben.

»Hilf mir mal, Robert«, bat sie.

Julias Bruder trat tatsächlich dicht an die Mauer und verschränkte die Hände ineinander, sodass eine Trittfläche entstand. Sie hob das rechte Bein und stützte sich an seinen Schultern ab. Für den Bruchteil einer Sekunde gab er nach.

»Wenn du mich fallen lässt, verklage ich dich.«

»Ich lass dich nicht fallen.«

Sie schwankte kurz, griff nach der Kante des Pfeilers und zog sich hoch.

»Taschenlampe.«

Robert bückte sich und zog die Taschenlampe aus dem Rucksack. Sie hielt die Taschenlampe direkt auf die Inschrift.

Als Erstes las sie das Datum.

10. September 1974.

Und als sie schließlich den Namen entziffert hatte, wurde ihr schwindelig. Für einen Moment verlor sie vor Schreck das Gleichgewicht und packte den nächsten Vorsprung, den sie erreichen konnte. Sie fand tatsächlich kurz Halt, doch dann spürte sie, wie etwas abbrach. Sie schwankte und ließ los.

Eine der wichtigsten Regeln beim Klettern: Immer auf die Füße fallen, wie eine Katze. Und tatsächlich landete Katie mit beiden Beinen auf dem Boden. Erst nach einem Augenblick bemerkte sie, dass es ein Stück von der Statue war, das sie abgebrochen hatte. Sie hielt es noch immer in der Hand.

Wie die Venus von Milo war die Statue nun nur noch ein Torso, dem die linke Hand fehlte. Und sie war schuld.

Dann geschah alles in Zeitlupe. Robert beugte sich zu ihr hinüber, nahm ihr das Stück aber nicht aus der Hand, sondern betrachtete es intensiv.

Katie glaubte schon, er würde etwas sagen, doch stattdessen wurde er von einer Sekunde zu anderen totenblass. Die Augen weit aufgerissen, kam aus seiner Kehle ein undefinierbarer Laut. Und dann begann Robert zu zittern.

»Was ist los, Rob?«

Robert gab keine Antwort. Er hatte die Augen geschlossen, aber fast schien es ihr, als seien seine Pupillen aus Glas. Sein Blick streifte sie kurz, aber er sah einfach durch sie hindurch. Vielleicht war ja auch sie aus Glas.

Oh, verflucht. Julias kleiner Bruder war offenbar dabei, in eine Art panische Starre zu fallen.

Sein verwirrter Blick ging über sie hinweg. Er schien sie nicht mehr wahrzunehmen. Er war den ganzen Tag über so cool gewesen, ruhig, klar und jetzt . . . knallten seine Sicherungen durch.

»Robert, hörst du mich? Mir geht es gut. Kein Grund, in eine Schockstarre zu fallen. Es ist nichts passiert.«

Neben ihr rührte sich David. Robert wich zurück. Seine Bewegungen waren verlangsamt, fast als bewege er sich unter Wasser.

Was ja auch der Fall war. Sie waren unter Wasser. Nur geschützt durch eine Hülle aus Glas, von der niemand wusste, wie stabil sie war. Katie hob unwillkürlich den Kopf und starrte nach oben. Das graublaue Wasser bewegte sich leicht, doch kaum ein Laut war zu hören, als es in regelmäßigen Abständen gegen die Scheibe schwappte.

»David, was hat er denn?« Katie konnte den ungeduldigen Unterton in der Stimme nicht unterdrücken. Er war einfach immer da, wenn sie sich in einer ausweglosen Situation befand.

David hob die Hand und bedeutete ihr zu schweigen. Okay, in medizinischen Dingen ließ sie ihm nur zu gern den Vortritt.

»Robert, Rob, komm zu dir. Es ist alles in Ordnung.« David hatte seine Stimme gesenkt und sprach ganz ruhig.

Robert starrte noch immer auf das rotbraune Stück der Statue auf Katies Hand, als würden darin alle Antworten auf seine Fragen verborgen sein.

Katie hatte schon davon gehört, aber sie war noch nie dabei gewesen, wenn Julias Bruder unter Schock stand. Es war, als wolle er mit seiner Verzweiflung die Welt anhalten.

Demon Days.

Katie begriff erst jetzt, dass ein Mensch tatsächlich von Mächten heimgesucht werden konnte, die stärker waren als er selbst und sich gegen ihn richteten. Und wenn man nicht aufpasste, fraß es die eigene Seele auf.

Robert litt Qualen.

Der Grund musste in dem Gesteinsbrocken liegen, den sie in der Hand hielt und der sich rau und zunehmend unangenehmer anfühlte. Sie hob ihn hoch und betrachtete ihn genauer.

Zunächst fiel ihr nichts auf.

Es handelte sich einfach nur um die Abformung der schmalen, zierlichen Hand eines Mädchens. Die Finger waren leicht gekrümmt und am Mittelfinger steckte ein Ring, den Katie kaum sehen, aber genau fühlen konnte. Und sie registrierte, dass das Gestein innen hohl war. Etwas steckte in diesem Hohlraum. Sie fuhr mit dem Zeigefinger hinein, bis etwas herausrutschte, das sich anfühlte wie Leder.

Und dann dachte sie an den Käfer, den sie gefunden hatte, und die Ameise und erst da begriff sie.

Auf ihrer Hand lag ein langer, schmaler Finger.

Woran sie das erkannte?

An dem Fingernagel war noch ein Rest rosafarbenen Nagellacks zu erkennen.

Der Finger gehörte zu dem Namen der Inschrift:

Grace Morgan.

Grace Dossier

Aufzeichnungen aus Elizas Notizbuch

(Nacht vom 09. auf den 10. September)
Vollmond. Sein Gelb ist so klar und rein, man kann Gebirge, Täler, Landschaften erkennen.

Sein Anblick: nicht beruhigend. Ich werde das Gefühl nicht los, von ihm beobachtet zu werden. Er sieht uns zu, wie wir alle im Kreis um Grace sitzen.

Wird man uns später fragen, warum wir nichts unternommen haben?

Natürlich.

Wir haben Feuer gemacht, alles an Decken und Kissen geholt, um es ihr warm und bequem zu machen. Sobald es hell wird, hat Mark vor, ins Tal abzusteigen, um Hilfe zu holen. Er wird zwei Tage brauchen, mindestens.

Milton überhäuft uns mit Vorwürfen. Aber wir können sie nicht mal in die Hütte bringen. Jedes Mal wenn er Grace auch nur berührt, fängt sie an zu schreien.

Bis irgendwann auch das ausbleibt.

Bald gibt sie keinen Ton mehr von sich.

Stille. So beängstigend.

Außer der Wunde am Kopf ist keine Verletzung erkennbar. Die Blutung ist schon lange zum Stillstand gekommen, eine breite rote Kruste zieht sich diagonal vom linken Ohr hinunter zum Hals.

Hätten wir anders gehandelt, wenn wir die Pilze nicht gegessen hätten?

Ich weiß es nicht.

Irgendwann schlafe ich ein.

Mark weckt mich.

Er sagt: »Sie ist tot. Grace ist tot.«

Kapitel 22

Katie ließ das Gebilde in ihrer Hand fallen. Die Hülle zerschellte in zwei Teile.

»Was ist das?«

Robert ging in die Knie und hob es auf. »Ein mumifizierter Finger.«

Er sprach vollkommen ruhig. In seinem Verhalten erinnerte nichts mehr an seine Reaktion von vorher. Er wirkte plötzlich höchst konzentriert und professionell, als er eine Plastiktüte aus seinem Rucksack zog, damit das dunkelbraune Etwas aufhob und es verstaute.

Katie neigte nicht zur Hysterie, aber ihre Stimme klang erschreckend schrill und hoch – fast wie die ihrer Großmutter, wenn sie sich aufregte. »Mumifiziert?«, wiederholte sie. »Hast du etwa auch von Benjamins Pilzen gegessen und jetzt explodiert dein Verstand?«

Robert schüttelte bedächtig den Kopf und hob die Tüte in die Höhe. »Sicherheit erhalten wir natürlich nur, wenn wir das an ein Labor schicken.«

David schien ebenfalls nicht wirklich überzeugt. »Damit etwas mumifiziert, braucht es bestimmte Bedingungen. Ein Mikroklima, in dem die Verwesung gestoppt wird.«

»Nicht, wenn der Körper luftdicht abgeschlossen ist«, widersprach Robert. »Wie in diesem Fall.« Er deutete auf die hohle Gesteinshülle, die auf dem Boden lag. »Es gibt nur wenige Materialen, die das ermöglichen. Asche zum Beispiel.«

»Ich habe noch nie von einer Gesteinsart gehört, bei der das der Fall ist.« David schüttelte den Kopf.

»Wir wissen nicht alles.«

Wer würde ausgerechnet Robert in diesem Punkt widersprechen?

»Mumifiziert«, wiederholte sie. Ihr Blick ging zur Statue hinter ihr. Eine Statue, die vermutlich keine war, sondern eine Leiche, die in einer luftdichten Hülle eingeschlossen war.

»Ja, und zwar kurz, nachdem sie gestorben ist. Bevor der Körper anfangen konnte zu verwesen.«

»Bei Fossilien dauert es Jahrhunderte, ach was, Millionen von Jahren, bis etwas in Gestein eingeschlossen ist. Und dann ist der Stein in der Regel so hart und schwer, dass es den Körper plattmacht«, wandte David ein.

»In Pompeji ging es ganz schnell«, widersprach Robert.

»Das waren der Ascheregen und die heiße Lava. Das hier ist keine Folge eines Vulkanausbruchs. Hier im Tal gibt es keine Vulkane, schon gar keine aktiven.«

»Sag mal, wisst ihr eigentlich, wovon ihr hier redet? Davon, dass in dieser Statue eine Leiche eingemauert ist!«

»Nicht eingemauert«, widersprach Robert ernsthaft. »Das ist ja das Interessante. Dieser Finger, so wie wir ihn sehen, wurde von einer Gesteinsschicht eingehüllt, und zwar auf ganz natürlichem Wege. Das ist unglaublich! Man könnte genauso gut sagen«, er machte eine kurze Pause, »dass die Leiche versteinert ist.«

Auf so eine Theorie gab es nur Schweigen als Antwort, bis Katie sagte: »Die Inschrift, das war ein Datum und ein Name.« Sie stockte und fuhr dann fort: »›10. September 1974, Grace Morgan‹. Sie ist eine von den Studentinnen, die verschollen sind. Ich kenne ihren Namen vom Gedenkstein.«

David holte tief Luf. »Wir alle kennen den Namen.«

»Robert, bist du eingeschlafen?«

Katie starrte auf Robert, der seit gut einer Minute nichts mehr gesagt hatte, sondern nur die Statue in der Nische anstarrte. Oder vielmehr die *Leiche* in der Nische.

»Wir müssen zurück! Oder hast du Benjamin bereits vergessen? Das alles hier«, sie machte eine Handbewegung, »muss warten.«

Und zwar bis an den St. Nimmerleinstag, von ihr aus. Sie hatte die Schnauze voll von dieser Halle, nein – dieser Gruft hier unten.

»Katie hat recht«, sagte David. »Wir sollten aufbrechen. Wir haben die Pilze. Wir kennen die Ursache für Benjamins Zustand.«

»Es kann nicht warten.« Robert schüttelte den Kopf.

»Aber . . .«

»Zeig mir dein Bein, David.«

»Was? Wieso?«

»Bitte, zeig es mir.«

»Dafür ist Zeit, wenn wir zurück sind. Dann kümmere ich mich darum.«

»Vielleicht ist es dann zu spät.«

Katie stockte der Atem. Sie begriff früher als David, worauf Robert anspielte, und starrte auf die Gesteinsreste auf dem Boden. Grace' Körper – er war eingeschlossen worden von einer Hülle, die zumindest von der Farbe her Ähnlichkeit mit Ton aufwies. Dieselbe Farbe, die der Belag auf Davids Wunde aufwies.

Einen Augenblick später wusste auch David, was Robert meinte. »Du denkst doch nicht etwa . . .?« Er brach ab.

»Wir brauchen Wasser«, bestimmte Robert. Er kniete sich neben David und schob die Hose hoch. Die Wunde sah im Wesentlichen aus wie vorher, nur hatte sich die Kruste noch weiter ausgebreitet. »Viel Wasser. Wir müssen den Belag entfernen und die Wunde säubern. Ich hoffe, dein Blut hat nicht allzu viele Gesteinspartikel aufgenommen.«

Oh Gott, die Vorstellung, Davids Körper würde irgendwann aussehen wie der von Grace, verursachte Katie Übelkeit.

So etwas war gar nicht möglich.

»Katie?«

Erschrocken blickte sie auf.

»Ich brauche das Wasser! Jetzt!«

Sie nickte und beeilte sich, seinen Rucksack zu öffnen. »Es ist nicht mehr viel.«

»Besser als gar nichts. Ich denke, Feuchtigkeit verhindert, dass die Materie hart wird. Die Kruste muss weg. Und dann müssen wir tatsächlich sehen, dass David hier rauskommt. Sehr viel Zeit haben wir nach meinen Berechnungen nicht mehr. Tut mir leid.«

Robert begann vorsichtig, Wasser auf die Wunde zu tropfen und sie mit den Fingern zu verreiben. »Es ist noch nicht völlig hart, siehst du, David? Vermutlich hat es geholfen, dass du vorhin die Verletzung gesäubert hast. Auf jeden Fall sollten wir die Haut feucht halten, damit sich die Kruste nicht mit ihr verbindet.«

Katie starrte auf David und Robert. Die Vorstellung, sie würde bei lebendigem Leib versteinern – und nichts anderes war es doch, was Robert meinte –, würde sie wahnsinnig machen. Aber David war plötzlich völlig ruhig. Fast, als ob er sich damit abgefunden hatte, was mit ihm passierte.

Er machte eine Kopfbewegung hinüber zu dem Tisch. »Katie, pack die Aktenordner ein. Sie sind wichtig.«

Katie zögerte. Das hier war ein geheimer Raum. Jemand hatte die Ordner hier unten aufbewahrt – und er war vermutlich nicht gerade angetan davon, wenn sie seine Schätze nun einfach mitgehen ließen, oder?

»Jemand hat sie für uns deponiert.« Wieder hatte Robert ihre Gedanken gelesen. »Jemand wollte, dass wir sie finden.«

Katie zögerte noch immer.

»Wenn wir mehr über das Tal erfahren wollen, müssen wir sie mitnehmen, Katie. Es gibt keine Wahrheit, die man fürchten muss.«

Doch, wollte Katie entgegnen, wenn sie das ganze Leben

auf den Kopf stellt. Wenn man über Menschen etwas erfährt, was alles verändert. Wenn man anfängt, sie zu verstehen, und sich nicht dagegen wehren kann.

»Pack sie ein, Katie.« Roberts Tonfall war weniger befehlend als bittend. Er sah auf seine Uhr. »Und du, David, zieh den Schuh wieder an. Wir haben nur noch fünf Minuten, dann kommen wir hier raus.«

Er erhob sich. »Ich weiß nur nicht, durch welche Wand.«

Grace Dossier

Songtext »Prophezeiung« von Frank Carter

Nacht vom 09. September auf den 10. September 1974

> Keiner kennt keinen
> Doch sie wählen den einen
> Den sie nicht sehen
> Weil sie nicht verstehen
>
> Sie wollen nicht bleiben
> Doch sie können nicht schweigen
> Und können nicht fliehen
> Sie wissen zu viel
>
> Es wird uns suchen
> Es wird uns finden
> Wir können nicht sterben
> Wir sind die Erben
>
> Wir sehen das Ende
> Hält die Zeit für uns still
> Und es wird uns finden
> Wenn es uns will

Kapitel 23

Noch drei Minuten.« Roberts Stimme klang merkwürdig hohl und abwesend.

Katie stürzte die Stufen hinunter und auf den Tisch zu, raffte die Papierstapel zusammen und stopfte sie in ihren Rucksack, genau wie den obersten der Ordner.

»Mehr schaff ich nicht«, rief sie. »Was ist mit den beiden anderen Ordnern?«

»Egal, komm wieder her«, rief Robert. Er und David standen Rücken an Rücken oberhalb der Stufen und versuchten, die Wände im Auge zu behalten. »Noch eine Minute, fünfundvierzig Sekunden! Katie, wir brauchen dich hier! Ihr müsst sofort durchstarten, wenn etwas sich verändert.«

Die folgenden Sekunden erschienen Katie unendlich lange. Sie glaubte, den Sekundenzeiger ticken zu hören.

»Katie, du stützt David, okay?« Robert blickte wieder auf die Uhr. »Und David, du nimmst die Lampe. Ihr müsst zusammenbleiben, wenn etwas passiert.«

Katie sah ihn an. »Wie meinst du das?«

Robert blickte starr geradeaus. »Die Wände, Katie«, beschwor er. »Konzentrier dich nur darauf!«

Sie tat, was er sagte. Schließlich wollte sie dasselbe wie er – einfach nur raus hier.

Doch je länger sie auf denselben Punkt starrte, desto weniger konnte sie etwas erkennen. Der ganze Raum war in dieses graublaue Licht gehüllt, das sich in immer neuen Schattierungen zeigte. Als gäbe es diese Glaskuppel über ihr nicht. Nein, sie schwebte unter dem Wasser und gleich würden sich ihre Füße vom Boden heben und . . .

Sie riss die Augen auf. Sie durfte jetzt nicht durchdrehen. Die Nischen! In einer von ihnen würde sich die Wand öffnen. Aber in welcher? Sie versuchte, sich auf die Kreissymbole zu konzentrieren, aber die waren überall – auch sie verschwammen und wurden zu Ringen aus Wasser, das leise glucksend an das Ufer des Lake Mirror schwappte.

Roberts Stimme brach in ihre Gedanken ein. »Wenn meine Berechnungen richtig sind, dann führt der nächste Gang zurück.«

»Wohin zurück?« David hörte sich an, als knirschte er mit den Zähnen.

»Das kann ich euch auch nicht genau sagen«, erwiderte Robert gerade, als das inzwischen vertraute Geräusch ertönte und der Boden unter ihren Füßen anfing zu beben. Katie wirbelte einmal um die eigene Achse, doch die Wand vor ihr veränderte sich nicht.

»Wo, verdammt noch mal, ist der Ausgang?«, schrie sie. »Wo?«

»Dort drüben!« David wollte losrennen, doch das Bein ließ ihn im Stich. Er stolperte und fiel zu Boden. Robert war sofort an seiner Seite und half ihm hoch, genau wie Katie, die ihn unter den Achseln fasste und ihn einfach mit sich zog.

Der Lärm war ohrenbetäubend, sie konnte nicht verstehen, was Robert schrie.

»Was?«

Robert wiederholte seine Worte, aber Katie zuckte nur hilflos mit den Achseln.

Sie musste sich ganz auf David konzentrieren, der inzwischen dazu übergegangen war, sich auf ihre Schulter zu stützen und auf einem Bein zu hüpfen, offensichtlich kam er so schneller voran. Dennoch schienen sie sich nur wie in Zeitlupe zu bewegen. Der Spalt wurde größer und größer, aber die Strecke, die sie zurücklegen mussten, kam Katie unendlich lang vor.

Die Wand öffnete sich neben der Nische, in der Grace ruhte. Dahinter erkannte Katie nichts als Dunkelheit.

Und schlagartig begriff sie den Mechanismus der Tunnelöffnungen. Das Ganze war wie eine Drehtür konstruiert, die sich einmal um die Mittelachse bewegte. Wenn sie sich um hundertachtzig Grad gedreht hatte, war der Spalt wieder geschlossen.

Der Lärm ebbte ab. Die Wand stand nun auf neunzig Grad.

»Schneller«, rief sie und verstärkte ihre Anstrengung. Davids Gewicht auf ihrer Schulter drückte sie zu Boden, aber sie biss die Zähne zusammen. Höchstens noch acht Meter.

Wann wurde der Spalt zu schmal, um durchzukriechen? Wenn der Winkel kleiner wurde als fünfundvierzig Grad.

Ihnen blieben nur noch Sekunden.

Fünf Meter.

Drei Meter.

Zwei Meter.

Einer.

»Du zuerst!«

Sie schob David mit aller Kraft nach vorne. Er stolperte wieder, hielt jedoch das Gleichgewicht, machte den ersten Schritt durch den Spalt und blieb hängen. Die Wand bewegte sich unaufhaltsam weiter.

»Seitlich!«

David brauchte ihre Anweisung nicht, er hatte sich schon selbst gedreht. Katie wartete nicht ab, ob er noch einmal stolperte. Sie stürzte sich auf ihn und schob ihn und sich selbst mit ihrem ganzen Gewicht durch die Wand.

Sie fiel und landete genau auf David.

Der Lichtschimmer wurde schwächer. Der Spalt schloss sich. Sie lagen im Dunkeln.

»David«, flüsterte Katie. »Wo ist Robert?«

Katie versuchte, sich mit der Taschenlampe zu orientieren. In dem Raum war es nicht wirklich hell gewesen. Zudem hatte das blaue Spiel aus Licht und Schatten das Sehen erschwert. Doch es fiel Katie schwer, sich wieder an die Taschenlampe zu gewöhnen, angewiesen zu sein auf den schmalen Kegel Helligkeit.

Sie spürte, wie David neben ihr keuchte.

»Robert?« In seiner Stimme klang schrille Panik.

Keine Antwort.

»Robert?«

Je länger die Stille andauerte, desto deutlicher begriff Katie, was das hieß. Robert hatte es nicht auf die andere Seite geschafft. Er war allein in dem Raum zurückgeblieben.

»Robert?«, schrie David noch einmal.

Katie wurde das Herz schwer. »Lass es«, murmelte sie. »Es hat keinen Sinn.«

Aber David ließ sich nicht zurückhalten. Er sprang auf und begann, gegen die Wand zu hämmern. »He, Robert, wo bist du?«

»Er kann dich nicht hören.«

»Wir müssen etwas unternehmen! Wir können ihn nicht dortlassen!«

»Was schlägst du vor? Die Mauern einreißen?«

»Er ist ganz allein. Du kennst ihn. Er wird verrückt werden vor Angst.«

»Wird er nicht.«

»Du vielleicht nicht, aber Robert, er hält so etwas nicht aus.«

Katie unterdrückte den Impuls zu schreien. Stattdessen rappelte sie sich auf. »David«, sagte sie beschwörend. »Er hat es gewusst.« Sie vermied es, die Taschenlampe in seine Richtung zu halten. »Ich habe es nicht kapiert – aber er hat es uns deutlich gesagt. Oder warum, meinst du, hat er dir die Taschenlampe gegeben? Wieso hat er uns beschworen, dass wir zusammenbleiben müssen, wenn etwas passiert?«

Sie streckte David die Hand entgegen. »Er hat es selbst entschieden, David. Er wollte nicht mitkommen. Irgendetwas hält ihn dort noch zurück.«

Selbst im Dunkeln spürte sie, wie David innehielt. »Du hast recht«, murmelte er. »Dieser Mistkerl... er hat uns hereingelegt, oder...« Er fluchte lauthals. »Mann, der weiß überhaupt nicht, was er tut!«

Katie schüttelte den Kopf. »Ich glaube, da täuschst du dich gewaltig.«

So war es ihr ja selbst gegangen. Auch sie hatte sich in Robert getäuscht und jetzt konnte sie nicht umhin, ihn für seinen Mut zu bewundern.

»Was nun?«, fragte David. »Am besten warten wir, bis sich die Wand wieder öffnet.«

»Nein«, unterbrach sie ihn. »Das ist nicht das, was Robert will. Du musst so schnell wie möglich ins Krankenhaus. Sie müssen dort dein Bein untersuchen, bevor...« Sie sprach es nicht aus. »Und die Pilze – wir müssen sie den Ärzten zur Analyse geben. Denn schließlich geht es hier noch immer um Benjamins Leben, oder? Ich dachte, das müsste ich ausgerechnet dir nicht sagen.«

»Robert hat keine Taschenlampe«, wandte David ein. »Er wird sich hier unten verirren.«

Katie packte David an der Schulter und sah ihn eindringlich an. »David – oben auf dem Ghost, als Ana in die Gletscherspalte gestürzt ist, da hast du mich nicht im Stich gelassen. Du hast uns dort herausgeholfen. Aber das hier«, sie deutete auf die geschlossene Wand vor ihr, »ist etwas völlig anderes. Robert hat eine Entscheidung getroffen. Er wollte hier unten bleiben. Und wir müssen ihm vertrauen. Du musst das akzeptieren.«

David sah sie lange an. Dann sagte er: »Mir bleibt wohl nichts anderes übrig.«

Wo waren sie?

Befanden sie sich noch immer unter dem See oder an irgendeiner anderen Stelle unter der Erde? Ohne Robert hatten sie schlichtweg die Orientierung verloren, was allerdings keine wirkliche Bedeutung hatte, denn der schmale enge Gang ließ ihnen keine andere Wahl, als geradeaus zu gehen. Er glich den vorherigen Gängen wie ein Ei dem anderen und Katie sagte sich ständig, dass sie immerhin vorwärtskamen – was an sich schon eine echte Verbesserung ihrer Lage war.

Aber trotzdem – es fühlte sich furchtbar an.

Was als Abenteuer begonnen hatte, war zu einem grässlichen Albtraum geworden, und wieder kehrten Katies Ängste vor geschlossenen Räumen mit aller Macht zurück.

Neugier! Wie hatte sie vorhin neugierig sein können?

Alles, was sie entdeckt hatten, war so unvorstellbar, so schrecklich, dass ihr die Katie von heute Morgen nur noch naiv erschien.

Der einzige Trost war, dass es David ein bisschen besser zu gehen schien, wenn er sich auch nach wie vor schwer auf ihre Schulter stützte. Aber Roberts Maßnahme, den Staub wegzuwaschen, schien offenbar eine Wirkung zu zeigen.

Fragte sich nur, wie lange.

Der Lichtkegel der Taschenlampe tanzte über den Boden.

Zeit und Raum.

Zwei Begriffe, die bisher für Katie selbstverständlich gewesen waren. Aber es waren die wichtigsten Bezugspunkte, um sich nicht verloren zu fühlen.

Wer sagte, dass sie tatsächlich auf dem Rückweg waren? Robert hatte es zwar vermutet, ebenso wie er überzeugt davon gewesen war, dass der Saal unter dem See das Zentrum des Gangsystems war. Aber hatte er die Gewissheit gehabt?

Soviel Katie wusste, konnten sie genauso gut in Richtung Sumpf steuern. Sie schauderte, als sie an die Unmengen toter Fische dachte, die sie dort entdeckt hatten.

Was hielt das Tal noch für schreckliche Geheimnisse bereit?

Und vor allem – wer im Tal war dafür verantwortlich, dass sie auf diese Geheimnisse stießen?

Denn Katie hatte inzwischen das dumpfe Gefühl, dass sie nichts weiter als Marionetten waren, die von einer fremden Macht zu einem Zweck benutzt wurden, der sich ihr einfach nicht erschließen wollte.

Denk nicht darüber nach.

Denk an etwas anderes, sonst wirst du hier unten verrückt.

Sebastien.

Sie biss die Zähne zusammen. Okay, sie würde hier rauskommen, und zwar, weil sie Sebastien besuchen musste, das war ihr jetzt sonnenklar. Sie musste ihn so schnell wie möglich sehen.

Und was war mit ihm, dem Duke?

Solange sie sich nicht über ihr Verhältnis zu Sebastien im Klaren war, würde sie sich nicht mit ihm treffen, entschied sie.

Würde er es verstehen, wie Sebastien es umgekehrt akzeptieren würde? Ja, denn Sebastien wäre nicht Sebastien, wenn er ihr nicht die Freiheit geben würde zu tun, was für sie das Beste war. Wie hatte sie das nur vergessen, wie an ihm zweifeln können? Er hatte es mehr als einmal gesagt.

»Ich könnte nie einen anderen Menschen zu etwas zwingen«, hatte er gesagt und sie in seine Arme gezogen. »Vor allem nicht jemanden, den ich liebe.«

»Und warum überredest du mich dann immer wieder, Dinge zu tun, die gefährlich sind?«

»Ich zeige dir nur eine Möglichkeit. Am Ende bist du es, die springt, oder?«

»Du sagst nur, dass du mir meine Freiheit lässt, weil du sicher bist, mich nie zu verlieren.«

»Nein«, er hatte den Kopf geschüttelt. »Freiheit ist das Gegenteil von Verlust, Katie. Freiheit heißt, einen klaren Verstand und eine . . .« Er hatte sie losgelassen, war auf das Brückengeländer gestiegen und hatte die Arme ausgebreitet. ». . . eine große Seele zu besitzen.«

»Komm sofort da runter, Sebastien.«

»Hast du etwa Angst um mich?«

»Ja, du verdammter Idiot, habe ich. Denn offenbar habe ich etwas zu verlieren, im Gegensatz zu dir.«

Er hatte einfach nur gelacht.

»Katie?«, hörte sie David flüstern. »Ich glaube, da vorn ist der nächste Durchgang.«

»Okay.« Katie warf nur einen müden Blick auf die geschlossene Mauer vor sich. Sie ließ sich erschöpft zu Boden sinken. »Warten wir. Irgendwann wird die Wand sich schon für uns öffnen.«

Sie dachte an die Müsliriegel und die Schokolade in Roberts Rucksack. Nun, er würde die Vorräte nötiger brauchen als sie.

Sie schwiegen einige Minuten, bis David, den Kopf an die Mauer gelehnt, sagte: »Ich kann es noch immer nicht fassen. Der künstliche Wasserfall. Das Gangsystem. Der Raum unter dem Lake Mirror, die Aktenordner und . . .«

». . . die versteinerte Leiche«, beendete Katie seine Aufzählung.

»Sie ist nicht wirklich versteinert.«

»Was spielt das schon für eine Rolle? Sie ist damals gestorben. Ich hoffe nur, sie war schon tot, als der Staub sie eingehüllt hat.«

Katie dachte wieder an Paul Forsters Leiche dort oben in der Gletscherhöhle.

»Wir wissen nicht einmal, wer sie war.«

»Grace Morgan.«

»Ich meine, wer von den Mädchen auf dem Foto sie war. Es

waren vier Mädchen in der Gruppe dort oben auf dem Ghost. Welche von ihnen war Grace?«

Mi Su konnte man zumindest ausschließen, dachte sie und überlegte wieder, ob sie sich David anvertrauen konnte . . . sich endlich alles von der Seele reden sollte. Aber du weißt nichts über ihn, wisperte eine Stimme in ihr. Er hat noch nie etwas über sich erzählt.

»Was denkst du, Katie? Wurde das Tal nach ihr benannt? Nach Grace?«

Grace Valley.

Seltsamerweise fiel Katie dieser Zusammenhang erst jetzt auf. »Ich habe keine Ahnung und das ist ehrlich gesagt meine geringste Sorge.« Ihre Hände krampften sich zusammen. »Meinst du, die Gänge führen wirklich zu einem Ausgang?«, fragte sie und hasste sich dafür, dass ihre Stimme zitterte.

David nickte und deutete auf die Kreise über der Tür. »Es werden wieder weniger«, sagte er. »Wir entfernen uns vom Zentrum, wie Robert vermutet hat.«

»Was aber nicht heißt, dass wir hier herauskommen«, entgegnete Katie nervös.

David leuchtete ihr mit der Taschenlampe ins Gesicht. »Du hast mir vorhin gesagt, ich soll Robert vertrauen. Und was ist mit dir?«

Katie musste wider Willen grinsen. »Mir bleibt wohl nichts anderes übrig.«

In diesem Moment ertönte das Knirschen.

Kapitel 24

Auch diese Wand öffnete sich problemlos, doch Katie jagte es einen Schauer nach dem anderen über den Rücken. Ihr kam es immer mehr vor, als ob sie beobachtet würde. Jemand jagte sie durch diese Gänge, stellte ihnen eine Aufgabe nach der anderen, führte sie womöglich in die Irre.

War dieser Weg der richtige?

Welche Fehler hatten sie bereits begangen, von denen sie nichts ahnte. Katie hasste es, sich so hilflos zu fühlen. Eine Figur in einem Spiel zu sein, nichts als eine Marionette. Dieser Verlust von Kontrolle war das Letzte. Der totale Horror.

Wieder zog sich die Strecke endlos. David und sie waren wieder in ein Schweigen verfallen und sie sprachen auch nicht, als sie am nächsten Durchgang warten mussten, den sie an den konzentrischen Kreisen erkannten.

Doch diesmal gab es eine Veränderung. Als der Durchgang sich öffnete und sie hindurchschlüpften, landeten sie nicht in einem weiteren Gang. Der schwache Lichtschein der Taschenlampe zeigte etwas, womit Katie nicht gerechnet hatte.

»*Stairway to Heaven*«, sagte David bitter und klammerte sich an das Geländer der Eisentreppe fest, die im Licht der Taschenlampe metallisch aufblitzte. »Jetzt wissen wir endlich, wie Ben auf diesen Uraltsong gekommen ist.«

Die Wendeltreppe vor ihnen führte schier endlos in die Höhe. Sie sah aus wie eine der Feuertreppen, die an manchen Gebäuden den Fluchtweg sicherte. Das hieß, sie war steil. Unendlich steil. David setzte den ersten Fuß auf die Treppenstufe.

»Warte«, sagte Katie, »ich helfe dir.«

Doch er schüttelte den Kopf. »Geht schon. Ich kann mich am Geländer hochziehen. Ich wüsste nur gern im Voraus, wohin diese Treppe führt. Denn für heute ist mein Bedarf an geheimnisvollen Gängen und mysteriösen Räumen gedeckt. Ich will nur eines: zurück in die Realität.«

»Na ja, wenigstens führt sie nach oben. Das ist doch ein gutes Zeichen.« Katie versuchte, optimistisch zu klingen. Aber es war eine Zuversicht, die zunehmend schwand, je höher sie kamen. Es waren gar nicht so viele Stufen, Katie zählte sie alle, bis sie im Schein der Taschenlampe das Ende sah.

Stairway to Heaven. Was erwartete sie jetzt?

Die Hölle?

Oder – Katie wagte es nicht zu denken – der Himmel? Ein realer blauer Himmel, echte Wolken, eine Sonne, die nach der Dunkelheit in den Augen blendete, und – frische, klare Winterluft.

Dann standen sie vor einer Tür. Sie war aus Metall und besaß einen Türgriff, der sich problemlos hinunterdrücken ließ.

Vor ihnen erstreckte sich ein langer Korridor, der im Dunkeln lag.

»Und wenn ich jetzt noch einen Lichtschalter finde, glaube ich tatsächlich, dass ich in der Zivilisation zurück bin.« Sie schwenkte die Taschenlampe über die Wand und nur Sekunden später erhellte grelles Licht die Umgebung. Nach der langen Dunkelheit schmerzte es in den Augen.

Katie ging mit schnellen Schritten voraus. Sie musste jetzt endlich wissen, wo genau sie sich befanden.

Sie passierten eine Reihe von Türen, die allerdings alle verschlossen waren. Und dann stießen sie auf eine Glastür, auf der ein Schild angebracht war: *Security.*

Durch die Scheibe konnte sie Spindschränke erkennen.

Katie schnappte nach Luft. »Wir sind im College, David! Ich fasse es nicht.«

David stöhnte auf. »Das gibt's nicht!«

Katies Stimme überschlug sich. »Doch! Wir haben es wirklich geschafft!«

David sah sich um. »Du hast recht. Das muss das dritte Untergeschoss sein, von dem Benjamin und Chris erzählt haben.« Er deutete auf den Umkleideraum der Security. »Hier haben sie die Leiche des Wachmanns entdeckt.«

»Hauptsache, sie finden unsere nicht«, gab Katie zurück. »Beeilen wir uns, nach oben zu kommen.«

Netzwerk.

Technikraum.

Katie las die Schilder im Vorbeigehen, aber sie wollte sich nicht damit beschäftigen. Sie wollte nur noch raus hier, und das so schnell wie möglich. Fast rannte sie schon.

»Katie?« Die Stimme hinter ihr hatte einen verzweifelten Unterton. »Warte auf mich.«

Sie wandte sich um, erwachte wie aus einem Traum. David lehnte erschöpft gegen die Wand und sah im grellen Licht der Deckenleuchten zum Fürchten aus. Spinnweben und rötlicher Schmutz klebten an seiner Jacke und die Schatten unter seinen Augen waren so schwarz, dass es Katie schien, als hätte ihm jemand Smokey Eyes aufgemalt.

Sie lief zu ihm zurück, und gerade als sie David erreicht hatte, ertönte ein Geräusch. Es war nur ein kleines Ping, aber Katie fuhr so erschrocken zusammen, als ob es einen Donnerschlag gegeben hätte.

Es war ein Aufzug, der sich öffnete, und Katie erkannte die Silhouette im grellen Licht nicht sofort.

»Was machen Sie denn hier?« Es war Miranda García, die einzige weibliche Sicherheitsbeamtin des Colleges, dieselbe, die Benjamin versorgt hatte. Merkwürdigerweise war es David, der sich viel eher als Katie fasste. In Windeseile fiel ihm eine Erklärung ein, wie sie hierher gekommen waren. »Katie West und ich haben einen Passierschein fürs Archiv, wo wir etwas recherchieren müssen. Für die Prüfungen, verstehen Sie?« Er hob scheinbar hilflos die Arme. »Aber wir müssen die falsche Tür erwischt haben und sind hier unten gelandet.«

Okay, auf die Idee mit dem Archiv wäre Katie nie gekommen, aber sie erinnerte sich schwach an Chris' und Benjamins Erzählungen, wie sie am Remembrance Day Ike gefolgt und über das Archiv im dritten Untergeschoss gelandet waren.

Die resolute Sicherheitsbeamtin stemmte die Hände in die Hüften, ein Lächeln hing in ihren Mundwinkeln und sie zog spöttisch die Augenbrauen nach oben. »Schöne Geschichte. Wenn ich nur ein Wort davon glauben könnte. Um überhaupt hier nach unten zu kommen, Herzchen, muss man durchs Archiv. Und das werdet ihr ja wohl gemerkt haben.« Sie versuchte nun gar nicht mehr, ihre Heiterkeit zu verbergen. »Abgesehen von der Tür, auf der – sogar in Großbuchstaben – steht: ›Sperrgebiet. Unbefugter Zutritt strengstens verboten.‹«

»Sie haben natürlich recht, Mrs García.« David ließ scheinbar zerknirscht den Kopf hängen.

»Miss, wenn ich bitten darf. Ein Ehemann hat nur einen Sinn, wenn man irgendwann Witwenrente will, aber darauf kann ich in meinem Alter nicht hoffen.«

David neigte sich leicht zu ihr hinunter und schenkte ihr sein allerschönstes Lächeln – und wenn David einmal lächelte, was er sehr selten tat, dann konnten die wenigsten Frauen widerstehen. Auch Miss Miranda García nicht.

»Um ehrlich zu sein«, er senkte seine Stimme, »wollten meine Studienkollegin und ich nur . . .«, er schien sich verlegen zu winden, ». . . na ja, wir haben gehört, dass diese Jungs aus unserem Semester hier vor einigen Monaten eine Leiche gefunden haben. Und Katie und ich, wir wollten uns das einfach mal ansehen.« Er sah die Sicherheitsbeamtin treuherzig an.

»Bitte, verraten Sie uns nicht? Damit würden wir einen Rausschmiss riskieren.«

Die Frau zögerte ein paar Sekunden, dann rollte sie mit den Augen. »Oh, Mann! Ihr Collegekids habt doch ernsthaft einen an der Waffel! Als hätten wir nicht schon genug Ärger mit diesem Benjamin. Das Leben ist zu schön, zu kurz und ihr zu jung, um euer Leben wegen Drogen zu riskieren.«

Katie und David tauschten einen Blick. Was hieß das nun? Kamen sie zu spät? Lebte Benjamin noch?

Miranda García drückte auf den Knopf neben dem Fahrstuhl. »Verdient habt ihr das ja nicht«, sagte sie, als die Kabine kam. »Aber Gott, ich bring es nicht übers Herz, euch diesem shitface von magistrado auszuliefern. Also seht zu, dass ihr verschwindet.«

David schenkte ihr eine Kusshand und schaffte es tatsächlich ohne Humpeln in die Kabine. Die Sicherheitsbeamtin holte einen Schlüssel aus ihrer Hosentasche und steckte ihn in das kleine Schloss unterhalb des Notrufknopfes.

»Wir sind Ihnen etwas schuldig. Vielen Dank.« Davids Lächeln wurde noch eine Spur strahlender und die Sicherheitsbeamtin schüttelte den Kopf. »Vergiss es«, sagte sie gutmütig. »Denn Sonnenscheinchen – glaub bloß nicht, dass ich eine Minute auf deine Show hereinfalle. Dein Bein lässt du besser von der Schwester anschauen, okay?«

Die Türen schlossen sich und Katie ließ den Atem, den sie angehalten hatte, aus ihren Lungen strömen. Sie wandte sich David zu, der bereits mit der Faust auf die II für das 2. Obergeschoss hämmerte. »Fahr schon, du verdammtes Ding. Los! Fahr!«

Der Aufzug tat ihnen den Gefallen. Als sie nach einer halben Minute auf dem Stockwerk der Mädchen ankamen, hielt sich Katie nicht damit auf, auf David zu warten.

Sie stürmte los, direkt in ihr Apartment.

Der Flur war leer. Die Küche auch.

In Julias Zimmer – nichts als Dunkelheit!

Und Rose?

Katie trommelte gegen ihre Tür. Und fast hätte sie hysterisch aufgelacht vor Erleichterung, als Rose ihr tatsächlich öffnete. Erschöpfung und Müdigkeit waren ihrem Gesicht abzulesen.

»Was ist mit ihm?«, schrie Katie. »Sag schon! Lebt er noch?«

Rose antwortete nicht sofort. Dann sagte sie: »Ja. Aber es sieht nicht gut aus.«

Kapitel 25

Katie stand auf dem Parkplatz und blickte den roten Rücklichtern nach, die sich schnell vom College entfernten. Bald waren in der Dämmerung nur noch winzige Punkte zu erkennen.
»Halte durch, Mann«, flüsterte sie und drehte sich um.
Die Dämmerung hatte sich wie ein Schleier über das Tal gelegt und überzog den Wald, den Lake Mirror und die Berge mit ihrem düsteren Licht. Alle paar Meter sprangen die Bewegungsmelder an und das grelle Parkplatzlicht schmerzte nach dem stundenlangen Herumirren in dem Tunnelsystem in Katies Augen. Es war fast achtzehn Uhr und Katie konnte es immer noch nicht fassen, dass sie nicht viel mehr als sechs Stunden unterwegs gewesen waren. Ihr war es wie eine Ewigkeit vorgekommen.

Die vergangene Stunde hatte sie wie in Trance verbracht. David und sie hatten sich nicht abgesprochen, wie viel sie den anderen von ihren Erlebnissen erzählen sollten. Wann hätten sie das auch tun sollen? Und doch kam es Katie so vor, als hätten sie das Gespräch bis in alle Einzelheiten geplant und sich geschworen, die wesentlichen Dinge zu verheimlichen. Zumindest bevor sie nicht mit Robert gesprochen hatten.

Zum einen war es sicher der Schock, der sie dazu brachte, sogar ihre besten Freunde anzulügen. Das Erlebnis unter dem See, der Anblick von Grace, wie sie in Stein gehüllt in der Nische gelegen hatte, die Aktenordner, das alles ließ sich nicht so einfach in Worte fassen. Da konnte man nicht einfach ankommen und sagen: »Also hört mal, Leute, ihr werdet es nicht glauben, aber . . .«

Nein, dahinter stand eine Geschichte, die den Wahnsinn in sich trug, und zwar nicht nur eine Spur davon, sondern hundert Prozent. Der Einzige, der in der Lage wäre, Licht in das Dunkel zu bringen, war Robert. Und der war noch immer im Nirwana der unterirdischen Gänge verschollen.

Was Katie ihren Freunden Rose, Chris und Julia, die sie mit Fragen bombardierten, schließlich berichtet hatte, war eine ziemlich primitive Variante ihrer Erlebnisse gewesen. Und David war ihr zu Hilfe gekommen, hatte sie mit Einzelheiten untermalt, sodass sie am Ende offenbar glaubhaft klang.

»Zunächst einmal sind wir stundenlang durch den Wald geirrt und haben nach Hinweisen gesucht, wo Benjamin gewesen sein könnte«, berichtete Katie. »Schließlich sind wir noch einmal die ganze Strecke abgelaufen, von der Brücke durch den Wald bis zum Bootshaus.«

»Wo wir schließlich seine Jacke gefunden haben«, fuhr David fort. »Mit den Pilzen in der Tasche.«

Sie hatten erklärt, dass sie danach gleich zurückgegangen waren, doch dass David an der Brücke eingebrochen war und sie ihn, so gut es ging, verarzten hatten müssen.

Die Collegeleitung hatten sie völlig außen vor gelassen. Keiner von ihnen hatte die Zeit oder die Lust gehabt, sich mit dem Dean auseinanderzusetzen, mit Verboten, Vorschriften, Vorhaltungen.

Stattdessen hatte Chris von Professor Brandon unter einem Vorwand den Wagen geborgt, um David nach Lake Louise zu bringen, in dasselbe Krankenhaus, in dem Benjamin noch immer auf der Intensivstation lag.

Er hatte, ohne zu zögern, gehandelt und Katie erkannte den Chris, den sie dort auf dem Ghost zu hassen gelernt hatte, nicht wieder. Dieser Ausdruck in seinen Augen, was hatte er bedeutet? Verständnis? Mitleid? Stille Komplizenschaft? Ahnte er, dass sie nicht die Wahrheit sagten?

Kurz bevor sie ins Auto stiegen, hatte Katie David die Pilze gegeben. Sie wusste, er würde nicht eher ruhen, bis sie das Labor der Klinik analysiert hatte. Katie hoffte inständig, dass die Ärzte damit einen Weg fanden, Benjamin zu helfen.

Das einzige Problem war und blieb Julia. Wortlos hatte sie sich Davids und Katies Geschichte angehört und mit erstarrter Miene zugesehen, wie Chris und David in aller Hast aufbrachen. Doch nun, als der Wagen nicht mehr zu sehen war, wandte sie sich zu Katie um und sagte mit gefährlich leiser Stimme: »So und jetzt will ich die Wahrheit wissen, Katie. Ich lasse mich nicht von dir verarschen.«

Katie rührte sich nicht. Gott, wie sehnte sie sich, aus den verdreckten Klamotten zu kommen und eine lange heiße Dusche zu nehmen. Aber das musste jetzt wohl warten.

Normalerweise war Julia eher der ruhige Typ. In sich gekehrt. Oft traurig, und wenn sie doch einmal ausgelassen und fröhlich wirkte, schien es, als ob sie über sich selbst erschräke. Nun war sie die Wut selbst. »Wo, verdammt noch mal, ist mein Bruder?«, zischte sie und ließ sich nicht einmal von Rose beruhigen, die ihre Hand auf ihre Schulter legte. »Ich schwöre euch, wenn ihm irgendetwas zugestoßen ist, was ihr mir verheimlicht, dann . . . Gnade euch Gott, dir und David.«

Katie schloss für einen Moment die Augen. Sie setzte ihre Freundschaft zu Julia aufs Spiel. »Ich kann es dir nicht sagen, Julia. Ich habe es ihm versprochen und . . . er wird es selbst erzählen, wenn . . . wenn er zurück ist. Aber wenn ich heute etwas gelernt habe: Ich glaube, wir alle haben deinen Bruder gewaltig unterschätzt. Selbst du!«

»Was weißt du schon von mir und meinem Bruder?« Julias Gesicht war kreidebleich.

Katie sah ihre Freundin direkt an, schwieg einige Sekunden und sagte dann laut und bestimmt: »Wenig – und vielleicht ist das genau das Problem.«

Es schien, als ob Julia zusammenschrak, bevor es wütend aus ihr hervorbrach: »Wie kannst du nur so gefühllos sein?

Aber das ist eben Katie West, oder? Du denkst nicht einen Moment daran, dass er dort draußen alleine ist!« Abrupt wandte sie sich um. »Komm mit, Rose. Wir werden ihn suchen. Bevor es endgültig dunkel wird.«

Katie schüttelte den Kopf. »Hast du schon einmal daran gedacht, dass Robert nicht gefunden werden möchte?« Sie seufzte. »Er hat sich eine verrückte Idee in den Kopf gesetzt und dafür nimmt er das Risiko in Kauf.«

Julia fuhr herum. »Das ist es ja! Das ist sein Problem.« Jetzt weinte sie fast. »Ich . . . ich weiß es. Ich weiß, wozu er fähig ist. Seht ihr das denn nicht?«

Katie blickte Julia irritiert an und auch Rose schien nicht zu wissen, was ihre Mitbewohnerin meinte.

»Er hat keine Angst davor zu sterben«, schrie Julia. »Er fürchtet den Tod nicht. Er will nichts lieber als von hier weggehen, aber er bleibt. Er bleibt wegen mir.« Sie begann zu schluchzen.

Und Katie ahnte plötzlich: Julia hatte recht.

Sie gehörte nicht zu den Menschen, die andere in den Arm nahmen. Aber genau das tat sie nun, weil sie selbst das Gefühl hatte, jemanden zu brauchen. Sie zog ihre Freundin fest an sich und flüsterte eindringlich: »Julia, ich verspreche es dir. Wenn Robert in zwei Stunden nicht vor uns steht, informiere ich persönlich den Dean und führe die Suchmannschaften zu der Stelle, wo wir uns getrennt haben. Aber wenn es wahr ist, was du sagst, dann vertraue ihm. Sein Leben mag für ihn keine Rolle spielen, aber er würde dich genauso wenig im Stich lassen, wie er Benjamin im Stich gelassen hat.«

Katie verschwand in ihrem Zimmer und schloss hinter sich ab. Für das, was sie jetzt vorhatte, musste sie alleine sein. Sie hatte sich aus der Mensa zwei Äpfel und ein belegtes Baguette geholt, dann endlich eine lange Dusche genommen und ihre Sportklamotten übergezogen, in denen sie sich am wohlsten fühlte. So kauerte sie sich auf dem Schaukelstuhl zusammen, öffnete den Rucksack und holte den Aktenordner und die Loseblattsammlung hervor.

Den ganzen Weg über zurück zum College hatte sie es kaum erwarten können, die Aufzeichnungen zu lesen. Doch nun zögerte sie. Eine Weile lag der Ordner auf ihren Knien, während sie hin und her schaukelte.

Sie hielt sich für einen verdammt ehrlichen Menschen – und fürchtete sich doch vor der Wahrheit? Das war wirklich total strange.

Sie holte tief Luft – tu's einfach, Katie.

Egal, was du darin findest. Es ist vorbei, vergangen.

Nachdem Katie die ersten Seiten durchgeblättert hatte, entspannte sie sich etwas. Die Notizen waren belanglos, beispielsweise Listen über die Essensvorräte, geschrieben von einer Martha. Eine farbige Zeichnung der Hütte und der Landschaft aus der Feder von ... Grace.

Sie war wirklich begabt gewesen.

Katie seufzte und verdrängte den Gedanken an das, was sie unter dem See gefunden hatten.

Weiter.

Sie griff wahllos nach den Blättern, die sie auf den Schreibtisch gelegt hatte. Berichte über die ersten Tage der Studenten auf der Hütte wechselten sich ab mit Kritzeleien und diversen Song-Listen eines gewissen Frank. Die Papiere waren ungeordnet und enthielten offenbar auch Materialien und Informationen, die später hinzugefügt worden waren. Aber nichts wirklich Interessantes.

Okay, zurück zum Aktenordner.

Hier stieß sie auf eine Notiz, die ihr wichtig erschien und die sie deshalb aus dem Ordner nahm. Sie hatte die grazile, feine Schrift auf Anhieb erkannt. Die Zeilen stammten von Mi Su, die sich im College offenbar tatsächlich nur mit ihrem zweiten Namen Eliza genannt hatte. Der Stil war gewöhnungsbedürftig, abgehackt, doch in fehlerfreiem Englisch verfasst.

Katie überflog die Zeilen. Offenbar war Paul in der Hütte aufgetaucht, nachdem er eine Zeit lang verschwunden gewesen war. Derselbe Paul, den Katie fast vierzig Jahre später ermordet in einer Gletscherspalte gefunden hatte.

Ihr Blick glitt nach unten. Was hatte Paul denn nun gefunden, womit er ständig vor allen angab?

Die Notiz brach einfach ab. Aber in einer anderen Handschrift, die männlich aussah, war danebengekritzelt:

Psilocybe aurea
Extrem selten, gilt als sagenumwoben.
Erzeugt legendären Rausch.
Überdosierung tödlich.

Psilocybe aurea.

Katie hatte noch nie davon gehört. Waren das die Pilze, die sie auch bei Benjamin gefunden hatten? Wenn der unbekannte Kommentator recht hatte und sie wirklich extrem selten waren – war das vielleicht der Grund, warum die Ärzte Benjamins Vergiftung nicht auf die Spur kamen?

Überdosierung tödlich.

Sie kannte Benjamin. Er hatte es mit Sicherheit nicht bei ein oder zwei Pilzen belassen, zumal, wenn er sich den ultimativen Rausch davon versprochen hatte. Benjamin war einer, der höher, schneller, weiter wollte. Ohne Rücksicht auf Verluste.

Sie griff nach dem Handy. Sie musste sofort David im Krankenhaus anrufen. Sie wählte seine Nummer, doch erhielt keine Antwort.

»Verdammt! Geh an dein Handy«, beschwor sie ihn aus der Ferne.

Endlich hörte sie eine Stimme am anderen Ende der Leitung. »David?«, schrie sie.

»Nein, hier ist Chris.« Die Stimme klang erschöpft. »David wird gerade untersucht.«

Mist. Katie wusste für einen Moment nicht, was sie tun sollte. Wenn sie Chris jetzt von ihrem Fund erzählte, würde er Fragen stellen. Und darauf beharren, dass er Antworten bekam. Egal. Das musste sie jetzt einfach in Kauf nehmen. »Chris, hol dir was zu schreiben«, befahl sie.

Chris überraschte Katie einmal mehr, als er den Namen des Pilzes notierte, ohne sich zu erkundigen, wie sie darauf gekommen war. »Und ich hab richtig verstanden, diese Pilze hat Benjamin gegessen?«

Katie biss nervös auf ihren Fingernagel. »Ja, doch. Ich bin mir fast hundertprozentig sicher.«

»Okay«, Chris hörte sich an, als hätte er den Stift zwischen den Zähnen. »Ich melde mich wieder.«

Aufseufzend drückte Katie das Gespräch weg. Sie fühlte sich, als ob sie drei Flaschen Cola auf einmal getrunken hatte, so aufgekratzt war sie. Mit Benjamin hatte all das angefangen und zwischendrin, das musste sie zugeben, hatte sie tatsächlich vergessen, dass er sie um Hilfe gebeten hatte. Aber zum ersten Mal seit gestern Morgen hatte sie das Gefühl, etwas richtig gemacht zu haben.

Sie legte das Handy beiseite und griff wieder zum Stapel mit den losen Papieren.

Diesmal gelang es ihr deutlich besser, sich zu konzentrieren, und bald war sie so vertieft, dass sie alles um sich herum vergaß. Sie las, wie die Studenten damals in den Siebzigern dort oben auf dem Ghost anfangs noch jede Kleinigkeit übereinander notiert hatten, bis sie nach und nach aufhörten, sich gegenseitig zu beobachten. Stattdessen wurden die Notizen immer spärlicher, fragmentarischer.

Dafür nahmen die Berichte zu, wie die Stimmung dort

oben zunehmend gereizter wurde. Jeder von ihnen hatte sich scheinbar nur noch mit sich selbst beschäftigt.

Paul Forster zum Beispiel prahlte die ganze Zeit mit dem Abenteuer, wie er sich in den unterirdischen Gängen unter dem Ghost verirrt hatte und schließlich diese merkwürdigen, im Dunkeln leuchtenden Pilze entdeckt hatte, die aus dem Gestein wuchsen.

Er hatte einen von ihnen gegessen und seiner Meinung nach war es nur ihrer Wirkung zu verdanken, dass er überhaupt wieder aus dem Labyrinth herausgefunden hatte.

So hatte er in seinem Notizbuch notiert:

Wie wenn dein Verstand plötzlich ganz klar wird, versteht ihr? Als hätte ich einen Plan vor mir gesehen, eine gezeichnete Karte. Und ich musste nur noch dem richtigen Weg folgen.

Und Milton Jones hatte angefangen, in den Notizen der anderen zu lesen.

Die Aufzeichnungen ihrer Mutter dagegen waren prägnant, knapp und aussagereich. Katie las sie mit zunehmender Gereiztheit. Sie gab kaum etwas Persönliches preis, bis auf eine Tatsache, dass sie und dieser Mark de Vincenz offenbar schwer ineinander verliebt gewesen waren.

Sie wollte gerade die Notizen ihrer Mutter auf einen Haufen ordnen, als sie in der Loseblattsammlung auf einen Zettel stieß, der sich deutlich von den restlichen Aufzeichnungen unterschied. Er war zwar auf demselben Papier geschrieben, das auch der Ordner enthielt, aber es handelte sich offenbar um eine Abschrift.

Und Katie pfiff durch die Zähne, als sie begriff, was sie da in der Hand hielt.

Es war ein Reisebericht. Offenbar war er historisch.

Und er war von niemand anderem verfasst als von Dave Yellad.

Kapitel 26

Normalerweise spürte und sah man den Unterschied zwischen Dämmerung und Nacht. Aber jetzt, am späten Abend war der Nebel zurückgekehrt und sein erstickendes einheitliches Grau machte die ganze Welt farblos und dumpf.
Die Uhr tickte.
Nur dass es keine in Katies Zimmer gab.
Aber sie konnte es körperlich spüren, wie die Sekunden und die Minuten verrannen.
20:32. Schon wieder war eine Stunde vergangen. Und Robert war noch immer verschwunden.
Im College war es verdächtig still. Nein, es war nicht so, dass die normalen Geräusche nicht zu hören waren. Stimmen erklangen, der Wasserkocher zischte laut, die Badezimmertür klappte auf und zu. Eilige Schritte auf dem Flur von den Studentinnen der anderen Apartments, laute Rufe vom Campus unterhalb ihres Zimmers, die Studenten machten kurz vor Ladenschluss noch schnell ihre letzten Besorgungen.
Aber sie hörte auch Julias leises Schluchzen aus der Küche und immer wieder Rose, die an ihre Tür klopfte und sie zunehmend gereizter bat, aufzumachen und mit Julia zu reden. Ihr die Wahrheit zu erzählen. Aber sie verhielt sich völlig still und gab keine Antwort.
Sie dachte an Robert.
An die Dunkelheit dort unten.
An die Einsamkeit, die Ungewissheit, die vielen Fragen.
Ab und an sah Katie auf ihr Handy. Keine neue Nachricht von David.

Im Tal besaß Zeit eine andere Qualität als in der normalen Welt. Zwei Stunden konnten einem erscheinen wie zwei Minuten und ein Monat wie ein ganzes Jahr. Wenn Robert nicht innerhalb der nächsten halben Stunde auftauchte, lag es in ihrer Verantwortung, den anderen die ganze Geschichte zu erzählen. Wie würden sie reagieren?

Sie war froh, als sie aus diesen Gedanken durch das Klingeln ihres Handys gerissen wurde. Endlich! David rief zurück! Doch das Display zeigte an: unbekannter Anrufer.

»Katie?«

Die vertraute Stimme klang so, als ob er erst gestern angerufen hätte.

»Katie? Hörst du mich?«

Sie wollte antworten, aber es kam kaum ein Krächzen über ihre Lippen. Ihre Kehle war staubtrocken und sie versuchte verzweifelt, Luft zu bekommen.

»Wie geht es dir?«

»Wie es mir geht?«

Ein kurzes Lachen am anderen Ende. »Manche Fragen klingen manchmal zu leicht, oder?«

»Woher hast du diese Nummer?«

»Das spielt keine Rolle, oder?«

»Nein, spielt es nicht.«

»Ich muss dich sehen, Katie.«

Katie schloss die Augen.

»Ich dich auch.«

Es fühlte sich plötzlich so natürlich an. So ohne jede Hemmnis. Als hätten sie tatsächlich gestern das letzte Mal miteinander telefoniert.

»Bald?«

»Ja, natürlich. Sehr bald.«

Stille.

Und wieder er: »Möchtest du das wirklich?«

Tränen traten in Katies Augen. »Ich will nichts anderes.«

»Dann hau einfach dort ab, wo immer du bist.«
»Das geht nicht so einfach. Nicht jetzt.«
»Warum? Wird man dich verfolgen und in Handschellen zurückbringen? Oder dich aus dem College werfen?« Sein Spott klang liebevoll.
»Das wäre mir egal.«
»Gut! Ich dachte schon, man hätte dich einer Gehirnwäsche unterzogen. Also, was ist es dann?«
»Ich habe hier Freunde und die brauchen meine Hilfe. Ich kann sie nicht im Stich lassen...« Sie zögerte, doch sie wusste, sie musste es sagen.

Hier und jetzt, sie musste es endlich aus ihrem System bekommen.

»Ich kann sie nicht im Stich lassen, wie ich dich im Stich gelassen habe, Sebastien.«

Diese gottverdammte, alles entscheidende Stille am anderen Ende. Sekunden? Vielleicht Minuten. Sie bestimmten die Zukunft. Eine ziemlich lange, unendliche Zukunft.

»Das warst nicht du«, kam die Antwort. »Es war umgekehrt, Katie. Ich habe dich im Stich gelassen.«

Katie konnte nicht mehr sprechen. Tränen liefen ihr über die Wangen und zum ersten Mal schämte sie sich nicht dafür, dass sie weinte. Es fühlte sich irgendwie gut an.

»Ich bin gesprungen«, sagte er. »Es war meine Freiheit. Und meine Entscheidung.«

Manche Gespräche vergisst man nie im Leben. Nicht nur, weil sie sich fest ins Gedächtnis eingruben, um für immer dort verankert zu bleiben. Nichts, was Sebastien gesagt hatte, würde jemals verloren gehen, auch wenn Katie sich nicht von ihrer Schuld losgesprochen fühlte – das wäre zu simpel. Aber Sebastien war tatsächlich zurückgekehrt. Seine vertraute Stimme, jedes seiner Worte, seine Art, wie er einfach da war, sie in jeder Faser ihres Wesens verstand, all dies veränderte sie, Katie West, innerhalb von Sekunden.

Und dann brach es aus ihr heraus. Sie kümmerte sich nicht darum, dass es völlig unglaubwürdig klang. Sie erzählte einfach alles, was sie erlebt hatte, ohne Punkt und ohne Komma und sie wusste, dass Sebastien ihr glaubte.

Und tatsächlich: Er fragte nicht einmal nach, zog ihre Worte nicht in Zweifel, kritisierte ihre Entscheidungen nicht.

Am Ende sagte er nur: »Katie, es ist wie mit einer Wand. Du willst da hinauf. Nur wenn du am Gipfel bist, wirst du sehen können, was unter dir ist. Vergiss nie, alles, was du willst, schaffst du auch.« Er lachte leise und sein Lachen war wie eine Berührung. »Tu mir einen Gefallen und mach diesen Gipfel für mich, okay? Denn ich kann hier leider nicht weg.« Für einen kurzen Moment schwieg er. »Weißt du, wenn sie sagen, ich werde nie wieder laufen können, klingt es so, als sei ich bereits tot. Nur vergessen sie, dass ich eine Wahl hatte. Ich hätte nicht wieder aufwachen müssen.«

Katie nickte. »Ich komme, so schnell ich kann«, flüsterte sie. »Das ist ein Versprechen.«

»Pack es an und dann wird alles gut.«

Grace Dossier

Bericht von Milton Jones
(bitte an Professor Bishop weiterleiten)

Anfang.
Ende.
Und dazwischen ein Punkt, an dem sich alles hätte anders entwickeln sollen.
Der Tag nach der Nacht, als wir neben Grace saßen und darauf warteten, dass sie endlich starb, war die schlimmste in meinem Leben. Die schlimmste für uns alle. Zu sehen, wie sie vor meinen Augen erstarrte, wie sie sich nicht mehr bewegen konnte, nur noch ihre verzweifelten Blicke, die Pauls suchten – nicht meine. Wie hätte mich das nicht verändern sollen?
Ironie des Schicksals, oder?
Wir hatten uns alle gewünscht, der Sommer auf dem Ghost würde unserem Leben eine neue Richtung geben. Wir würden Erkenntnis gewinnen. Wären auserwählt.
Auserwählt natürlich für das Leben.
Als Grace gestorben war, kehrten die anderen in die Hütte zurück. Ich blieb sitzen. Hielt als Einziger die Leichenwache. Und als ich ihr die Augen schließen wollte, war es nicht mehr möglich. Ihre Haut fühlte sich bereits an wie aus Stein.
Ich erzählte es den anderen, aber keiner glaubte mir. Alle wollten Grace verschwinden lassen.
Paul: »Wir könnten sie durch den Tunnel zurück zum Sumpf bringen und dort versenken. Sie wird für immer verschollen bleiben und niemand wird sie dort finden.«
Mark: »Wir müssen zur Polizei.«
Frank: »Und erzählen ihnen von den Pilzen?«

Mark: »Das spielt keine Rolle.«
Martha: »Wir werden vom College fliegen.«
Mark: »Aber wir können ihren Tod nicht verschweigen. Und liegen lassen können wir sie auch nicht.«
Paul: »Ich werde ein Grab für sie hier oben suchen.«
Ich: »Ich werde dich begleiten.«

Kapitel 27

Nur die Schreibtischlampe brannte. Katie saß im Schaukelstuhl in ihrem Zimmer und sah zu, wie sich vom Ghostmassiv immer größere Nebelschwaden ins Tal absenkten und nach und nach alles dort draußen zu grauen Silhouetten werden ließ.

Es waren Monate gewesen, in denen sie sich das Gehirn wegen Sebastien zermartert hatte, und nun . . .? Nur wenige Minuten hatten sie miteinander gesprochen und ihr war eine Last von der Seele gefallen. Nicht mehr lange und sie würde von hier verschwunden sein.

Sie hätte schon angefangen zu packen, wenn, ja, wenn Robert nicht wäre. Sie zögerte noch immer, aber egal, wie sie es drehte und wendete, ihr blieb kein anderer Ausweg. Sie musste Julia alles erzählen. Es kam ihr vor wie ein Verrat an Robert, aber verdammt, er war seit Stunden verschwunden. Nein, korrigierte sie sich, er war nicht verschwunden, sondern eingeschlossen in einem Labyrinth unter dem Spiegelsee.

Sie schlug mit der Faust hart auf die Kante des Schaukelstuhls. Warum saß sie hier noch herum?

Warum glaubte sie, sie wüsste es besser als alle anderen?

War es nicht an der Zeit zuzugeben, dass sie alle – Robert eingeschlossen –, gegen das Tal verloren hatten? Ihr konnte es vielleicht egal sein, sie würde abreisen, in jedem Fall, und zwar so bald wie möglich. Aber er war ganz eindeutig dem Größenwahn verfallen, dieser Selbstüberschätzung, er könne das Topsecret des Tals im Alleingang lösen. Und für einen

Moment hatte sie es auch geglaubt. Warum? Weil es sich einfach super angefühlt hatte. Sie und Robert gegen das Tal.

Ein plötzlicher Luftzug ließ die Bilderrahmen an den Wänden klirren. Die losen Blätter am Boden raschelten leise. Katie zuckte zusammen und holte dann tief Luft. Herrgott, es wurde wirklich Zeit, hier wegzukommen, wenn schon ein kleiner Windhauch ihr die Gänsehaut über den Rücken jagte.

Sie hörte ein brummendes Geräusch in ihrem Rücken: der Vibrationsalarm ihres Handys auf dem Schreibtisch. Das Display leuchtete auf wie ein Warnsignal.

Sie griff nach dem Telefon und erkannte erleichtert Davids Nummer.

»David! Was ist passiert?«

»Er überlebt.«

»Benjamin?«

»Du hast ihm das Leben gerettet, Katie! Die Ärzte wollten Chris erst nicht glauben. *Psilocybe aurea*. Offenbar ist diese Unterart der Pilze nie katalogisiert worden, deswegen fehlt auch jede Erfahrung damit. Er gilt als eine Legende der Indianer. Hokuspokus, hat der Chefarzt gesagt, die hat noch nie jemand mit eigenen Augen gesehen.« David war furchtbar aufgeregt. Er redete ohne Punkt und Komma. »Aber die Biologin im Labor hat nicht aufgegeben. Und Katie, sie hat es gefunden!«

»Was?«

»Die Säure, die dafür sorgt, dass die Pilze im Dunkeln leuchten. Sie hat zu Bens Vergiftungserscheinungen geführt.«

»Deswegen ist er ins Koma gefallen?«

David bejahte die Frage. »Jetzt, wo sie die Ursachen kennen, können sie etwas dagegen tun, und obwohl er noch nicht aufgewacht ist, scheint er auf das Gegengift zu reagieren. Möglicherweise kommt er sogar ohne Organschäden davon, wobei es allerdings noch zu früh ist, das mit völliger Sicherheit zu sagen.«

Die Worte schwebten an Katie vorbei.

Sie hatte ein Leben gerettet? Benjamins Leben? Das fühlte sich seltsam an – völlig unwirklich.

Sie räusperte sich. »Was ist mit deinem Bein?«

Davids Stimme klang gleichmütig. »Sie haben beschlossen, das kranke Gewebe herauszuschneiden, und werden es durch ein Stück aus dem Oberschenkel ersetzen.«

»Aber was ist denn nun passiert? Hat sich die Wunde infiziert?«

»So nennen sie es jedenfalls. Die Wahrheit ist, sie haben keine Ahnung.«

Katie kam das Gespräch immer irrealer vor. Vielleicht lag es daran, dass sie Davids Gesicht nicht sehen konnte. »Wann wirst du entlassen?«

»Oh, ich fürchte, das dauert«, sagte er ernsthaft. »Sie tun megawichtig und faseln irgendetwas davon, dass es sich um einen Grenzfall handelt, der sorgfältig dokumentiert und beobachtet werden muss. Vielleicht kann ich ja mal meine Doktorarbeit über mich selbst schreiben.«

»Ja«, sagte Katie und dachte daran, dass sie schon weg sein würde, wenn David ans College zurückkehrte. Dann wäre sie in Washington bei Sebastien. Und alles wäre wieder wie früher.

Nein, nicht ganz. Aber es war nicht wichtig, dass er querschnittsgelähmt war. Allein mit ihm zu sprechen, ihn zu sehen – war tausend Mal mehr wert.

David hatte irgendetwas gesagt.

»Was?«

»Ist Robert zurückgekommen?«

Sie gab keine Antwort.

»Also nein.«

Für wenige Sekunden ein Schweigen, in dem die Angst mitschwang. »Ihr müsst nach ihm suchen!«

»Dann muss ich die ganze Geschichte erzählen. Von dem Labyrinth, dem Raum unter dem See und Grace.«

»Ja.«
»Es wird alles verändern.«
»Vielleicht ist das gut so. Es gibt zu viele Geheimnisse im Tal.«
»Ja.«
»Grüße die anderen.«
»Wenn sie überhaupt noch mit mir sprechen.«
»Das werden sie, wenn du ihnen die Wahrheit sagst.«
Sie brach das Gespräch ab, legte das Handy zurück auf den Schreibtisch und dachte: die Wahrheit.
Sie konnte das Wort langsam nicht mehr hören.

Der Nebel draußen war nun so dicht, als sei die Welt vor dem Fenster nur noch eine einzige graue Wand, die alles Leben auslöschte. Selbst das Licht der Außenbeleuchtung wurde von der düsteren Farbe verschluckt und Katie wusste nicht, ob der Nebel sie einschließen wollte oder das, was draußen war, von ihr fernhielt.

Immer verzweifelter blätterte sie in dem Aktenordner, auf dem mit großen Lettern Grace Dossier geschrieben stand. Und mit jeder Antwort ergaben sich neue Fragen, tauchten im Dunkel auf und verschwanden wieder.

Es war niemand mehr im Apartment. Der ganze Seitenflügel schien menschenleer und auch Katies Zimmer war erfüllt von Schweigen und – Schatten.

Sie alle hatten sich um sie herum versammelt. Nicht die neuen Freunde, die sie hier oben gewonnen hatte und die sie vermutlich gerade wieder verlor. Julia würde sie nicht mehr nach Robert fragen. Sie hatte gehört, wie sie das Apartment zusammen mit Rose verlassen hatte. Vielleicht waren sie schon auf dem Weg zum Dean, hatten den Sicherheitsdienst benachrichtigt, um Robert zu suchen.

Aber Katie war nicht allein. Sie spürte es.

Die anderen waren bei ihr. Kathleen, genannt Katie wie sie

selbst, Martha, Milton, Frank, Mark. Sie sah auch Mi Su, ihre Mutter. Sie saß auf ihrem Bett und beobachtete sie stumm, wie sie es immer gemacht hatte.

Und natürlich Grace, die in dieser verzerrten Haltung, in der sie gestorben war, in einer Ecke ihres Zimmers lag und in der anderen Paul Forster, die Axt im Rücken.

Die Zeit, in der Robert zurück sein sollte, war längst verstrichen, aber Katie war unfähig, sich zu bewegen. Sie wagte es nicht einmal, sich aus dem Schaukelstuhl zu erheben. Sie würde sie alle verscheuchen, die sich in ihrem Zimmer versammelt hatten.

Sie kannte nun das ganze Drama, verstand es, verstand es nicht. Die Schattenspiele an der Wand. Was die Studenten in den letzten Minuten von Grace getan hatten. Oder besser: was sie nicht getan hatten.

Jeder Versuch, sie anzuheben, endete in Grace' entsetzlichen Schreien. Es war unmöglich gewesen, sie auch nur in die Hütte zu schaffen.

Milton: Er hatte verzweifelte Versuche unternommen, Grace am Leben zu erhalten, wenn er rief: »Halte durch. Morgen gehen wir hinunter ins Tal und holen Hilfe.«

Frank: Er hatte in seinem Drogenrausch offenbar überhaupt nicht verstanden, was vor sich ging, sondern weiter auf seiner Gitarre herumgeklimpert.

Mark: Er war der Einzige, der versuchte, Grace das Leiden zu erleichtern, in dem er ihren Körper mit Kissen abstützte.

Und Mi Su? Sie legte nach und nach ihren Schmuck ab. Die silbernen Ohrringe, die sie in Fields in dem Laden mit Indianerschmuck gekauft hatte, und die Kette aus Holzperlen. Und dann öffnete sie die geflochtenen Zöpfe und ließ das Haar offen herunterhängen. Ein Zeichen von Trauer in Korea.

Paul dagegen hielt eine Flasche Rotwein in der Hand und nahm einen Schluck nach dem anderen. Seine Augen waren rot unterlaufen, während er ins Feuer starrte.

Kathleen: Sie saß ganz eng neben Paul und weinte leise vor sich hin.

Und schließlich Martha: ihre letzten Worte in ihren Aufzeichnungen: *Ich kann ihr Stöhnen nicht länger ertragen. Und denke die ganze Zeit nur: Stirb, stirb doch endlich.*

Katie rief: »Warum unternehmt ihr denn nichts?«

Hatte sie es wirklich laut gerufen?

Vielleicht.

Vielleicht auch nicht.

Aber sie konnte Marks Antwort hören: »Wir können ihr nicht mehr helfen.«

Und Milton, der auf Paul losging: »Es ist alles deine Schuld.«

Hatte sie sich das ausgedacht?

Stand es in diesem Ordner?

Sie wusste es nicht, aber irgendwann erhob sie sich, schaltete das Licht aus und öffnete das Fenster. Hoffte, der Nebel würde auch ihr Zimmer einhüllen und sie einfach verschwinden lassen.

Sie schlief nicht und war auch nicht bei Bewusstsein. Sie war oben auf dem Ghost. Sie hörte den Wind und spürte die eisige Luft. Ihr Blick flog zu den umliegenden Bergen und verlor sich in der Weite der Gletscherlandschaft, wenn sie auch wusste, dass das Tal dort unten lag und sie keine andere Wahl hatte, als dorthin zurückzukehren.

Es war wie damals, als sie am Ufer neben Sebastien gesessen hatte. Sie hatte gehofft, alles ungeschehen zu machen, indem sie sich einfach nicht bewegte, sich still verhielt.

Genau wie Paul, Mark und die anderen.

Dabei war es Angst gewesen, wenn nicht sogar Feigheit.

Und feige, das war das Letzte, was Katie sein wollte.

Weshalb sie nun das Licht anknipste und die Geister auslöschte. Sie lösten sich in nichts auf, und zum Teufel, das sollte auch so bleiben.

Fröstelnd stand sie vor dem offenen Zimmerfenster, aber es tat gut, diese eisige Kälte zu spüren, die sie Stück für Stück zurück in die Wirklichkeit brachte. Sie wusste, es gab jetzt nur einen Weg. Sie musste sich auf die Suche nach Julia machen und ihr die Geschichte erzählen.

Sie öffnete die Tür und trat in das Dunkel des Apartments. Die Türen zu den anderen Zimmern waren verschlossen. Debbie war seit Monaten in der Klinik und jetzt auch David und Benjamin. Und Julia hatte das Vertrauen in sie verloren.

Katie biss die Zähne zusammen. Okay, Katie – keine Melancholie. Du wirst die Sache jetzt beenden und dann reist du ab zu Sebastien. Er wartet auf dich.

Grace College, du kannst mich mal. Und das Tal sowieso.

Es war das Ticken der Küchenuhr, das Katie ans Ohr drang, ein Geräusch, das sie sonst gar nicht wahrnahm, weil die Geräusche des Alltags es übertönten und es heutzutage Handys gab, die auf die Minute genau den Rhythmus der Tage bestimmten.

Aber das Ticken war da – lauter, als es Katie jemals zuvor gehört hatte. War es die Leere des Apartments? War es die Dunkelheit? Oder dieses enervierende Geräusch?

Auf jeden Fall drehte sich Katie auf dem Absatz herum und floh zurück in ihr Zimmer. Und dort sah sie es auf dem Display ihres Radioweckers.

Es war genau 23:32 Uhr.

Das letzte Mal, als sie auf die Uhr gesehen hatte, war es 20:32 gewesen. Es war drei Stunden her. Julia und Rose waren fast ebenso lange verschwunden.

Das Geräusch, das sie nun hörte, war so leise, wie wenn jemand vorsichtig die Seite eines Buchs umblätterte, um das nächste Kapitel zu beginnen.

Grace Dossier

Film No. 28, Abschnitt 14:13/15:00
AUSS. GHOST – GLETSCHERSPALTE – VORMITTAG

Strahlender Sonnenschein.

PAUL (fragend)

Was meinst du?

Kamera schwenkt zu einer Hand, die nach etwas greift.

PAUL (nervös)

Der beste Ort, um eine Leiche verschwinden zu lassen.

Eine Axt hebt sich.

PAUL (laut)

Oder, was meinst du, Milton?

STIMME (aus dem Off)

Es tut mir nicht leid

(SCHLUCHZEN)

Super-8-Cartridge – Kodachrome 40

Kapitel 28

Katies Blick ging zu ihrem Bett. Die Decke war unberührt, das Kopfkissen glatt gestrichen. Die Geister der Vergangenheit waren verschwunden. Auch ihre Mutter war nicht mehr da.

Katie rührte sich nicht. Fühlte sich wie erstarrt.

Erstarrt.

Dieses Wort.

Sie würde es nie wieder verwenden können, ohne an Grace' Leiche in dem Raum unter dem See zu denken.

Katie war immer stolz auf ihren Realitätssinn gewesen. Denn eigentlich meinte das doch – hey, ich werde mit allem im Leben fertig, versteht ihr? Ich bin kein Loser, niemand, der sich vor Angst in die Hose pisst. Ich zeige der Welt einfach den Mittelfinger, wenn sie mir zu nahe kommt.

Inzwischen hatte sie begriffen, dass das nicht immer so einfach war.

Sie wusste, dass jemand in ihrem Zimmer war und hinter ihr stand. Und sie war überzeugt, einer von ihnen sei zurückgekehrt, vielleicht Milton, der ihr das Ende persönlich erzählen wollte. Doch am meisten fürchtete sie, es könnte ihre Mutter sein.

Deshalb hielt sie ihre Augen fest geschlossen und konzentrierte sich darauf, nicht die kleinste Bewegung zu machen.

»Katie?«, sagte eine Stimme leise.

»Gott sei Dank, du bist da. Ich dachte schon, ich würde dich hier nicht finden.«

Sie öffnete die Augen.

Im fahlen Licht erkannte sie Robert, der in der Tür stand. In seinem Gesicht las Katie Erleichterung, Verzweiflung, Erschöpfung.

Katie war versucht, wieder die Augen zu schließen. Sie war so müde, so unendlich müde. War Robert auch einer der Geister? War er vielleicht schon gestorben und suchte sie jetzt auf?

Sie starrte ihn an, seine schmalen Wangenknochen, seine Brille, verschmutzt von rotem Staub, seine nassen Jeans.

Nein. Robert war zurückgekehrt. Und er war am Leben!

»Wir müssen reden.« Seine Stimme war völlig real. »Wo ist Julia?«

»Ich habe sie seit Stunden nicht gesehen. Sie wollen einen Suchtrupp nach dir losschicken.«

Er drehte den Schlüssel in der Tür herum. Dann warf er den Rucksack auf den Boden und ließ sich auf ihr Bett fallen.

»Wo warst du, Robert?« Mehr brachte sie nicht heraus.

»Ihr hättet euch keine Sorgen machen müssen. Mir kann nichts passieren. Was ist mit Benjamin?«

»Er wird es überleben«, sagte sie knapp. »Ich habe in Dave Yellads Reiseberichten einen Hinweis über die Pilze gefunden. David sagt, . . . egal, das dauert jetzt einfach zu lange. Viel wichtiger ist: Warum bist du dort unten geblieben?«

Robert griff nach der Decke auf ihrem Bett und wickelte sich darin ein. »Wir sind nicht zufällig hier im Tal, oder, Katie?«

Katie wartete darauf, dass er weitersprach, aber diesen Gefallen tat er ihr nicht. Vielmehr schien es ihr, als erwarte er etwas von ihr. Und sie spürte auch genau was.

Ihr Coming-out.

The point of no return.

Das Schweigen war eindringlich, beschwörend und Robert würde es länger aushalten als sie.

Sie stand auf und ging ans Fenster. »Meine Mutter...«, sie stockte, beobachtete Robert, wie er auf ihrem Bett lag, den Arm über den Augen. Er rührte sich nicht. »Ihr Name ist Mi Su Chung und sie wurde in einem der ältesten Vororte Jongno-gu von Seoul geboren. Mir hat meine Großmutter immer erzählt, Mom hätte die Universität von Seoul besucht, aber dann... als wir auf dem Ghost waren und Benjamin das Foto in der Hütte gefunden hat, da....«

»Hast du sie auf dem Foto erkannt? Deine Mutter ist Eliza.«

»Du wusstest das. Du wusstest das die ganze Zeit?« Das erste Mal, seit Robert da war, erhob Katie die Stimme.

»Tut mir leid, Katie. Ich konnte es dir nicht früher sagen.«

»Ach ja? Warum nicht? Hast du dich kaputtgelacht über mich, wie ich versucht habe, so zu tun, als hätte ich keine Ahnung? Wobei...«, sie lachte bitter. »Ich hatte ja auch keine Ahnung. Bis wir diese Papiere da unten gefunden haben.«

Katie sah Robert nicken.

»Warum hast du nichts gesagt?«

»Ich hätte es dir erklären müssen, wie ich darauf gekommen bin. Und das kann ich nicht, ohne Julias Leben zu gefährden.«

»Was hat das mit meiner Mutter zu tun?«

»Ich wusste es schon, seit wir den Grabstein entdeckt haben.«

Robert richtete sich auf, lehnte sich mit dem Rücken an die Wand und fuhr sich mit der Hand durch das Haar. Er kämpfte ganz offensichtlich mit sich.

»Mark de Vincenz.«

Katie fuhr zusammen. »Das ist der Typ, mit dem meine Mutter zusammen war«, sagte sie misstrauisch.

»Er ist mein Vater.«

Mark war Roberts und Julias Vater? Die große Lovestory, die Mi Su vielleicht nie überwunden hatte?

»Dann ist Mark de Vincenz noch am Leben, wie meine Mutter? Deine Eltern leben in London, oder?«

Robert zögerte und beugte sich dann nach vorne. Seine Augen hinter der Brille hielten ihren Blick fest, ließen ihn nicht los. »Ja, sie leben in London.«

In dem Moment der Stille hörten sie, wie sich die Tür zum Apartment öffnete und Schritte ertönten. Man konnte das Licht aus Katies Zimmer unter der Tür durchschimmern sehen. Katie stoppte den Schaukelstuhl.

In der nächsten Sekunde klopfte es bereits. Roses Stimme klang durch die Tür.

»Katie? Schläfst du schon?«

»Nein.«

»Lass mich rein.«

Robert schüttelte den Kopf. Seine Lippen formten zwei Worte: »Noch nicht.«

»Nein«, rief Katie wieder.

Kurze Stille.

»Bei dem Nebel können sie keinen Suchtrupp losschicken. Sie warten bis morgen früh. Aber sie wollen noch einmal mit dir reden und zwei Securitybeamte fahren ins Krankenhaus, um Benjamin und David zu befragen.«

»Okay.«

»Aber Julia . . .«

»Was ist mit ihr?«

»Sie weigert sich, mit dir in demselben Apartment zu schlafen.«

Katie gab keine Antwort. Sie hörte, wie Rose noch einige Sekunden vor der Tür stehen blieb, dann verhallten ihre Schritte. Die Tür zum Badezimmer ging auf, schlug wieder zu.

Sie wandte sich wieder Robert zu, der den Kopf zwischen den Schultern verborgen hatte.

Weinte er?

Nein, er hob den Kopf und . . . Erleichterung stand in seinem Gesicht geschrieben.

»Das ist gut«, sagte er.

»Was ist gut?«

»Der Nebel.«

Katie wandte sich Richtung Fenster. »Ich hasse ihn.«

»Warum? Er schenkt uns Zeit. Wir müssen entscheiden, was wir tun sollen, Katie. Ich kann das nicht alleine. Die Verantwortung ist zu groß. David ist nicht da, aber du . . .« Er deutete auf seinen Rucksack. »Gib ihn mir, bitte.«

Sie bückte sich, zog ihn zu sich und warf ihn zu ihm hinüber. Er fühlte sich schwer an, und als Robert ihn öffnete, wusste sie, warum.

Er hatte die beiden anderen Aktenordner mitgenommen und reichte sie ihr. Sie ließ ihn nicht aus den Augen. »Aber wegen der Ordner bist du nicht im Labyrinth zurückgeblieben.«

»Nein«, Robert schüttelte den Kopf. »Wegen dem, was *darunter* lag.«

Katie verstand nun gar nichts mehr. »Darunter?«

»Sind dir nicht die Linien auf dem Boden unter dem Tisch aufgefallen?«, fragte Robert.

Katie überlegte. Dann fiel ihr es wieder ein. »Ja, der Boden war irgendwie . . . es waren Muster eingeritzt, oder?«

Statt einer Antwort beugte sich Robert vor, zog sein Notizbuch aus seinem Rucksack und schlug es auf der Seite auf, die vollgekritzelt mit Linien und Kreisen waren.

»Dein Streckenplan«, sagte Katie staunend.

Robert nickte. »Ja. Er entspricht exakt den Linien, die auf den Boden der Plattform eingeritzt waren. Und fällt dir etwas auf?« Ohne ihre Antwort abzuwarten, deutete er auf vier konzentrische Kreise, die inmitten eines Gewirrs aus Linien und Verbindungspunkten auftauchten. »Das hier ist das Zentrum. Direkt unter dem Schreibtisch.«

Katie begriff, worauf Robert hinauswollte. »Du meinst, der Boden hat sich für dich geöffnet? Genau wie die drehbaren Wände?«

Ein grimmiges Lächeln lag auf Roberts Gesicht. »Einfacher«, sagte er. »Es gab einen Griff.«

Für einen Moment war sie sprachlos.

»Es war so leicht, Katie«, sagte Robert und sein Lächeln verschwand gespenstisch schnell. »Die Marmorplatte hatte vielleicht einen Meter Durchmesser, aber sie ließ sich so problemlos bewegen, als würde ich meine Schranktür aufmachen.« Er zog die Beine an, umklammerte sie und legte den Kopf auf die Knie. »Es führten Stufen zu ihm hinunter, weißt du? Und dann stand er dort, als hätte er auf mich gewartet.«

»Wer?« Katie hielt die Luft an.

Robert sah nicht hoch. »Dort unter dem See gibt es nicht nur eine Leiche, die in dem Gestein eingeschlossen ist.«

Dort unter dem See.

So könnte ein Märchen, eine Sage beginnen.

Unter dem See hauste ein Unwesen, das jeden zu Stein werden ließ, der ...

Schöne Geschichte, oder, Katie?

Nur, dass es nicht jedem passierte. Sie, David und Robert hatten es geschafft, dort unten herauszukommen. Wer also war der Zweite, der es nicht überlebt hatte – außer Grace?

Mi Su lebte noch, ebenso wie Mark, Robert und Julias Vater.

Was aber war aus Frank Carter, Milton Jones, Kathleen Bellamy und Martha Flemings geworden?

»Wer, Robert?«, flüsterte sie.

»Milton.« Roberts Stimme war rau. »Es gab eine Inschrift. ›In Ewigkeit, Milton.‹ Und genau wie Grace ist er nicht gestorben. Er wurde versteinert.« Roberts Gesicht war schmerzverzerrt und auf seiner Stirn erschien wieder diese diagonale Falte.

Katie hatte sich erst vor Kurzem eingeredet, die Geister der Studenten hätten sie aufgesucht, um ihr etwas mitzuteilen. Was natürlich nur auf eine Überreizung ihrer Nerven zurückzuführen war. Und mit Sicherheit war Robert in einem ähnlichen Zustand. In einer Art Grenzregion zwischen Realität und Fantasie. Zwischen klarem Bewusstsein und gefährlichen schwarzen Löchern in seinem sonst so perfekt funktionierenden Verstand.

Sie drehte sich um und schloss das Fenster mit einem Ruck. Erst jetzt wurde ihr bewusst, wie eiskalt es in dem Raum war.

»Okay, Rob«, sie versuchte, ihrer Stimme einen normalen Klang zu geben, »jetzt mal ganz cool. Das bildest du dir doch nur ein.«

»Nein«, beharrte Robert. »Es war alles genau zu erkennen. Seine Kleidung, die Haare, die Hände. Es hat mich an die Grabanlage von Qín Shihuángdì erinnert – an die Figuren der Terrakottaarmee.« Er erhob sich, aber er war so erschöpft, dass er kaum stehen konnte. Nicht nur seine Brille, auch seine Schuhe, seine Kleidung, seine Haare, sein Gesicht – alles war voll rötlich braunem Staub.

»Robert . . .«, flüsterte Katie.

»Ich weiß«, erwiderte er und . . . er lächelte. »Aber keine Sorge. Das ist nichts, wobei eine lange, heiße Dusche nicht helfen kann.«

»Aber David . . . Grace . . .«

»Ich habe nicht einmal einen einzigen Kratzer davongetragen, und solange von dem Staub nichts in meine Haut eindringt oder in mein Blut, haben wir nichts zu befürchten.«

Katie fühlte sich schwindelig. All die Informationen schwirrten in ihrem Kopf umher und verknüpften sich zu einem unlösbaren Chaos. »Aber warum David? Hier im Tal haben sich doch bestimmt schon jede Menge Leute verletzt. Warum ist es ihm passiert? Warum Grace? Warum Milton?«

»Wir werden es herausfinden«, sagte Robert. »Genauso wie wir herausgefunden haben, was mit den Studenten auf dem Ghost passiert ist.«

»Ach, Fuck!« Katie spürte die Wut in sich hochkochen. »Ich will es aber nicht irgendwann herausfinden. Ich will es *jetzt* wissen. Wer steckt hinter all dem Ganzen? Was ist mit diesem Labyrinth – wer hat es gebaut? Und was ist mit Dave Yellad?«

Robert ging zur Tür, drehte den Schlüssel herum, und bevor er sie öffnete, wandte er sich noch einmal zu ihr um. »Lies die Papiere in den Ordnern. Dann verstehst du.«

Er öffnete die Tür und – stand vor Rose, die ihn entsetzt anstarrte.

»Ist Julia bei Chris?«, fragte Robert.

Rose nickte.

»Gut.«

Grace Dossier

Auszug aus Dave Yellads Reiseerinnerungen

Nirgends auf meinen abenteuerlichen Reisen durch den Orient oder Okzident ist er mir begegnet. Und doch bin ich enttäuscht, als ich ihn das erste Mal sehe. Die Pilze wachsen hier in den unterirdischen Gängen, die den heiligen Berg durchziehen, den die Indianer auch den ›Großen Geist‹ nennen. Ungewöhnlich ist, dass der Pilz im Felsen zu wachsen scheint. Und seine Besonderheit wird nur im Dunkeln offenbar: Denn dann leuchtet der Pilz aus sich heraus wie pures, reinstes Gold.

Das Motiv taucht immer wieder in den Felsmalereien der Indianer auf, und zwar in Form von kleinwüchsigen Menschen, die pilzförmige Hüte tragen. Auch sind Darstellungen von Schamanen mit Masken und Pilzen zu erkennen.

Im Gegensatz zu vielen anderen Pflanzen, die als Drogen dienen, besitzen die Pilze jedoch keine berauschende Wirkung. Die Indianer verwenden sie vielmehr zur Erzeugung von übernatürlichen Träumen. In ihrer Vorstellung besitzen sie die Macht, verlorenes Wissen zu finden.

Wer sie isst, erlangt Erleuchtung und kann in die sogenannte Anderswelt reisen, denn diese Droge ist der Born aller Weisheit. Die Cree-Indianer glauben, nicht die Natur verbirgt ihre Geheimnisse, sondern der Mensch besitzt nicht die Fähigkeit, sie zu erkennen.

Doch nicht jeder ist würdig, von ihnen zu kosten, weshalb nur ein Schamane denjenigen auserwählen darf. Es hat mich einige Nächte gekostet, das Vertrauen des Schamanen der Cree zu gewinnen. Doch dann in der Nacht des großen Vollmonds hat er mit mir das Ritual durchgeführt.

Da habe ich die Formel zum ersten Mal gesehen.

Kapitel 29

Katie hatte die ganze Nacht nicht eine Minute geschlafen. Sie hatte sich nicht einmal ausgezogen, sondern war unruhig von ihrem Bett zum Schaukelstuhl gewechselt, in dem sie am besten nachdenken konnte, und wieder zurück.

Natürlich – sie hätte einen vorläufigen Schlusspunkt setzen können. Im Sinne von – nach mir die Sintflut. Das Geheimnis der Studenten – nun, es war nicht länger ein Geheimnis.

Grace war dort oben auf dem Berg umgekommen und diejenigen, die dabei waren, hatten unvorstellbar grausam gehandelt. Milton und Paul waren tot. Ihre Mutter Mi Su Eliza Chung lebte in Washington D. C. und Katie wusste nun, warum sie das Tal zeit ihres Lebens totgeschwiegen hatte. Mark de Vincenz, Julias und Roberts Vater, lebte in London. Und was Martha, Frank und Kathleen betraf, so könnte es ihr einfach am Arsch vorbeigehen, was mit ihnen geschehen war.

Wenn die Prüfungen vorbei waren, gab es für sie nur eine Lösung. So schnell wie möglich nach Washington und zu Sebastien zurückzukehren.

An ihre Eltern mochte sie zu diesem Zeitpunkt nicht denken.

Sie wechselte in den Schaukelstuhl. Zum wohl hundertsten Mal blätterte sie durch den zweiten Aktenordner, den Robert mitgebracht hatte. Immer wieder stieß sie auf neue Berichte, manche belanglos, manche erschütternd. Und auf den Namen Dave Yellad.

Aber dass sie wirklich verstand, davon konnte keine Rede

sein. Nichts war gelöst. Es waren einfach nur unzählige neue Fragen aufgetaucht. Und die drängendsten von ihnen waren:

Wer hatte sie ins Tal geholt, wer spielte mit ihnen dieses Spiel, das nicht enden wollte? Denn dass ihre Anwesenheit hier kein Zufall war, das konnte Katie nun nicht länger verleugnen. Nicht, nachdem sie das von Mark de Vincenz wusste, Julias und Roberts Vater. Was war mit den anderen? Was war mit Benjamin? Gab es auch bei ihm einen Zusammenhang, eine Verbindung zu einem der damaligen Studenten?

Und was war mit Professor Brandon? Welche Rolle spielte er? Bei ihm hatten die anderen am Remembrance Day Filmrollen gefunden, die bewiesen, dass er mit den verschollenen Studenten eng befreundet gewesen war. Andererseits hatte er sich damals im November nicht so verhalten, als wüsste er, was hier gespielt wurde. Und war er der einzige Dozent hier im Tal, der schon im Jahr 1974 hier oben gewesen war?

Katie blickte auf ihr Handy. Es war 04:50 am Morgen.

Entschlossen stand sie auf und streifte sich eine Kapuzenjacke über. Sie packte die Aktenordner und schlich sich aus dem Apartment, in dem nur noch Rose schlief. Julia war wie immer in das Apartment ein Stockwerk tiefer zu Chris geflüchtet.

Die Tür schnappte leise hinter ihr zu und sie wandte sich nach rechts. Vor dem Aufzug blieb sie kurz stehen. Es wäre der schnellste Weg hinunter ins Computer Department, aber sie brachte es nicht über sich, in die enge Kabine zu steigen. Was an sich lächerlich war, wenn sie daran dachte, wie sie ihre Angststörung in den engen Gängen des unterirdischen Labyrinths einfach vergessen hatte.

Aber jetzt kehrte die Angst mit aller Macht zurück.

Nun, Katie hatte nichts gegen Treppen. Auch wenn sie sie lieber nach oben ging als nach unten. Diese hier nahm sie im Laufschritt. Als sie im Erdgeschoss war, wandte sie sich nach rechts, wo sie nach zahlreichen Glastüren in der Haupthalle landete.

Das Büro der Security war erleuchtet und – leer.

Noch zwei Treppen hinunter in das zweite Untergeschoss und nach rechts den Flur entlang.

Der Raum lag in völligem Dunkeln und sie beließ es dabei. Für das, was sie vorhatte, brauchte sie keine Festbeleuchtung. Sie schaltete den ersten PC an, vor dem sie stand, und legte die Aktenordner daneben. Er fuhr hoch und das schwache Licht des Monitors reichte aus, dass sie die Aufschrift *Grace Dossier* erkennen konnte.

Sicherheitshalber schloss sie die Tür zum Flur.

Ihre erste Suchanfrage galt Dave Yellad.

Wie Robert gesagt hatte, gab es nicht allzu viele offizielle Einträge. Wikipedia war nun mal nicht die Bibliothek von Alexandria und schon gar nicht die Library of Congress in Washington, eine der größten Bibliotheken der Welt. Aber immerhin hatte sie den Namen Dave Yellad verzeichnet, Duke of Dunbar.

Wie merkwürdig, dass er den Titel Duke trug. Aber – wie ihre Mutter sagen würde – die Wege Buddhas sind unergründlich. Oder verwechselte sie da etwas? Nun, das war vermutlich eine natürliche Folge, wenn man als Zwitterwesen zwischen verschiedenen Kulturen aufgewachsen war.

Sie fand nichts Neues heraus. Außer, dass er keine Nachkommen hatte – zumindest keine, die bekannt waren. Und damit war sein Besitz in Schottland an die englische Krone gefallen. Pech für ihn, aber wenn er tot war, konnte es ihm schließlich auch egal sein, oder?

Kartograf, Reisender, Abenteurer. Das alles passte.

Und was war mit dieser Formel?

Sie zog den Aktenordner zu sich und blätterte darin herum.

Katie hatte sich nie besonders für Geschichte interessiert. Das war Vergangenheit, pure Steinzeit, aber ein Zitat aus

Professor Forsters Vorlesungen über Marcel Proust hatte sie dennoch behalten: *Der Zweifel ist dein bester Freund.*

Nein, sie wollte nicht daran glauben. Wie konnte Dave Yellad der Schlüssel zu alldem hier sein? Aber Robert war davon überzeugt und seit heute wusste sie, dass sie sich besser an Robert hielt, wenn sie Antworten auf ihre Fragen haben wollte.

Okay, der Mann war ziemlich weit herumgekommen: Afrika, Südamerika, Kanada. Er hatte Tausende von Pflanzen und Insekten gesammelt und katalogisiert, er hatte die höchsten Berge der Welt bestiegen ... was ihn erst für Katie interessant machte.

So vertieft Katie auch in diesen Mikroausschnitt aus der Weltgeschichte war, ihr Gehör funktionierte in der Gegenwart noch ziemlich gut. Das leise Ping des Fahrstuhls ließ sie aufhorchen, und als sie sich zur Tür wandte, erkannte sie Tom – der Letzte, mit dem sie jetzt gerechnet hatte.

»Du hier?«, sagte sie und schloss schnell das Fenster auf dem Monitor.

Tom trug dieselben Klamotten, die er gestern angehabt hatte, und ausnahmsweise sah er mal nicht wie aus dem Ei gepellt aus. »Ich hab dich gesucht«, sagte er und seine Stimme klang nicht mehr ganz so affektiert, sondern nur noch müde.

»Ausgerechnet mich?«, fragte Katie und stellte sich schützend vor die Aktenordner. »Um diese Uhrzeit?«

»Ich komme gerade aus dem Krankenhaus. Von Benjamin. Sie haben ... Er ist aufgewacht, Katie. Er hat mich sogar erkannt.« Katie sah mit Schaudern, dass seine Schultern anfingen zu beben. »Katie, ich wollte mich bei dir bedanken. Wenn du nicht so hartnäckig gewesen wärst ...«, er schluchzte auf, »ich hab fast alles ruiniert. Du hast sein Leben gerettet.«

Katie unterdrückte ein Stöhnen. Gott, Drama-Boy war unterwegs. Und das auch noch um diese Uhrzeit! Er sollte sie bloß in Ruhe lassen.

Tom wischte sich übers Gesicht und schniefte. »Aber er wird mir nie verzeihen, was ich getan habe!«

Katie kapierte es nicht. Was hatte Tom denn gemacht, außer eifersüchtig zu sein, was Benjamin in seinem Zustand vermutlich noch nicht einmal mitbekommen hatte?

»Ich weiß, seine Filme sind ihm am wichtigsten, und ich ...«

Die richtige Antwort auf Fragen zu finden, die man nicht verstand, war gar nicht so einfach. Und Katie hatte auch nicht die geringste Lust, es zu versuchen.

Tom stand da und starrte sie an. Oder war sein Blick auf den Bildschirm gerichtet, die Aufzeichnungen in den Aktenordnern?

Sie ging ein paar Schritte auf ihn zu und stellte sich direkt vor ihn an die Tür. »Mensch, Tom«, sagte sie. »Du bist völlig fertig. Geh ins Bett und ruh dich aus.«

»Aber ich hab sie zerstört – ich hab Bens Filmaufnahmen zerstört. Wenn ihr seinen Film gehabt hättet, wärt ihr vielleicht viel schneller daraufgekommen, dass er diese Pilze gegessen hat.«

Nach den Erlebnissen dieses Tages brauchte es eine Weile, bis Katie es wirklich verstand. Aber dann kapierte sie. »Du hast den Kamerachip zerstört?«, fragte sie verblüfft. Irgendwie wollte ihr Tom als genialer Computerhacker überhaupt nicht in den Sinn.

»Na ja, so war es nicht ganz«, gab Tom zu. »Laura aus dem zweiten Jahr hat es für mich gemacht. Die mit den dunkelbraunen Korkenzieherlocken.« Vor Katies innerem Auge erschien vage das Bild einer Studentin, die meist Strickjacken trug und, da hatte Tom recht, ständig im CD anzutreffen war. »Ich wollte Benjamin einfach treffen, wo es ihm wehtut, verstehst du nicht?«

Nein, das verstand Katie nicht. Und ehrlich gesagt hatte sie auch keinen Nerv für weitere weinerliche Beichten von Benjamins Lover.

»Vergiss es einfach, Tom, und geh ins Bett. Es geht ihm gut, das ist das Wichtigste.«

»Meinst du wirklich . . .«, begann er noch einmal, aber Katies Blick ließ ihn verstummen.

Tom zögerte, doch dann wandte er sich um. Sie sah ihm nach, wie er in den Aufzug stieg.

Mit einem Aufseufzen drehte sich Katie um.

Und im selben Augenblick erstarrte sie.

Die Aktenordner, die an ihrem Arbeitsplatz gelegen hatten – sie waren wie vom Erdboden verschluckt.

Dafür war ihr Stuhl nicht länger leer. Eine lässige Gestalt lehnte darauf und schaute sie gespannt an.

Katie hatte sie das letzte Mal auf dem Ghost gesehen und sie nannte sie nur den Duke.

»Hi, Katie.«

Er trat auf sie zu und stand nun direkt vor ihr. In dieser lässigen und dennoch leicht überheblichen Haltung, die sie im Sommer zur Weißglut getrieben hatte. Dazu dieses irritierende Lächeln auf den Lippen. Es machte sie nicht gerade hilflos – sie war schließlich Katie –, aber dennoch trieb es ihr die Röte ins Gesicht.

Realität.

Wirklichkeit.

Tatsachen.

Daran musste sie sich halten in dieser verrückten Nacht, die alles überbot, was sie jemals erlebt hatte.

»Wo sind die Aktenordner?«, fragte sie.

»Welche Ordner?«, fragte er irritiert.

»Sie lagen direkt hier auf dem Tisch.«

Er schüttelte den Kopf. »Hier waren keine Ordner.«

Er klang ehrlich, geradezu überzeugend. Aber Ehrlichkeit, was war das im Tal wert?

»Was willst du?«, flüsterte sie.

Er beugte sich vor. »Wir waren verabredet.«

Wieder dieses Lächeln, das Katie vorkam wie ein langer inniger Kuss, mit dem sie Sebastien betrog.

»Hast du meine Nachricht nicht bekommen?«

»Doch, aber den Tag der Wahrheit kann man nicht verschieben. Du wolltest doch wissen, wer ich bin, oder? Und jetzt bin ich hier.«

»Wer bist du?«

»Mein Name ist Timothy. Timothy Yellad. Und ich bin auf der Suche nach dem Mörder meines Urgroßvaters.«

Totentafel

Angela Finder
Mark de Vincenz
Paul Forster
Nanuk Cree
Ted Baker
John Bishop
Peter Forster
Grace Morgan
Milton Jones

Krystyna Kuhn

Das Tal – Season 1
Band 1: Das Spiel

Eine hippe Einweihungsparty im Bootshaus: So feiern die Freshmen ihre Ankunft im Grace College. Doch dann beobachtet der stille Robert das Unfassbare: Ein Mädchen läuft in tiefer Nacht in den See. Sie wird von einem merkwürdigen Strudel erfasst und ertrinkt. Robert versucht zu helfen – doch er hat keine Chance. Am nächsten Morgen glaubt ihm niemand seine Geschichte, obwohl tatsächlich ein Mädchen spurlos verschwunden ist. Aber Angela kann nicht in den See gelaufen sein. Denn Angela sitzt seit ihrer Geburt im Rollstuhl.

304 Seiten • Klappenbroschur
ISBN 978-3-401-06472-7
www.das-tal-lesen.de

Krystyna Kuhn

Das Tal – Season 1
Band 2: Die Katastrophe

Katie hat nur ein Ziel. Den Gipfel des Ghosts, jenes legendären Dreitausenders, der das Tal überragt. Unheimliche Mythen ranken sich um den Berg, seit dort in den 70er Jahren eine Gruppe von Jugendlichen verschwunden ist. Und doch machen sich Katie und ihre Freunde auf den Weg. Aber am Berg wird sehr schnell klar, wer zum Freund wird, wer ein Feind ist. Und als dann noch ihre Führerin, die Cree-Indianerin Ana, spurlos verschwindet, sind die College-Studenten völlig auf sich gestellt. Niemand von ihnen ahnt, dass ein gefährlicher Schneesturm heraufzieht.

304 Seiten • Klappenbroschur
ISBN 978-3-401-06473-4
www.das-tal-lesen.de

Krystyna Kuhn

Das Tal – Season 1
Band 3: Der Sturm

Es ist Winter und ein Sturm zieht im Tal auf. Nur wenige Studenten sind über das Wochenende im College zurückgeblieben. Doch als die Wetterverhältnisse sich zuspitzen, werden Chris, Julia und die anderen von der Außenwelt abgeschnitten. Aber im verlassenen College geht es nicht mit rechten Dingen zu. Wohin ist der Sicherheitsbeamte Ted verschwunden? Während der Sturm seinen Höhepunkt erreicht, wird Chris klar, dass ein Unbekannter ein perfides Spiel mit ihnen treibt. Die Frage ist nur, wer ist es und auf wen hat er es abgesehen?

Arena

304 Seiten • Klappenbroschur
ISBN 978-3-401-06531-1
www.das-tal-lesen.de